Klaus Stickelbroeck
Auf die harte Tour

Vom Autor bisher bei KBV erschienen:

Fieses Foul
Kalte Blicke
Fischfutter
Auf die harte Tour

Klaus Stickelbroeck wurde 1963 in Anrath geboren. Er lebt in Kerken am Niederrhein und arbeitet als Polizeibeamter in Düsseldorf. Seinen ersten Kurzkrimi veröffentlichte er im Jahr 2000. Zuletzt erschienen zwei seiner Kurzkrimis in *Tatort Eifel 3* und in *Schicht im Schacht* (beide KBV). Sein Kriminalroman *Fischfutter* (2010) wurde für den Friedrich-Glauser-Preis als bester Kriminalroman des Jahres nominiert. *Auf die harte Tour* ist sein vierter Kriminalroman mit dem Privatdetektiv Hartmann. Stickelbroeck ist einer der fünf »Krimi-Cops«, deren drei Kriminalromane *Stückwerk* und *Teufelshaken* sowie *Umgelegt* ebenfalls bei KBV erschienen sind.

Klaus Stickelbroeck

Auf die harte Tour

KBV

Originalausgabe

www.kbv-verlag.de
E-Mail: info@kbv-verlag.de
Telefon: 0 65 93 - 998 96-0
Fax: 0 65 93 - 998 96-20
Umschlagillustration: Ralf Kramp
unter Verwendung von: © olly - www.fotolia.de
Druck: Aalexx Buchproduktion GmbH, Großburgwedel
Printed in Germany
ISBN 978-3-942446-37-2

Hart. Härter. Hartmann!

Christian Hartmann

Du bist so süß!

S.

Prolog

Sie schnappte entsetzt nach Luft, biss sich auf die Unterlippe. Die Fingerspitzen ihrer linken Hand berührten die Fensterscheibe.

Kein Zweifel …

Da. Da waren sie wieder.

Ihr Blick fiel nach rechts auf den Nachttisch. Auf den roten Pass, der dort neben ihrem Portemonnaie lag.

Darunter die Visitenkarte.

Sie musste etwas tun.

Trotzdem.

Oder … gerade deswegen!

1. Tag

Ein Stich! Gleißendes Licht. Hartmann schob eine schlappe Hand über die geschlossenen Augen und blinzelte dann mit schlafwässrigem Blick in die Richtung dieser fürchterlichen Lichtquelle.

Viereckig. Gleich mehrere nebeneinander!

Hartmanns Gehirn arbeitete. Okay, nicht gerade im hochtourigen Bereich, aber immerhin …

Das Fenster, die Sonne. Kein Laser, kein Zielfernrohr. Es war der kreisrunde Kamerad dort oben am blauen Junihimmel, der giftig einen seiner gemeinen Strahlen durch die kleinen, viereckigen Schlitze der nicht ganz geschlossenen Rolllade mitten hinein in Hartmanns Schlafzimmer stach.

Oh. Mein. Gott.

Was war das für eine Nacht gewesen? Verdammte Hacke. Hartmann ruckelte seinen Schädel ein wenig zur Seite. Der glühende Strich bohrte jetzt ein Loch mitten in seine Stirn.

Hartmann musterte die Zimmerdecke. Die Nacht? Das Bett? Die halb geöffnete Jalousie, er konnte sich an … gar nichts erinnern. Klassischer Filmriss.

Mit einem trockenen Schmatzen ließ sich zumindest der klebrige Mund öffnen. Au Mann, hätte er gesagt, aber die Stimmbänder lagen noch zusammengefaltet irgendwo weit hinten im trockenen Hals.

Da war er gestern aber mächtig unter die alkoholgetränkten Räder gekommen. Aber so was von! Dabei hatte alles so harmlos angefangen. Bei … Wo denn noch mal?

Krake. Genau. Bei Krake, seinem einarmigen Lieblingswirt im *Aquarium* hatte er sich gestern so richtig einen auf die

Hupe geschüttet. Dumm! Nämlich wohl wissend, dass er Alkohol überhaupt nicht vertragen konnte. War so.

Oft probiert. Oft bereut.

Nach dem dritten Glas war er um, und nach dem wievielten auch immer passierte so was wie jetzt.

Na ja, er war am Leben. Immerhin. Hartmann warf vorsichtig einen Blick nach rechts auf den Wecker, der auf dem Nachttisch tickte.

»Halb zwölf.«

Prima, dachte Hartmann. Genau die richtige Zeit aufzustehen für einen Privatdetektiv, dessen Auftragsbuch so leer war wie das Gehirn von ... Er streckte genüsslich alle Viere von sich.

Und erstarrte vor Schreck. Seine linke Hand zuckte zurück, sein Kopf fuhr herum.

»Was?«

Hartmann riss die Augen auf. Sein Herzschlag setzte aus. Er blickte in das weit aufgerissene Maul einer ... Schlange, die ihn mit grün zusammengekniffenen Augen giftig anstarrte. Der aufgerichtete Körper, die drohenden Eckzähne ...

Hartmann fuhr sich mit der Zunge über die Lippen.

Reglos, ohne sich zu bewegen, starrte ihn das giftige Reptil an. Bereit zu töten. Eine Schlange, die unmittelbar vor dem Zuschnellen innehielt.

Nun.

Innehalten. Das tat die Schlange ja jetzt schon mehrere Sekunden lang. Hartmann wischte sich über die Augen. Und die langen, schwarzen Haare links und rechts des Viechs passten auch irgendwie nicht richtig ins Bild. Er blinzelte. Das war keine Schlange, sondern ein Rücken. Der nackte, fein geschwungene, tätowierte Rücken einer Frau.

Einer Frau? Noch schlimmer! Was hatte die denn hier zu suchen?

Hartmanns Blick fiel auf ein langes Bein, das sich im Bettlaken vernuddelt hatte. Und ganz vorsichtig auf den entblößten Teil eines herrlich geformten Hinterteils.

Die Frau war nackt. Was machte eine nackte Frau in seinem Bett?

Hartmann reckte den Hals und entdeckte neben dem Bett zu ihren Füßen zwei Kleiderhäufchen. Den linken zierte ein delikater, dunkelroter BH mit Spitze. Den rechten eine bunt gestreifte Unterhose im Retrolook, die ihm sehr bekannt vorkam.

»Oh.«

Hartmann lupfte vorsichtig und Übles ahnend seine rot-weiße Fortuna-Düsseldorf-Bettwäsche. Dort lag er im Freien. Der kleine Hartmann. Unschuldig. Müde. Noch nicht ganz wach.

Hartmann nickte.

Eine nackte Frau, ein nackter Mann, ein Bett.

Nun ja, ein liberal-konservativer Landtagsabgeordneter wäre vielleicht schlimmer gewesen. Oder Dirk Bach. Und es war ja schließlich nicht die erste Frau in seinem Leben, die nackt neben ihm im Bett lag. Wenn er nur wüsste, wie sie dort reingekommen war.

Vorsichtig glitt er rückwärts aus dem Bett. Plötzlich bewegte sich die Frau, Hartmann hielt inne. Die Unbekannte friemelte ein Bein ums Laken, drückte ihren Rücken gerade, seufzte und schob ihm einen wirklich feinen Po entgegen.

Okay, jetzt war auch der kleine Hartmann wach.

Und es stand fest, dass die Frau noch lebte. Im Grunde genommen auch gar keine schlechte Information. Mit einem weichen Schnaufer sackte der weibliche Körper wieder schlaff in sich zusammen.

Das tat der kleine Hartmann nicht. Typisch. Hartmann hätte wetten können, dass der faltige Kerl für diese verwirrende Gesamtsituation nicht unmaßgeblich mitverantwortlich war.

Hartmann glitt leise aus dem Bett und entschied, dass er sich diesem Dilemma erst nach einer Verstand gebenden, semikalten Dusche würde widmen können. Vorsichtig öffnete er die geschlossene Tür des Schlafzimmers und schob sich in das andere Zimmer seiner Wohnung, sein Wohnzimmerbüro, um von dort aus ins Bad zu huschen.

Sein Blick fiel durchs Zimmer auf die Couch. Und auf …

»Nein!«

Da lag noch eine! Zugedeckt mit seiner orangefarbenen Wolldecke. Lange, blonde Haare. Hartmann schlug die Hand vor den Mund.

Was war das für eine Orgie, an die er sich jetzt nicht mehr erinnern konnte? Hastig ging er ins Bad, fest damit rechnend, hier auf den Rest einer schwedisch-norwegischen Volleyballmannschaft zu stoßen. Aber das kleine Bad glänzte ihm unschuldig und leer ein freundliches Hallo entgegen.

Okay. Wenigstens das.

Hartmann quetschte einen blau-weißen Wurm auf seine Zahnbürste und schrubbte sie träge über die Zähne. Ein Kerl, der ihm gar nicht so unähnlich war, blinzelte ihn im runden Spiegel über dem Waschbecken an. Die langen, blonden Haare lagen wild, die hellblauen Augen blickten müde, das Kinn schimmerte dunkel. Er schätzte den Kerl auf um die Dreißig und fand, dass die Nase ein wenig zu groß und die Ähnlichkeit mit Liam Gallagher von Oasis verblüffend war.

Fertig. Jetzt Duschen.

Auszuziehen hatte er ja nichts, und schon brachten die ersten warmen Wasserstrahlen seinen bis dato nicht vorhandenen Kreislauf in Schwung. Hartmann legte den Kopf in den Nacken und schloss die Augen. Na klar. Er vertrug nun mal keinen Alkohol. Das war so ein Gen-Ding. Wie bei den Asiaten. Oder den Indianern.

Wie um ihn weiter zu strafen, war es aber so, dass sein Körper den Stoff ansonsten körperlich sehr gut verpackte. Ein dumpfes Gefühl im Schädel blieb, ja, aber richtig übel wurde ihm nicht, und einen Kater hatte er am nächsten Morgen auch nie. Nun denn.

Ein Plan musste her.

Die beiden Grazien würde er gleich nach der Dusche wecken und ihnen auftragen, rucki zucki die Sachen zu packen und zu verduften. Dann würde er sich zu Krake ins *Aquarium* aufmachen. Spurensuche.

Gab es Ausfälle? Verluste? Rechnungen zu begleichen, Augenzeugen?

Denn tatsächlich war das Letzte, an das er sich erinnern konnte, eine coole Version des Eddie-Floyd-Klassikers, gesungen von einer Frau, die ihm aus den Boxen entgegengeschlagen war, als er seine Lieblingskneipe betreten hatte. Genau. *Big Bird*. Damit hatte alles angefangen – und leider ja auch schon wieder aufgehört.

»Ist alles in den Griff zu kriegen«, murmelte Hartmann und legte entspannt den Hinterkopf gegen die kühlen, weißen Kacheln seiner Dusche.

Jemand riss den Vorhang zur Seite. »Hallo, Christian. Rück mal ein Stück zur Seite!«

Hartmann riss entsetzt die Augen auf. »Was?«

»Warum weckst du mich nicht?«, fragte die splitternackte, dunkelhaarige Frau, die sich schubsend zu ihm unter die Brause presste. »Oh, schön warm. Genau richtig.«

»Äh …«, stotterte Hartmann. »Hallo, aber … wer bist du?«

Sie zog eine Schnute und strich ihr langes, nasses Haar nach hinten auf den Rücken. Was für ein langer, langer Hals!

»Och, du kannst mich ruhig wieder ›Kleines Miststück‹ nennen!«

Hartmann schnappte nach Luft. Und erwischte Wasser. Hustend räusperte er sich. »Ich hab gestern Alkohol getrunken.«

»Oh ja, Süßer!«

»Äh, ich kann mich an nichts erinnern.«

»Och.« Sie grinste.

Hartmann stellte fest, dass ihre grünen Augen genauso gefährlich funkeln konnten wie die der tätowierten Schlange auf ihrem Rücken.

Dann lachte seine Duschpartnerin und deutete nach unten. »*Er* scheint sich aber sehr wohl an mich erinnern zu können.«

Hartmann schnaufte. Das wurde ihm zu blöd. Das war seine Wohnung. Seine Dusche! Sein Schwanz, verflucht!

Er drückte sich an … wem auch immer vorbei nach draußen.

Die Schlangenfrau lachte. Wahrscheinlich war sie wirklich ein Miststück. Ob klein oder groß würde sich noch herausstellen.

»Mach keinen Stress, ja?«, rief sie ihm hinterher.

Hartmann warf sich ein Badetuch um die Hüfte, rauschte durchs Wohnzimmer ins Schlafzimmer, riss frische Wäsche aus dem Schrank und zog sich hastig an. Fertig angekleidet warf er nebenan einen zweiten Blick auf die Blonde, die immer noch schlief. Ihre langen, dünnen, in der Mitte gescheitelten Haare ergossen sich malerisch übers Sofa. Hinten im Nacken lugte ein dunkelblaues Sternchentattoo durch die blonde Pracht. Auch ihr schien es sehr gut zu gehen, denn Hartmann erlauschte durch die prasselnden Duschgeräusche von nebenan ein sanftes, gleichmäßiges Schlafschnaufen.

»Na prima«, knurrte Hartmann. Es war doch schön, wenn Gäste sich in seiner Wohnung wohl fühlten.

Er strich sich durchs feuchte Haar, riss noch mal die Tür zum Bad auf und ratschte den Duschvorhang mit lustigen Fischmotiven zur Seite.

»Unbekannte Frau, ich geh kurz mal außer Haus. Wenn ich zurückkomme, hab ich die Hütte wieder für mich alleine, verstanden?«

Die Dunkelhaarige griente ihn spöttisch an. »Mann, bist du unentspannt!«

Hartmann nickte. »Manchmal. Ich hoffe, du hast Kondome benutzt!«, rief Hartmann und riss den Vorhang wieder dicht.

Als er zügigen Schrittes die Wohnung verließ, hörte er sie immer noch lachen.

* * *

Hartmann eilte durch das um diese Tageszeit schon furchtbar aufgeheizte Treppenhaus nach unten. Sein Appartement lag in der dritten Etage. Er kämpfte sich in der zweiten Etage durch herbes Männerparfüm, das ihm aus Nicole und Petras Massagestudio entgegenschlug.

Der Duft erinnerte ihn immer an seine Tante Gertrud, die ihm jedes Jahr zu Weihnachten einen ähnlich männlichen Duft mit schwüler Moschusnote zukommen ließ. Stets verbunden mit der Frage, warum er denn immer noch nicht verheiratet sei.

In der Etage darunter kam es noch schlimmer. Er presste sich die Nase zu. Morten und Sanne, so sagte es ein getöpfertes Namensschild in fröhlichem Lila, liebten sich sehr. Außerdem teilten sie ihre Wohnung mit circa zwei Dutzend Katzenviechern, deren Lebensinhalt es war, fies in der Gegend rumzupinkeln.

Der darauf folgende metallische Geruch im Erdgeschoss stammte aus Dimitris Second Hand-Laden. Hier vertickte der sympathische Grieche billigst eingekaufte Ware zu extrem günstigen Preisen. Sein Sortiment hatte Dimitri gerade aus gegebenem Anlass um Motorradzubehör erweitert. Lederkombi, Packtaschen.

»Mann, die Helme waren aber auch günstig.«

Schade, dass Hartmann keinen Motorradführerschein hatte. Genau genommen hatte er nach einem Alkohol- und Polizeizwischenfall derzeit gar keinen Führerschein. Das war lästig, gerade wenn man als Privatdetektiv arbeitete. Und es war der Grund dafür, dass er nun sein rotes Rennrad vom Geländer kettete, den Drahtesel aus dem Flur schob, sich am Konrad-Adenauer-Platz auf den Sitz schwang und bei strahlendem Sonnenschein eifrig in die Pedale trat.

Bis zu Krake nach Unterrath war es nicht weit, und fünfzehn verschwitzte Minuten später leinte er sein Gefährt an eine Straßenlaterne und stieß wuchtig die Kneipentür zum *Aquarium* auf.

»Um Himmels willen!«

Hartmann hatte das *Aquarium* gerade betreten und irgendwie eine andere Begrüßung erwartet. Krake verdrehte auf der anderen Seite des Tresens die Augen.

»Tag, Krake«, grüßte Hartmann zurück.

»Und? Alles klar?«, fragte Krake mit lauernden, halb geschlossenen Augenschlitzen, die ihm ein ungewohnt bedrohliches Äußeres gaben.

»Ja. Kann ich einen Kaffee haben?«

»Kaffee? Ja klar.« Krake beugte sich über die Theke. »Nur Alkohol, mein Junge, Alkohol kriegst du bei mir keinen mehr. Das war wirklich erste Liga, mein Freund.«

Hartmann räusperte sich. »Deshalb bin ich hier. Ich kann mich an nichts erinnern.«

»So einfach kommst du diesmal nicht aus der Nummer raus«, grunzte Krake und strafte ihn mit dem Blick, den er für besonders große Blödmänner reserviert hatte.

Hartmann blinzelte. »Echt jetzt. Ich wache heute Morgen auf und hab einen Filmriss.«

Krake hielt inne. »Ist das dein Ernst?«

»Absolut. Das Letzte, an das ich mich erinnere, ist die *Big Bird*-Coverversion, als ich hier reinkam. Eine Frau. War das Etta James?«

»Rosetta Hightower.« Krake schüttelte ärgerlich den Kopf und schob den Becher Kaffee unter Hartmanns Nase. »Aber das ist jetzt ja wohl nebensächlich. Nach all dem, was passiert ist.«

Hartmann spürte ein flaues Gefühl im Magen. »Nach all dem, was passiert ist?«

Krake beugte sich über den Tresen. »Du weißt aber schon, mit wem du gestern rumgemacht hast?«

»War sie blond oder dunkelhaarig?«

»Das ist nicht witzig!«

»Krake, bitte. Was hab ich gemacht?«

»Rumgemacht hast du.«

»Okay.«

Hartmann nippte am Kaffee. Hatte er eben rumgemacht. Seit Gina sich vor drei Monaten von ihm getrennt hatte, war er wieder Single. Singles dürfen rummachen. Müssen sie sogar. Sonst bleiben sie ewig welche! Und müssen sich rechtfertigen. Zu Weihnachten bei Tante Gertrud zum Beispiel.

»Hartmann, du weißt wirklich nicht, wer das gestern war?«

Hartmann schüttelte den Kopf. »Keine Ahnung. Blackout. Schwarz oder blond?«

»Lange, schwarze Haare. Jeans, rotes Top. Grüne Augen.« Krake ruderte mit einem Arm durch die Luft. Ein bisschen sah es so aus, als wollte er sich die Hände über dem Kopf zusammenschlagen. Was ja nicht ging. »Kerl, das war die Freundin des Präsidenten der Black Mambas!«

Hartmann rutschte der Kaffeebecher aus den Fingern, der kreiselnd auf dem Tresen braune Kaffeeflecken verspritzte. »Was?«

»Ja, genau, mein Freund. Du hast ein Problem.«

Hartmann sammelte sich. Die Frau, neben der er in seinem Bett aufgewacht und die zu ihm unter die Dusche geschlichen war, war die Freundin des Präsidenten der … Nackt. Nackt hatten sie in seinem Bett gelegen. »Puh.«

»Sag ich doch.«

Das war wirklich ein Problem. Die Black Mambas waren Düsseldorfs gewalttätigste Rockerclique. Übel. Übel. Übel. Gewalttätig. Nicht so zahlreich wie ihre engelsgleichen Motorradfreunde oder wie die Kerle mit dem lustigen Wappen auf der Kutte, aber sie hatten das erfolgreiche Geschäftsmodell ihrer Kollegen übernommen und waren … übel. Und mit ihren Frauen sicher mehr als pingelig. Und nachtragend.

»Hat denn jemand mitbekommen, dass ich mit der rumgemacht habe?«

Krake glotzte ihn an. »Mitbekommen? Du hast auf der Theke gestanden und ihren BH versteigert!«

Hartmann senkte den Kopf. Scheiße. Solche Aktionen sprachen sich immer schnell rum. »Äh, wer hat ihn denn ersteigert, den BH?«

»Du!«

»Ich?«

»Ja, du Esel!«

Okay. »Aber, dass sie die Braut vom Präsi ist, das hat nicht jeder mitbekommen?«

Krake seufzte. »Du hast ihr persönlich die Bluse ausgezogen. Hier an der Theke. Um ihr den roten BH abzustreifen. Bei der Gelegenheit haben alle, die da waren, ihr beeindruckendes Tattoo auf dem Rücken erkennen können. Und welcher Truppe das Tattoo zuzuordnen ist, dürfte allgemein bekannt sein, nicht wahr?«

Krake war ernsthaft besorgt. Wahrscheinlich zu Recht. Hartmann schloss die Augen. Mist! Was fiel der blöden Tussi aber auch ein, sich von ihm abschleppen zu lassen. Doofe Schlangenzicke!

Krake fasste zusammen. »Du kommst hier rein, warst ein bisschen frustig. Gina. Du trinkst ein Bier und noch eins. Die Braut setzt sich zu dir. Keine Ahnung, wo die herkam, die war zum ersten Mal hier. Ihr trinkt einen Bacardi Cola. Und noch einen. Und du ahnst es schon: Jetzt gab es kein Halten.«

Hartmann nickte. Verdammt!

»Ihr habt die ganze Kneipe unterhalten. Hier war mehr los als am Wochenende im *Oberbayern* auf der Bolker Straße. Hatte auch in etwa die gleiche Qualität. Ich hab mir schon gedacht, dass das ein böses Erwachen gibt. Mit Engelszungen habe ich auf dich eingeredet, aber du wolltest ja nicht hören.«

Hartmanns Blick fiel auf ein gerahmtes Foto von Aretha Franklin mit Autogramm. Er meint einen Anflug von Vorwurf in ihrem Blick zu erkennen. Recht hatte sie.

»Wann bin ich gegangen?«

»Kurz nach eins. Mit einem Taxi.«

»Wir beide?«

»Was soll immer dieses ›wir beide‹?«

Hartmann nahm einen Schluck. »Ich werde heute Morgen wach, finde die Dunkle in meinem Bett und im Wohnzimmer auf der Couch liegt noch eine Blonde.«

Krake japste. »Blond hatten wir gestern nicht. Nur eine Dunkelhaarige. Eine Teuflin. Das wird dich umbringen. Hartmann, diesmal hast du wirklich ein Problem. Da kennen die Typen keinen Spaß!«

Hartmann zog die Nase hoch. Black Mambas. Nicht gut. Aber das ließ sich alles klären, ihm würde schon was einfallen. Ihm fiel schließlich immer was ein.

»Krake, ich muss weg. Die Tussi ist vielleicht noch bei mir in der Wohnung. Vielleicht kann ich das noch irgendwie geradebiegen.« Er schnaufte. »Und egal, wer nachfragt: Ich bin nicht hier gewesen. Ich brauche ein bisschen Zeit.«

»Nicht nur das. Auch Glück.«

Viel. Viel Glück, schien Aretha Franklin von der Wand mit barmherzig warmem Blick hinzuzufügen.

* * *

Hartmann grüßte Dimitri, der gerade dabei war, seinen Laden zu schließen, ruckelte das Fahrrad in den Flur und kettete es wieder ans Treppengeländer. Nur so gesichert bestand zumindest die minimale Chance, dass das Fahrrad nicht sofort geklaut werden würde. Rote Rennräder wurden hier im Bahnhofsviertel gerne genommen.

Hartmann eilte die Stufen hoch und schloss die Wohnungstür auf. Durch den kleinen, fensterlosen Flur mit Garderobe gelangte er ins Wohnzimmer, das er gleichzeitig als Büro nutzte. Das Sofa mit ordentlich gefalteter, orangefarbener Wolldecke war leer, keine Blondine.

Im Schlafzimmer träumte ein einzelnes, männliches Wäschehäufchen einsam vor sich hin. Auch die Motorradbraut hatte sich verflüchtigt. Sie hatte sogar das Fenster zum Lüften geöffnet, es stand auf kipp. Hartmann zog tief Luft ein. Nicht verflüchtigt hatte sich allerdings ihr Parfüm. Wirklich ein angenehmer, milder Duft. Kaum wahrnehmbar.

Hartmann lugte ins Bad. »Leer. Aber …«

Er trat an den Spiegel über dem Waschbecken. Mit dem schmalen Träger an einer Halterung befestigt, baumelte dort der ersteigerte rote BH. Mit Lippenstift in gleicher Farbe stand dort geschrieben:

»*Das ist deiner! Der Abend war toll! Danke! S.*«, las Hartmann. »Na immerhin.«

Er rupfte den BH vom Spiegel, wechselte ins Wohnzimmer und blieb vor der Couch stehen. »Und für dich? Wie war es für dich?«, fragte er die Blonde, die nicht mehr da war.

Er bückte sich und zupfte ein langes, helles Haar vom Bezug.

»Das ist aber nicht von mir!«, zischte es giftig aus Richtung Tür.

Hartmann fuhr herum. »Gina!« Im Türrahmen stand seine Ex-Freundin. Mist! Gerade jetzt.

»Die Tür stand offen. Ein blondes Haar? Du hattest Besuch?«, fragte Gina mit eisiger Stimme.

»Ja. Äh … Nein.«

Gina nickte. »Und der ist definitiv auch nicht von mir. Rote Spitze? Ein bisschen billig, oder?«

Hartmann schnippte das blonde Haar vom Finger und stopfte den BH schnell unter die Wolldecke.

Gina schüttelte den Kopf. »Blonde Haare, rote BHs. Liegt nebenan im Schlafzimmer noch jemand. Duscht wer? Finde ich im Bett schwarze Haare?«

Hartmann schluckte. Letzteres hätte er vielleicht bejahen können, ließ es aber bleiben. Seine aus Italien stammende Ex-Lebensgefährtin verfügte über jede Menge südländisches Temperament. Und wusste, wo die Messer lagen.

»Es ist nicht so, wie du denkst.«

Gina machte eine wegwerfende Handbewegung. »Ist schon klar, Christian. Ich hab es dir ja erklärt. Das ist genau die Sache, mit der ich meine Probleme habe. Deine Freunde sind Junkies, Prostituierte und weltfremde Spinner. Auf dich wird geschossen, du wirst mit dem Messer schwer verletzt. Ich soll darüber hinwegsehen, wenn halbnackte Frauen bei dir ein und aus gehen, wenn du nächtelang wegbleibst und dich in dubiosen Lokalen rumtreibst. Das schaffe ich nicht. Du musst dein Leben in den Griff bekommen, Christian.«

»Das mache ich«, wehrte sich Hartmann.

»Du stehst da mit einem langen, blonden Haar in der einen und einem roten BH in der anderen Hand. Das sieht nicht so aus, als ob du auf dem richtigen Weg bist.«

»Ich kann das erklären.«

»Nicht nötig. Ich bin hier, um mich von dir zu verabschieden. Mir wurde eine gute Stelle in Sydney angeboten. Ich werde sie antreten.«

»Sydney? Australien?«, fragte Hartmann. »Das ist nicht gerade um die Ecke.«

»Eben.«

»Und wann?«

»Morgen. Wie gesagt, ich bin hier, um mich zu verabschieden.«

Hartmanns Magen kurbelte. »Hast du dir das gut überlegt?«

Gina lachte. Ohne, dass das Lachen ihre Augen erreicht hätte. Sie zog einen Schlüssel aus der Jeanshose und legte ihn auf den Schreibtisch. »Jetzt musst du auch keine Sorge mehr haben, dass ich plötzlich bei dir in der Wohnung stehe und dich mit Unterwäsche in der Hand erwische.«

»Äh …«

»Mach es gut, Christian. Ich melde mich, wenn ich soweit bin«, sagte sie und war schneller aus der Wohnung, als Hartmann ihr ein »Alles Gute« hinterher hätte flüstern können. Oder gar ein: »Geh nicht!«

* * *

Der schlanke Mann mit der hohen Stirn im hellen, groß karierten Jackett blickte der jungen Frau hinterher. Er hätte seiner hübschen Besucherin sehr gerne weitergeholfen. Sein Blick fiel auf das polierte, goldfarbene Messingschild außen an seiner Bürotür, das seinen Namen verriet:

Wolfgang C. Arnolds

Langsam schloss er die Tür, strich im Vorbeigehen über das Holzgeländer der Kellertreppe und folgte dem süßlich-schweren Nikotinduft, der ihn in sein Büro führte, in der die Pfeife im Ascher abgelegt war. Er klemmte das Mundstück zwischen seine Lippen und paffte nachdenklich blauen Qualm in die Büroluft.

Er zuckte mit den Achseln.

Der diffuse Sachverhalt, den seine Beinaheklientin ihm gerade geschildert hatte, war schlicht zu vage, um mit Ermittlungen einsteigen zu können. Verdächtige Personen, verdächtige Fahrzeuge. Konnte was dran sein. Musste aber nicht.

Langsam ließ er sich hinter den Schreibtisch sinken. Ein wenig neugierig war er ja schon.

Seine Fast-Kundin hatte einen Kollegen erwähnt. Den hatte er in einer anderen Sache mal kontaktiert. Arnolds strich nachdenklich über die Krawatte und schnalzte dann entschlossen mit der Zunge. Er öffnete die oberste Schublade seines Schreibtischs, zog einen Notizblock heraus und blätterte ihn durch. Also müsste er eigentlich noch dessen Telefonnummer haben.

»Da ist sie ja«, murmelte Arnolds. Vielleicht hatte sein Kollege Hintergrundinformationen. Er tippte die Telefonnummer in die Tastatur.

Es brummte mehrmals, dann meldete sich ein Anrufbeantworter. Arnolds legte auf. Nee, auf das Teil würde er jetzt nicht sprechen. Stattdessen versuchte er es ein zweites Mal, aber wieder begrüßte ihn nach wenigen Sekunden die Bandansage.

»Dann eben nicht.«

Er spürte ein Kratzen im Hals und versuchte, eine Atemschneise in die verrauchte Luft zu fächern. Vergeblich.

Wolfgang C. Arnolds seufzte, trat hinter dem Schreibtisch ans Fenster, um es einen Spalt zu öffnen. Seine Hand lag bereits auf dem Messingöffner, als er im Hinterhof, gleich unter seinem Fenster, eine schnelle Bewegung wahrnahm. Er runzelte die hohe Stirn. Schlich da jemand durch den Hinterhof?

»Scheiße«, murmelte Arnolds.

Er beugte sich nach vorne. Vermutlich wieder Sprayer, die irgendwelche wirren Schriftzüge an die Mauerwände sprühen wollten. Verfluchte Bande! Die ganze Gegend ging immer mehr den Bach runter. Wo waren eigentlich die Bullen, wenn man sie brauchte? Lauerten mit ihren Scheißlasermessgeräten hinterhältig in jeder Dreißigerzone, aber wenn der Bürger vor Vandalen geschützt werden musste, hielten sie sich vornehm zurück. Man müsste …

»Ach!«

Er machte eine wegwerfende Handbewegung und drückte seine Wange hart gegen die kalte Glasscheibe, um den Hinterhof möglichst weit einsehen zu können. Aber er konnte nichts erkennen. Vielleicht hatten die sich hinter einem der abgestellten Fahrzeuge versteckt. Oder den Hof schon wieder verlassen.

Nachgucken gehen?

Arnolds löste seine Wange mit einem klebrig-feuchten Flutsch von der Scheibe und schüttelte den Kopf. Nix da.

Er drehte sich zurück zum Schreibtisch und hatte gerade seine dampfende Pfeife zurück in den Ascher gelegt, als er den Mann entdeckte, der sich hinter seinem Rücken lautlos in sein Büro geschlichen hatte.

Arnolds zuckte zusammen. »Was …?«

Der kleine Kerl mit den zum Pferdeschwanz geknoteten, langen, schwarzen Haaren hatte ihn fest im Blick und schritt zügig auf ihn zu.

Arnolds schnappte nach Luft. Und entdeckte erschreckt, dass der Mann ein riesiges Messer in seinen Fingern hielt. Das tödliche Teil funkelte gefährlich im Sonnenlicht, das durch die Scheiben in den Raum fiel.

Arnolds Puls raste.

Im gleichen Moment wurde ihm bewusst, dass er seine Pistole, die vor ihm in der mittleren Schreibtischschublade lag, nicht rechtzeitig würde erreichen können.

Arnolds trat einen Schritt zurück und stieß mit dem Rücken an die Wand des Büros. »Was zur Hölle soll das?«

Der Kerl mit dem Messer hatte nicht vor, es ihm ausführlich zu erklären.

2. Tag

Hartmann schlief lange, fest und traumlos. Schon zehn Uhr, mahnte ihn der Wecker. Nach einer ausgiebigen Dusche und der längst fälligen Rasur entdeckte Hartmann die beiden Nachrichten, die seine Telefonanlage aufgezeichnet hatte. Die Anlage war ein schickes, modernes Teil, das sein Kumpel Angie so dermaßen günstig hatte besorgen können, dass Hartmann sicherheitshalber schnell die Gerätenummer rausgekratzt hatte.

Das Teil konnte außer bügeln eigentlich alles. Jetzt tat eine kleine, rote Leuchte neben der Tastatur das, wozu ein geschickter Handwerker sie seinerzeit eingebaut hatte. Sie leuchtete rot.

Hartmann drückte eine Taste und erlauschte Rauschen, keine Nachricht. Der Teilnehmer hatte beide Male das Band nicht besprochen. Er blieb anonym, denn er hatte mit unterdrückter Nummer angerufen. Und das, wie eine weitere Zahlenreihe im Display angab, bereits gestern am frühen Abend. Gestern hatte Hartmann für die Anlage kein Auge gehabt. Er seufzte. Wenn es wichtig war, würde der Anrufer noch mal anrufen.

Er konnte ja nicht ahnen, dass das so nicht ganz richtig war …

»Frühstück«, murmelte Hartmann, rieb sich den Bauch, verließ die Wohnung und eilte die Stufen nach unten. Er trat vor die Haustür. Klasse Wetter.

Links rum ging es sofort in Renates Brötchenbude.

»Guten Morgen, Christian. Gut siehst du auch.«

»Morgen Renate. Was so eine Dusche rausholt! Ich nehme ein halbes Brötchen mit Dieda und ein halbes mit Dadie«, sagte er und deutete in Renates Auslage.

Also, in die der Theke. Wobei auch Renates persönliche Auslage sensationell und der Grund dafür war, warum die Kundschaft in ihrer kleinen Brötchenschmiede gegenüber dem Hauptbahnhof überwiegend männlich war.

»BecherKaffeemitMilchdazuwieimmer?«

»Japp.«

»Bring ich dir rüber. Der Tisch neben Noah ist noch frei.«

»Noah?«, fragte Hartmann.

»Der kleine Süße da. Ich komm gleich!«

Hartmann folgte Renates Kopfnicken. Noah war ein Hund. Ja. Zweifellos. Wenn man ganz genau hinschaute. Genau genommen war Noah ein Hund, den die Natur aus mindestens sechs verschiedenen Rassen genetisch zusammengesetzt hatte. Vielleicht war auch noch ein bisschen Zebra mit drin. Das ungewöhnliche, kniehohe Felltier war an einer Sitzbank angeleint, starrte ihn aus … eins … zwei Augen an und wedelte freundlich mit einer Art Schwanz.

»Morgen, Noah«, sagte Hartmann höflich, der es mit Hunden nicht so hatte.

Hunde rissen Postboten vom Rad, bissen ihnen ein Bein ab oder schüttelten sie zu Tode. Hatte er gehört. Hartmann kannte einen Postboten, der ihm optisch gar nicht so unähnlich war. Wenn jetzt also ein Hund mit Sehschwäche … und schwups, hatte er so ein fieses Gebiss im Fleisch. Also aufpassen!

Am Stehtisch neben Hartmann nörgelten sich zwei Rentner durch den Vormittag.

»Der Juni is auch nich mehr datt, watt er mal war!«

»Liegt an Ozon.«

»Stimmt. Ich sach dir, der Kerl is genauso kriminell wie alle anderen da oben!«

»Jau!«

Einer der beiden klappte sein belegtes Brötchen auseinander und verzog das Gesicht. »Früher war mehr Salami aufm Brötchen.«

»Sei froh! Da is sowieso nur Dreck im Lebensmittel!«

Hartmann hörte weg und zuckte zusammen. Der Kaffee war fertig.

»Der Noah tut nix«, flötete Renate, deutete auf den Hund und knallte Hartmanns Becher auf den Stehtisch.

»Danke. Seit wann hast du einen Hund?«

»Den hat meine jüngste Tochter, die Sara-Jacqueline, aus Spanien mitgebracht. Stell dir vor, da laufen die armen Tiere einfach so rum. Der Noah ist ein ganz lieber. Nicht wahr, Noah, mon cher?«

Hartmann runzelte die Stirn. »Mon cher?«

»Er kommt doch aus Spanien«, erklärte Renate. »Und spricht kein deutsch. Deshalb red ich immer französisch mit ihm. Nespa?«

Noah wedelte mit seinem Schwanzdings.

Hartmann nickte. »Klar.«

»Spanisch und Französisch ist ja quasi dasselbe«, erklärte Renate.

»Richtig«, pflichtete Hartmann ihr bei und nippte am Kaffee. »Oft sagt man zu Spanien ja auch Südfrankreich. Ich wusste gar nicht, dass du Französisch sprichst.«

»Ach, nur ein wenig. Da lag ein altes Wörterbuch bei mir rum. Für den kleinen Noah reicht es.«

Renate entschwand, um die Brötchenhälften zu holen. Hartmann warf einen schnellen Blick in die Tageszeitung, die aufgeschlagen auf dem Bistrotisch reißerisch das Neuste verkündete. Teile einer Weltraumstation rasten auf die Erde zu. Ein Einschlag in Köln wurde nicht ausgeschlossen. Die Rolling Stones kündigten eine Abschiedstournee an, ein blondes

Hollywoodsternchen, von dem Hartmann noch nie gehört hatte, war mit Zwillingen schwanger. In Italien wurde gemutmaßt, dass Silvio Berlusconi Staatsanleihen missbraucht hatte, um im großen Stil Viagra zu kaufen.

Auch Düsseldorf hatte Schlagzeilen zu bieten. In einem Hinterhof in Düsseldorf-Lierenfeld hatte man eine Frau erschossen aufgefunden, in der Potsdamer Straße hatte es wieder gebrannt und auf der Corneliusstraße hatten Randalierer ein Auto auf die Fahrbahn gerollt. Und dort liegen gelassen. Mit der Unterseite nach oben.

Er nippte am Kaffee.

»Bitte, Christian. Und?«

»Was?«

»Ist der Noah nicht ein braves Kerlchen?«

»Ist es denn ein Männchen?«

Renate blinzelte. »Ja sicher. Er hat einen …«

»Ja, schon. Aber in der Tierwelt werden seltsame Wege beschritten.« Hartmann biss in das Leberwurstbrötchen.

»Ach?«, fragte Renate.

»Ja. Schnecken sind zum Beispiel Zwitter. Und Sandbarsche können ihr Geschlecht wechseln. Die gemeinen Zweifingeraffen auf den Galapagosinseln sind fast alle homosexuell.«

»Nein!«

»Doch. Und kommen super klar! Es gibt kaum Frauen auf den Galapagosinseln.«

»Ja, dann … Für mich wäre das nichts«, entschied Renate.

»Zweifingeraffen sind nicht jedermanns Sache«, zeigte Hartmann Verständnis und biss ins Brötchen.

»Die haben in Spanien so viele Hunde«, erklärte Renate. »Die waren alle richtig froh, als Sara-Jacqueline drei im Kofferraum rausgeschmuggelt hat.«

»Rausgeschmuggelt? Im Kofferraum?« Jetzt war Hartmann aber doch ein bisschen entsetzt.

»Ja, die Hunde kommen von überall her nach Spanien und vermehren sich da wie verrückt. Ist ja auch ein angenehmes Klima. Immer so schön warm. Dann die malerischen Strände, die herrlichen Sonnenuntergänge.« Sie zog die Augenbrauen böse zusammen. »Viele Hunde werden dort auch einfach so ausgesetzt und streunen herrenlos durch die Straßen. Das finden die Einheimischen nicht so gut.«

Hartmann nickte. »Das ist wie damals mit den Portugiesen.«

Renate blickte ihn fragend an.

»Die waren ja auch nicht immer da«, erläuterte Hartmann. »Kamen ins Land, sind geblieben und haben Portugal gegründet. Das finden auch nicht alle Spanier toll.«

Renate nickte. »Ich kenne mich mit Geschichte nicht so aus.«

»Wieso heißt der Hund eigentlich Noah?«, fragte Hartmann.

»Ach, das war früher mein Lieblingsmärchen. Noah im Walfisch. Spannend. Und so dramatisch. Wenn die Seeleute den kleinen Jungen während des Sturms ins Wasser werfen, der Wal ihn gierig mit seinem großen Maul verschluckt und er dort im Dunkeln sitzt und ängstlich betet. Und der Wal ihn nach drei Tagen und drei Nächten ans Land spuckt. Das war super!«

Hartmann versenkte den letzten Bissen im Mund. »Hieß der nicht Jonas?«

»Wer? Der Wal?«

»Schon gut. Wart ihr mit eurem ... Hund schon mal beim Tierarzt?«

»Noah ist doch kerngesund. Guck mal, wie der guckt!«

»Ja. Ich dachte so ...«

»Hansischatz hat auch so geunkt, aber ich sag: Guck einem Tier in die Augen und du siehst, ob es gesund ist. Hab ich gemacht. Sieht gut aus.«

Hartmann nickte, zuppelte einen Fünfeuroschein aus dem Portemonnaie und war der Meinung, dass ein Blick nicht nur in die Augen, sondern ins struppige Fell des kleinen Südfranzosen sicher auch sinnvoll gewesen wäre. Aber das war das Problem von Renate. Und von Hansischatz.

Er hatte ganz andere. Eher was mit Schlangen.

Hartmann rutschte vom Hocker. »Na, dann: Tschüss und au revoir!«

Renate winkte ihm nach. Der kleine Noah machte einen Buckel. Und kratzte sich.

* * *

Hartmann stieg die Stufen hoch. Langsam. Nachdenklich. Irgendeine frische Information hatte sich in seinem Gehirn verhakt. Er bekam den Gedanken nicht richtig zu packen.

»Was war das jetzt? Südfrankreich? Galapagosinseln? Potsdamer Straße?«

Es lag ihm fast auf der Zunge.

Verdammt! Hartmann zuckte zusammen. Der Typ stand mit dem Rücken zu ihm vor seiner Haustür. Langsam drehte der Mann sich um. In seine Richtung. Hartmann wirbelte herum, aber auch dort stand jemand.

In einer Jeansjacke. Keine Kutte. Keine Mambas. Die beiden Typen sahen eher aus wie …

»Polizei. Herr Hartmann?«

»Schabowski. Kai Uwe Schabowski«, stellte Hartmann sich vor. »Ich bin nur hier, um …«

Der Mann über Hartmann schüttelte spaßlos den Kopf. »Ich kenn dich aus dem Stadion, Hartmann. Mach keine Zicken!«

Hinter ihm schob sich ein dicker Brustkorb um die Ecke und raubte den letzten Rest Tageslicht. Das Gesicht zum gigantischen Brustkorb kannte er. Noch ein Bulle. Seit wann kamen die zu dritt?

»Granny! Was willst du denn hier?«

»Dich festnehmen, Hartmann.«

»Mich festnehmen?«

Granny nickte.

»Und wieso? Was soll ich gemacht haben? Wessen werde ich beschuldigt?«

Granny verzog keine Miene: »Mord.«

* * *

Es war kalt. Im Düsseldorfer Polizeipräsidium am Jürgensplatz war es immer kalt. Das lag wahrscheinlich an diesen dicken Betonwänden. Vielleicht bildete Hartmann sich das auch nur ein. Auf jeden Fall krempelte er die Ärmel seines Hemdes runter.

Die altmodische Stehlampe warf einen breiten, fast surrealen Schatten auf die weiß-graue Bürowand. Es war der Schatten von Granny, und Hartmann fühlte sich an eine Szene aus *Elliot, das Schmunzelmonster* erinnert. Aber eine entsprechende Bemerkung war im Moment nicht angezeigt.

»Wer ist die Frau?«, knarrte Grannys Kollege, Jürgen Dircks, der ihm am Bürotisch gegenüber saß und auf das Foto zwischen ihnen klopfte.

»Meine Güte, ich weiß es nicht. Ich habe die Frau noch nie vorher gesehen. Glaube ich.«

In seinem Rücken knurrte Granny.

Kriminalhauptkommissar Dircks verdrehte die Augen. »Ich fasse zusammen, Hartmann. Deine Freundin hat sich von dir getrennt. Du bist schlecht drauf, du brauchst Zerstreuung. Es ist gestern, 20.00 Uhr und du gehst in die Altstadt. Du trinkst

Alkohol. Zu viel. Du gehst nach Hause, wachst am nächsten Morgen gegen halb zwölf auf. Auf dem Weg zur Dusche siehst du eine Frau mit langen, blonden Haaren auf deiner Couch, die du noch nie zuvor gesehen hast.«

»Zumindest kann ich mich nicht erinnern.«

»Du gehst duschen. Sagst ihr, dass sie sich verziehen soll und fährst mit dem Rad zu Kumpel Krake, um den Abend zu rekonstruieren, was nur bedingt gelingt. Sie, die für dich fremde Frau, lässt du alleine in der Wohnung zurück. Heute Morgen kommst du aus Renates Brötchenbude, als Granny dich festnimmt.«

Hartmann zuckte mit den Schultern. »Das ist das, was ich sagen kann.«

»Nicht besonders viel.«

»Ich habe sie nicht umgebracht«, beharrte Hartmann.

Granny knurrte wieder. Es hörte sich nicht gut an. Wie ein Tiger, der vor dem Absprung kurz nach Luft schnappt. Der Ton kommandierte Hartmanns sämtliche Nackenhaare stramm in die Senkrechte.

»Ich habe ein Alibi«, versuchte es Hartmann mit einem Sachargument.

Dircks strich sich durchs Haar. »Das haben wir überprüft. Der Grieche aus dem Second Hand Laden hat bestätigt, dass du um 18.30 Uhr nach Hause gekommen bist, als er seinen Laden abgeschlossen hat. Das ist die ziemlich exakte Tatzeit. Insofern bist du aus dem Schneider.«

»Na also. Ich habe alle eure Fragen zehnmal beantwortet. Ich habe auf einen Anwalt verzichtet. Ich bin kaputt. Ich will nach Hause.«

Dircks beugte sich über den Schreibtisch. »Du hast sie nicht ermordet, nein. Aber du behinderst unsere Ermittlungen, denn wir müssen wissen, wer die Frau ist. Und was sie von dir wollte!«

Hartmann sagte mal nichts.

Dircks tippte auf das Foto.

Hartmanns Blick folgte dem Zeigefinger. Automatisch. Obwohl er kein zweites Mal hatte hingucken wollen. Das Gesicht hätte er nicht erkannt. Das Gesicht der Frau hätte allerdings auch die eigene Mutter nicht wiedererkannt …

Ein zweites Mal formte Übelkeit in Hartmanns Magen knorpelige Knoten, die hartnäckig einen Weg nach draußen forderten. Er hatte schon viel gesehen, selten etwas Schrecklicheres!

Jemand hatte der Frau von hinten in den Kopf geschossen. Im Kopf war alles aufgeplatzt, was platzen konnte. Blutverschmiert klebten die langen, blonden Haare strähnig am Schädel, das blaue Sternchentattoo in ihrem Nacken war kaum zu erkennen. Nur, wenn man ganz genau hinguckte. Was Hartmann dummerweise gemacht hatte.

Die Blonde von der Couch. Verdammt!

Junge Frau in Lierenfeld erschossen, hatte in der Zeitung gestanden …

Mein Gott, das sah aus wie nach einer Hinrichtung!

Hartmann konzentrierte sich auf eine gleichmäßige Atmung und hechelte gegen den aufkommenden Brechreiz an, wissend, dass er dieses entsetzliche Bild nie wieder aus seinem Kopf würde verbannen können.

Dircks ruckte das Foto der Toten zur Seite. Sichtbar wurde eine Visitenkarte.

»Diese Karte haben wir in ihrer Hosentasche gefunden. Wie kommt die Frau an deine Visitenkarte?«

Hartmann war ehrlich erstaunt. »Keine Ahnung. Ich habe mir damals nur ein paar von den Dingern drucken lassen. Die waren billig.«

»So sehen sie auch aus«, giftete Granny aus dem Hintergrund.

»Ich bin mir absolut sicher, dieser Frau niemals eine Karte ausgehändigt zu haben. Ich weiß nicht, woher sie die Karte hat. Nur wegen dieser Visitenkarte haltet ihr mich jetzt fest?«

»Sie hatte nur die eine dabei. Und wir wurden mit Spuren nicht gerade überschüttet«, brummte Dircks.

»Ah, ja. Dann greift ihr also auf die üblichen Verdächtigen zurück?«, knurrte Hartmann.

»Das ist selten verkehrt«, kommentierte Granny.

»Mit was für einer Waffe ist sie denn erschossen worden?«, fragte Hartmann.

Dircks zögerte einen Moment, tauschte einen Blick mit seinem Kollegen und rang sich zu einer Antwort durch. »Ein jugoslawisches Modell. Wird auf dem Schwarzmarkt leider breit gehandelt. Die ballistischen Untersuchungen laufen noch. Waffe und Kugel helfen uns also im Moment noch nicht weiter.«

Granny meldete sich in Hartmanns Rücken. »Die Identität der Frau steht nicht fest. Fingerabdrücke bis jetzt negativ. Wegen mehrerer Zahnbehandlungen meint der Arzt, sie stammt eventuell aus Osteuropa. Klingelt da was bei dir?«

Hartmann schüttelte den Kopf.

»Bulgarien, Rumänien, Ukraine?«

»Ich weiß, was du mit Osteuropa meinst. Ich bin nicht blöd. Nur müde. Aber ich habe keinen Schimmer.«

Dircks setzte nach. »Die Tote wurde in einem Hinterhof auf der Richardstraße gefunden. Hausnummer 246. Sagt dir die Anschrift was?«

Hartmann versuchte sich zu konzentrieren. Aber zur Richardstraße fiel ihm nur der Fußballplatz von Sportring Eller ein, auf dem er in seiner Jugend gekickt hatte und der ganz in der Nähe lag. Der Stadtteil Lierenfeld war nicht seine Ecke. Er schüttelte den Kopf.

»Hast du einen deiner merkwürdigen Fälle am laufen? Kann das damit zusammenhängen?«

»Ich habe seit Monaten keinen aktuellen Fall mehr.«

Dircks seufzte. »Hartmann, mit wem hast du dich angelegt?«

»Ich? Ich kannte die Frau doch gar nicht«, protestierte Hartmann.

»Die Frau war in *deiner* Wohnung. Sie hatte *deine* Visitenkarte in der Tasche. In was für einer Sache steckst du wieder knietief drin?«

»Ich will nach Hause!«

Dircks seufzte. »Wir müssen wissen, wer die Frau ist. Mit dem Foto können wir nicht in die Öffentlichkeitsfahndung. Unsere Zeichnerin wird ein Bild fertigen, aber diese Zeichnungen sind nicht genau. Und das dauert.«

»Klar.« Hartmann zuckte mit den Achseln. Er konnte das ja alles verstehen, nur weiterhelfen konnte er nicht.

Dircks schnaubte. »Nun gut. Das wär's fürs Erste. Warte vorm Haupteingang unter den Arkaden. Zwei Kollegen der Spurensicherung bringen dich nach Hause. Sie werden sich in deiner Wohnung umgucken und sich die Couch mal anschauen. Du hast nicht vor, in nächster Zeit die Stadt zu verlassen? Nein? Gut. Halte dich zur Verfügung, wir melden uns.«

Dircks nickte seinem Partner zu. »Möchtest du es ihm sagen?«

»Nicht nötig ...«, versuchte Hartmann, aber schon spürte er Grannys Atem in seinem Nacken.

»Für heute kannst du gehen, Hartmann. Aber wenn du uns linkst, wenn du uns bescheißt, wenn du uns irgendeine Information vorenthältst, dann bist du geliefert. Dann knote ich dir persönlich die Beine überm Kopf zusammen. Haben wir uns verstanden?«

»Knoten überm Kopf, verstanden.«

Granny schüttelte den Kopf. »Du bist ein hoffnungsloser Fall, Hartmann. Irgendwann ziehe ich dich tot aus der Gosse. Echt schade. Du bist ein netter Kerl. Den Tag verfluche ich jetzt schon, aber er wird kommen. Du kannst gehen.«

»Gut.«

Dumpf taumelte Hartmann durch die dunklen Flure nach draußen und ließ sich dort mit dem Rücken gegen die rotbraunen Klinker des Polizeipräsidiums fallen. Hastig pumpte er mehrere Einheiten Frischluft tief in seine Lunge.

»Mein Gott.«

Langsam beruhigte sich sein Magen. Zwei uniformierte Polizisten mit Pommestüten stiegen aus ihren Streifenwagen und musterten ihn im Vorbeigehen. Vermutlich waren sie der Meinung, dass die Kollegen aus dem Polizeigewahrsam wieder mal einen Auszunüchternden viel zu früh entlassen hatten.

»Verdammt, verdammt, verdammt!«, fluchte Hartmann und strich sich durchs Haar. Was war hier los? Er stand in der Kacke. Und zwar nicht nur knietief, sondern mittendrin. Bis Oberkante Unterlippe. »Scheiße«, flüsterte Hartmann.

War es richtig, die schwarze Black-Mamba-Braut unterschlagen zu haben? Irgendwas sagte ihm, dass sie und ihre motorisierten Kumpel mit dem Mord an der Blonden nichts zu tun hatten. Black Mambas benutzten keine jugoslawischen Knarren, sie ballerten mit einer ordentlichen, amerikanischen Pumpgun.

Aber ... Was, wenn doch?

Was wusste denn er, ob die Schlangenfrau die Blonde nicht eben doch kannte.

Auf jeden Fall war es gewagt, sie den Bullen vorenthalten zu haben. Aber mit der Info ließe sich vielleicht noch was machen. Und mehr als Infos hatte er im Moment nicht. Und selbst davon viel zu wenig.

»Christian Hartmann?«, sprach ihn ein junger, Kaugummi kauender Polizist in Zivil an. »Wir fahren dich nach Hause. Hör mal, wo ich dich grad so habe. Wie war das damals eigentlich, als der Gegenspieler dir das Knie kaputt getreten hat und du deine Fußballschuhe an den Nagel hängen musstest?«

»Schmerzhaft. Sehr schmerzhaft«, flüsterte Hartmann.

Des jungen Polizisten älterer Kollege schubste seinen Partner auf die Beifahrerseite eines dunkelroten Opel. »Halt die Klappe!« Er nickte Hartmann entschuldigend zu. »Muss ätzend gewesen sein. Das ganze Leben kann sich durch so eine Kacke ändern. Tut mir leid, Hartmann. Warst ein Guter!«

Hartmann nickte. Sicher. In seinem Leben hätte sich vieles anders entwickelt. Ganz anders.

Es war dunkel geworden.

* * *

Als der Zivilwagen bei Hartmann um die Ecke auf der Friedrich-Ebert-Straße anhielt, erkannten ihn die ortsansässigen Junkies sofort und stoben panisch und ihre mit Heroin gefüllten Bubbels hastig schluckend auseinander.

Unmittelbar vor dem Hauseingang wurde Hartmann von einer großen Frau aufgehalten. »Chrissie, haste einen Moment?«

»Rita? Klar.«

Hartmann warf den beiden Zivilen den Wohnungsschlüssel zu. »Ihr kennt den Weg und kommt klar. Aber nicht an der Minibar naschen.«

»Komiker!«

»Genau. Rita, was is?«

Regenrinnen-Rita, die einzige Prostituierte Düsseldorfs, die es auf über zwei Meter Körpergröße brachte, ruckelte ihr lilafarbenes Top zurecht und beugte sich zu Hartmann runter. Was diesen nervös machte. Immer wieder. Mit seinen 1,86 war er es einfach nicht gewohnt, dass sich jemand zu ihm runterbeugte, um ihm was zuzuflüstern.

»Chrissie, hast du Ärger mit Rocker?«

Hartmann schluckte. »Äh …«

»Vorhin kamen zwei Typen mit Kutte aus dem Haus. Breite Schultern, keine Haare, massiger Body. In die hätten wir beide dreimal reingepasst.«

»Black Mambas?«

»Ja. Freunde von dir?«

Hartmann lachte gallig. »Alles andere als das!«

Regenrinnen-Rita nickte besorgt. »Das dachte ich mir. Die kamen wie gesagt von drinnen und standen noch eine Weile auf dem Gehweg und haben leise vor sich hinpalavert. Da hab ich mich unauffällig dazugestellt und gehorcht.«

Hartmann musterte Rita von unten bis ganz oben. »Unauffällig dazugestellt? Groß wie du bist? Unauffällig, du?«

Rita wechselte das Standbein. »Wenn sich Frauen meines Gewerbes dazustellen, ist das immer unauffällig. So entwickelt sich üblicherweise der Geschäftskontakt. Ich stelle mich dazu. Aber zum Thema: Die beiden waren dir nicht wohlgesonnen.«

»Das denke ich mir.«

»Mit denen ist nicht zu spaßen, Chrissie. Ich kenne Geschichten von denen, die willst du nicht hören! Der eine der beiden hatte eine Knarre dabei.«

»Etwa eine jugoslawische?«, fragte Hartmann.

»Was weiß denn ich? Eine zum schießen. Ich hab rausgehört, dass sie den Auftrag hatten, dich plattzumachen. Platt, Chrissie.«

»Platt und Knarre klingt nicht gut.«

»Deswegen sag ich es dir. Ich weiß nicht, was du gemacht hast. Motorrad umgeschubst oder dagegengepinkelt, ich will es auch gar nicht wissen, aber du solltest auf dich aufpassen.«

Hartmann langte nach oben und strich Rita über die Wange. »Danke für die Warnung, Rita. Ich kümmere mich drum.«

»Sei so gut. Ich werfe weiter ein offenes Auge durch die Runde, es passt ja sonst keiner auf dich auf.«

Hartmann grinste, wollte sich wegdrehen, aber Regenrinnen-Rita legte einen langen Arm auf seinen. »Chrissie, wegen deiner Bleibe. Die machen keine Termine und klopfen nicht an, wenn sie mit dir sprechen wollen.«

Hartmann nickte und kletterte die Treppe rauf in die dritte Etage. Hm, die waren ihm aber schnell draufgekommen, die Biker.

Seine Wohnungstür stand auf. Flüchtig checkte Hartmann, dass sie unbeschädigt war. Zumindest diesmal hatten die Mambas sie nicht gewaltsam geöffnet.

Die beiden Zivilen waren dabei, die orangefarbene Couch mit Klebestreifen abzuziehen, um Faserspuren zu sichern. Lange, blonde Haare würden sie finden.

»Dauert das länger?«, fragte Hartmann.

Der Ältere reckte sich. »Wenn hier ein wenig regelmäßiger gewischt werden würde, ginge es schneller. Aber jetzt müssen wir die Spuren erst nach Jahrzehnten katalogisieren. Das dauert.«

Hartmann zog eine Grimasse.

In seinem Rücken räusperte sich jemand. »Hallo?«

Es war Heidi Grütesaaper, Hartmanns Nachbarin aus der vierten Etage, die ihren über achtzig Jahre alten Blick flink und neugierig über die Szene gleiten ließ, um auch wirklich jedes spannende Detail aufzunehmen.

»Hallo, Frau Grütesaaper«, grüßte Hartmann.

»Haben Sie einen Moment Zeit, ich müsste was mit Ihnen besprechen?«

Hartmann deutete auf die beiden Polizisten und nickte. »Meine Herren, ich bin in der Wohnung drüber bei meiner Nachbarin. Ich vermisse ein Paar goldene Manschettenknöpfe, ihr könnt ja mal gucken, ob ihr sie findet. Wenn ihr fertig seid, bringt den Wohnungsschlüssel bitte dorthin.«

Der jüngere Polizist knurrte, der ältere schien froh zu sein, sich in Ruhe um seine Haare, Spuren und Fasern kümmern zu können, ohne dass ihm ein Privatheinz pausenlos über die Schulter blickte.

* * *

Zehn Minuten später schüttete Heidi Grütesaaper Kaffee in Hartmanns Becher. »Eine mutmaßliche Klientin von Ihnen wird erschossen, die Polizei sichert in Ihrer Wohnung Spuren. Also, ich an Ihrer Stelle würde jetzt ein Likörchen trinken.«

Schwups, standen eine Flasche Killepitsch und zwei kleine Gläschen auf dem Tisch.

Hartmann schüttelte den Kopf. »Ich habe gestern genug getrunken.«

Sie machte die Pinnekes trotzdem voll und ließ sich auf den Küchenstuhl nieder. »Also, man kann sagen, was man will, aber seit Sie eingezogen sind, ist hier im Haus zumindest immer was los!«

Hartmann grinste gequält.

Sie schob ihre Lesebrille nach oben in die graue Dauerwelle. »Also, Herr Hartmann. Ich hatte Besuch. Man hat sich nach Ihnen erkundigt.«

»Motorradfahrer?«

Sie nickte. »Zwei Männer, um die dreißig Jahre alt. Sie waren groß, breit, kahl und rochen ein wenig streng nach Schweiß. Sie wollten zu Ihnen, Sie waren nicht da. Von mir wollten Sie wissen, wann Sie üblicherweise aus dem Haus gehen und wann Sie nach Hause kommen.«

»Was haben Sie gesagt?«

Heidi Grütesaaper lächelte unschuldig. »Dass ich im Krieg viel mitgemacht habe.«

Hartmann lachte.

»Da Sie offensichtlich mal wieder bis zum Hals in Schwierigkeiten stecken, möchte ich diesmal gerne vorher wissen, um was es geht. Damit ich vorbereitet bin, wenn mal wieder im Flur auf Sie geschossen wird.«

»Mal wieder? Letztes Jahr. Einmal!«

»Herr Hartmann!«, mahnte Heidi streng.

Hartmann nippte am Kaffee. Köstlich. Heidi machte den besten Kaffee von Düsseldorf. Sie gab immer bräunliches Pulver zum Kaffee. Wer weiß, was genau, aber lecker.

Er schüttelte den Kopf. »Ich habe keine Ahnung. Wie gesagt. Gestern gegen 18.30 Uhr ist in Lierenfeld eine Frau in einem Hinterhof erschossen worden. Stand in der Zeitung. Diese Frau, die ich nicht gekannt habe und deren Namen ich immer noch nicht kenne, hat mich in der Nacht zuvor aufgesucht. Ich hatte zu viel getrunken und kann mich an keine Details erinnern. Sie hat auf meiner Couch, die unten gerade nach Spuren abgeklebt wird, übernachtet und war am nächsten Mittag wieder weg. Die Polizei hat eine meiner Visitenkarten bei der Toten gefunden.«

»Sie haben Visitenkarten?«

»Ich bin ein Geschäftsmann.«

»Aha. Weiter!«

Hartmann nippte am Becher. »Nichts weiter. Das ist es ja, was mich verrückt macht. Die Frau kommt zu mir, damit ich ihr helfe, und ich bin so besoffen, dass ich mich an gar nichts erinnern kann. Und jetzt? Jetzt ist sie tot. Wegen mir!«

Heidi schnappte sich die Flasche und war richtig ärgerlich. »So ein Quatsch! Sie sind doch nicht schuld, dass die arme Frau tot ist. Ein Killer hat sie kaltblütig umgelegt.«

»Aber …«

»Nichts aber! Reden Sie sich so einen Unsinn gar nicht erst ein. Sie hat was von Ihnen gewollt. Sie waren nicht ansprechbar. Okay. Dann hätte sie eben zur Polizei gehen sollen. Aber sie hielt es für in Ordnung, bei Ihnen zu bleiben. Am nächsten Tag ist sie gegangen. Das war ein Fehler. Sie wäre besser geblieben oder hätte sich jetzt an die Polizei gewandt. Das hat sie falsch eingeschätzt. Nun ist sie tot.« Heidi Grütesaaper kippte das Likörchen.

Hartmann strich sich durchs Gesicht. »Die Frage ist natürlich: Warum ist sie nicht zur Polizei gegangen? Und die zweite Frage lautet: Warum ist sie nicht nach Hause gegangen? Offensichtlich fühlte sie sich zu Hause nicht sicher. Deshalb blieb sie über Nacht bei mir, obwohl ich ihr nicht direkt weiterhelfen konnte.« Hartmann ergriff in Gedanken das rote Gläschen und, hoppla, jetzt hatte er das Kräuterlikörchen doch noch gekippt. »Ich müsste wissen, wer das Mädchen war und wo sie gewohnt hat.«

»Langsam, langsam, Herr Hartmann, Sie müssen gar nichts. Das ist Sache der Polizei. Eine tote Frau. Und die beiden Glatzköpfe hätten Sie mal sehen sollen. Lassen Sie die Finger davon, das gibt nur Ärger.«

Hartmann strich sich über die Augen. »Heute nicht mehr …«

»Morgen auch nicht!«, befahl Heidi und füllte die Gläschen.

»Und wie passen die beiden Motorradfahrer mit ihren fleckigen Jacken in die Geschichte?« Auch dieses fehlende Detail war Heidi nicht entgangen. Richtig: Sie liebte es, *umfassend* informiert zu sein.

»Das ist quasi eine unglückliche Liebesgeschichte.«

»Ach? Liebesgeschichten finde ich toll. Spannend. Wo Sie doch jetzt keine feste Freundin mehr haben.«

Hartmann fragte sich einen Moment lang, woher seine Nachbarin das nun wieder wusste. Bei Gelegenheit würde er seine Wohnung auf Wanzen untersuchen lassen.

»Eine komplizierte Sache. Die Frau ist in einer festen Beziehung. Ihr Macker ist offensichtlich sauer auf mich und stellt mir nach. Das werde ich klären.«

»Ist sie nett?«, fragte Heidi neugierig.

»Ich kenne sie kaum.«

»Wie heißt sie denn?«

»Äh … Ich weiß es nicht. Wie gesagt, ich kenne sie kaum. Ich habe sie erst gestern kennen gelernt.«

»Hm.« Diese Informationen musste Heidi offensichtlich erst verarbeiten. »Gestern kennen gelernt? Zusammen mit der blonden, jungen Frau, die jetzt tot ist?«, fragte sie weiter.

»Äh … Ja.«

»Oh, oh«, unkte Heidi und ergriff dennoch ihr Glas. »Ich würde Sie trotz allem so einem verschwitzten Motorradtypen auf jeden Fall vorziehen. Auf die Liebe!«

Sie stießen an und kippten den Likör. Satte zweiundvierzig Umdrehungen hatte die leckere Düsseldorfer Spezialität zu bieten. Hartmann merkte schon, dass hinterlistige Kräfte in seinem Hirn anfingen, seine Wahrnehmungen rosa zu streichen.

Obacht!

Hartmann wollte aufstehen. »Ich werde mal gucken gehen, wie weit die Beamten inzwischen sind.«

»Gar nichts werden Sie. Sie bleiben hier!«

»Aber …«

»Kein Aber. Sie müssten sich mal sehen, Sie sind vollkommen fertig. Dicke Ringe unter den Augen. Sie müssen in Ruhe ausschlafen und brauchen morgen früh ein richtiges Frühstück. Ich mache Ihnen die Couch fertig!«

Hartmann spürte tatsächlich jeden Knochen. Und hatte Rita nicht recht? Sollten die Mambas doch unten die Tür eintreten, sie würden in seiner Wohnung niemanden finden, den sie abknallen könnten.

Heidi lächelte ihn an. Irgendwie listig. Hatte sie was ins Likörchen getan?

Er wollte sich auch gar nicht wehren und lag wenige Minuten später eingemummelt in eine warme, dunkelblaue Steppjacke auf der Couch. Aus der Ferne bekam er mit, dass Heidi seine Wohnungsschlüssel übergeben wurden.

Sein viertletzter Gedanke, bevor ihn eine flauschige Hand mit sanftem Griff in die warme Dunkelheit zog, führte ihn an die Couch in seiner Wohnung, an eine hübsche, junge Frau mit langen, blonden Haaren und ein feines, blaues Sternchentattoo im Nacken.

Der drittletzte warf mit ihm einen gemeinsamen Blick auf einen sportlichen, nackten Rücken, den eine grünäugige Schlange zierte und an dem weiches Duschwasser in feinen, milden Streifen herunterran.

Der vorletzte Gedanke schnürte ihm die Kehle zu und hielt ihm das furchtbare Foto einer jungen Frau entgegen, der man von hinten in den Kopf geschossen hatte. Dieser Gedanke formulierte mit leiser, eindringlicher Stimme einen tonlosen Auftrag: Rache!

Den letzten Gedanken bekam Hartmann nicht mehr richtig zu packen …

3. Tag

Hartmann bezeichnete seinen engsten Freund Angie gerne als seinen besten freien Mitarbeiter. Natürlich nie in dessen Gegenwart! Da war Angie empfindlich.

Angie war auf seine Art ein überzeugter Freigeist. Geregelte Arbeit hatte für ihn vornehmlich die Bedeutung, dass es genau umrissene Zeiten gab, in denen Berufstätige nicht zu Hause waren, was ihm wiederum erlaubte, bei ihnen einzubrechen. Auf diese Art und Weise finanzierte Angie seinen aufwendigen Lebensunterhalt, der in der Hauptsache darin bestand, qualitativ hochwertiges, sauberes Heroin ranzuschaffen, denn Angie war drogensüchtig. Schwer in Ordnung, aber auch: schwer drogensüchtig.

Angie hatte seine Stammkneipe gewechselt.

Hartmann betrat sie das erste Mal, sah sich um und seufzte. Angie hatte sich nicht verbessert.

Der Name der Kneipe bezog sich auf eine Poststation, die es vor vielen Kriegen hier am Worringer Platz gegeben hatte. Seitdem wurden viele Briefmarken geleckt. In der Kneipe hatte man vergessen zu renovieren. Lediglich übel stinkender Zigarettenmief hielt die braune Raufaser an der Wand. Eine leicht gallige Nuance in der Luft musste offenbar der bitteren Tatsache geschuldet sein, dass sich hin und wieder jemand unkompliziert am Tresen sitzend gleich direkt auf den Boden erbrach. Akustisch unterlegt wurde das Ganze von Kiss. Hartmanns Zinken mochte den insgesamt recht fauligen Gestank nicht ignorieren und protestierte mit einem heftigen Niesen.

In diese Kneipe ging kein normaler Mensch freiwillig. Die Dusche heute Morgen hätte er sich sparen können. Hartmann klappte den Kragen seines Hemdes hoch.

Vorne links an der Theke erdöste ein strubbeliger Typ mit Gitarre auf dem Rücken einen neuen Hit. Mittig des Tresens hockten zwei japanische Touristen, die ihre Fehlentscheidung überdachten, das Lokal betreten zu haben.

Ganz außen rechts saß ein Junkie mit glänzenden, schwarzen, fast schulterlangen Haaren. Er trug eine fettige, braune, an den Seiten geschnürte Lederhose und ein schwarzes T-Shirt der *Toten Hosen*, auf dem behauptet wurde, dass kein Alkohol auch keine Lösung sei. Auf den ersten Blick hätte er als der jüngerer Bruder von Ami Winehouse durchgehen können. Auf den zweiten auch.

»Morgen, Angie!«

»Hartmann«, grüßte Hartmanns bester Freund zurück. »Was treibt dich in die Spelunke?«

»Die Einsamkeit.«

»Brauchst du einen neuen Fernseher?«

»Nein.«

»Ich hab welche im Angebot. Fast original verpackt. Ich muss die Dinger loswerden. Ich mach dir einen Top-Preis.«

»Klingt wie ein super Angebot, aber eigentlich habe ich nur eine klitzekleine Bitte.«

Angies Kopf ruckte herum, seine dunkelbraunen Augen blitzten. »Bist du bekloppt? Mich noch um irgendwas zu bitten? Beim letzten Mal, als du mich um was gebeten hast, schießt mir ein durchgeknallter Diamantenschmuggler ein fettes Loch in den Bauch.«

»Ein Querschläger! Das war doch quasi ein Versehen.«

Zum Glück mischte sich der Wirt ein, indem er sein Gesicht in Hartmanns Richtung nickte. Hartmann erschrak. Das verkraterte Narbengesicht ließ nur den einzig logischen Rückschluss zu, dass der Wirt in seiner Kindheit regelmäßig mit einer Rolle Stacheldraht gepeitscht worden war.

»Zwei Altbier, bitte«, flüsterte Hartmann.

Angie atmete heftig aus. »Kannste vergessen, Hartmann.«

»Du sollst nichts machen. Oder so. Ich brauche nur einen Namen.«

»Du hast einen. Christian Hartmann. Schön griffig, prägnant, einfach, muss man nicht buchstabieren. Sei zufrieden!«

Hartmann verdrehte die Augen.

»Is was?«, brummte der Wirt, der mit gefüllten Gläsern dazugetreten war und die rollenden Augen auf sich bezog.

»Nein, nein«, haspelte Hartmann. »Alles klar. Super!«

Hastig tippte Hartmann sein Glas mit spitzem Zeigefinger in Angies Richtung, der sich leidlich beruhigte.

»Ich habe eine Frau kennen gelernt und möchte wissen, wie sie heißt.«

»Muss ja ein tolles Date sein, wenn du nicht mal ihren Namen kennst.«

»Es lief nicht ganz üblich ab.«

»Natürlich. Ist in deinem Leben schon mal was ganz üblich abgelaufen?«

»Sie hat einen Freund.«

Angie nickte zufrieden: »Da ist er schon, der Haken. Und? Wer ist der Freund? Vladimir Klitschko?«

Hartmann lachte laut. Vielleicht ein bisschen lauter als nötig. »Äh, nein. Ich kenne noch nicht mal seinen Namen. Äh, er ist der Präsident der Black Mambas.«

Angie hätte sich fast verschluckt. Kriegte sich aber wieder ein und leerte das Glas.

»Du bist lebensmüde! Wie kommst du auf die Idee, du würdest es überleben, wenn du auch nur versuchst, dem Präsi der Black Mambas die Braut auszuspannen?«

Hartmann schüttelte den Kopf. »Ich will sie ihm nicht ausspannen. Ich brauche nur ihren Namen und ihre Adresse. Ich muss sie was fragen.«

»Ob sie mit dir gehen will? Ja, nein, vielleicht? Du wirst immer blöder, Hartmann! Irgendwas stimmt mit deinem Leben nicht!«

Hartmann blickte sich um. Da saß er hier, in Düsseldorfs finsterster Kaschemme neben diesem abgefuckten Typen. Er, den Deutschlands größte Fußballzeitung, der *Kicker*, mal als erfolgversprechendste Stürmerhoffnung seit Rudi Völler bezeichnet hatte. Absolut richtig. Irgendwas stimmte mit seinem Leben nicht.

Aber immerhin hatte er noch eines. Und das sollte auch so bleiben!

Er drückte sein Kreuz durch. »Ich ermittle in einer Sache und sie ist eine Zeugin. Ich muss sie sprechen.«

»Auf keinen Fall. Zu heiß!«

»Ich kaufe dir zwei Fernseher ab.«

»Drei!«

»Okay. Wie ist der Preis?«

Hartmann reichte ihm die Hand, Angie schlug ein und nannte die Summe.

»Das soll ein Angebot sein?«, knurrte Hartmann. »Da bezahle ich ja im Laden kaum mehr!«

»Sie werden frei Haus geliefert.«

»Äh, das muss nicht sein. Meine Wohnung ist gerade nicht ... äh, bewohnbar.«

Das fehlte noch. Geklaute Fernseher in seiner Hütte, wo Bullen gerade bei ihm ein und aus gingen.

»Wasserschaden?«, fragte Angie.

»So ähnlich. Wo treffe ich dich?«

Angie breitete die Arme aus. »Gibt es einen schöneren Ort?«

Die Zentraldeponie in Hubbelrath, dachte Hartmann, behielt es aber für sich.

»Morgen Vormittag, Hartmann. Ich mach mich gleich auf die Socken. Ich kenne da jemanden.«

Genau das hatte Hartmann gehofft. Angie kannte immer jemanden.

* * *

Gut. Das war in die Wege geleitet. Und Angie hatte ihm ein Stichwort gegeben.

»Durchgeknallter Diamantenschmuggler.«

Aus Rumänien. Und war die Tote nicht eine Osteuropäerin?

Hartmann fuhr sich aufgeregt durchs Haar und beschleunigte den Schritt. In seinem letzten Fall hatte er mit Rumäninnen zu tun gehabt, aber keine von ihnen war identisch mit der toten Person auf dem Foto beziehungsweise der Frau auf der Couch. Aber tatsächlich waren das die einzigen Osteuropäerinnen, die ihm jetzt in den Sinn kamen.

Hartmann spürte, wie seine Handflächen warm wurden. Ein gutes Zeichen!

Er lief die Graf-Adolf-Straße entlang, bewunderte die exklusiven, geschmackvollen Ein-Euro-Läden und wunderte sich, wieso eine Weltstadt wie Düsseldorf sich den Flair einer billigen Kleinmetropolenstraße als Visitenkarte leistete. Er kreuzte die Königsallee, die genau das Gegenteil behauptete und bog nach rechts in den Horionplatz ein.

Schnell sprang er die drei Stufen zur *Kanzlei Dr. K. Menke-Sanolo/Dr. O. Abesi/Dr. N. Schuster* hoch, und grüßte die Empfangsdame.

»Hallo!«

»Herr Hartmann, lange nicht gesehen. Haben Sie einen Termin?«, freute und erkundigte sich die Dame in der schicken Bluse am schicken Schreibtisch.

»Nein. Ich habe ein Anliegen.«

»Anliegen ist Dienstag.«

»Ich brauche doch bei der Nora keinen Termin ...« Hartmann schenkte der Dame sein charmantestes Lächeln. Das, das immer wirkte.

»Doch. Natürlich brauchen Sie einen!«

»Ach«, formulierte Hartmann mit drei gehauchten Buchstaben seine Enttäuschung.

Er hatte Nora Schuster, die smarte Anwältin, bei seinem letzten Fall erfolgreich aus der Schusslinie gehalten. In den vergangenen Monaten hatten Nora und er ein paar Mal telefoniert.

Die Dame stand auf. »Frau Schuster hat einen Außentermin, aber ich frag mal schnell nach.«

Sie verschwand in ein Nebenzimmer und winkte Hartmann Sekunden später fröhlich herein, wo ihn eine aufgeräumte Nora Schuster doch noch ohne Termin begrüßte, die gerade eine dunkelgrüne Akte in ihre Umhängetasche schob.

Mann, sah die Rechtsanwältin wieder klasse aus. Dunkelblaues Kostüm, leichte Bräune und diese langen, lockigen Haare, für die der liebe Gott eine eigene, rote Farbdose aufgemacht hatte. Oder L´Oreal.

»Christian, na, das nenne ich eine angenehme Überraschung.« Sie umkurvte den Schreibtisch und umarmte ihn.

»Hallo«, stammelte Hartmann, der eine so herzliche Begrüßung nicht erwartet hatte.

»Ich bin knapp dran. Was kann ich tun?«

»Ich brauche eine Auskunft. Den letzten Fall betreffend.«

»Diese Hafen-Sache. Ich verstehe. Hm, hm… Ich bin dir ja noch was schuldig? Nur im Moment ist es schlecht.«

»Schlecht ist schlecht.«

Sie nickte, beugte sich an ihn ran. »Hast du in den Klamotten geschlafen? Du stinkst wie ´ne Kneipe.«

»Vor einer Stunde war ich frisch geduscht«, wehrte sich Hartmann.

»Du wirkst ein bisschen strubbelig!«

»Jesus sah mit seinen langen Haaren und den Sandalen an den Füßen auch ein wenig verwegen aus, war aber alles in allem ein guter Mensch.«

»Hm. Die einen sagen so, die anderen so«, grinste Nora. »Aber eigentlich kommst du wie gerufen.« Sie entnahm ihrer teuren Umhängetasche eine Haarbürste. »Kämm dich mal. Und steck dir das Hemd in die Hose! Einen Moment.«

Sie verließ das Büro, Hartmann strich sich überrumpelt durchs Haar. Dann kam sie wieder, drückte ihm einen schwarzen Herrensakko in die Finger und legte ihm eine dunkelblaue Krawatte um den Kragen.

»Sakko und Krawatte gehören meinem Kollegen, müssten passen. Hier noch die Sonnenbrille und der Laptop.« Sie musterte mit schräg gelegtem Kopf ihr Werk. »Geht. Nicht klasse, aber sollte reichen.«

»Reichen? Wofür?«, fragte Hartmann.

»Das erklär ich dir auf dem Hinweg. Du bist doch so spontan!«

»Ja. Wenn ich Zeit genug hab, mich vorzubereiten«, knirschte Hartmann und ruckelte den Binder locker.

* * *

Der Mann mit dem Businessgesicht holte tief Luft. Hartmann saß mit aufgeklapptem Laptop neben ihm und folgte dessen Blick über die Außenterrasse des teuren Restaurants am

Rheinufer. Der prüfende Blick des Mannes heftete sich nachdenklich, aber überlegene Gelassenheit bekundend an eine Joggerin mittlcren Alters, die ihre Mittagspause nutzte, um was für die Kondition zu tun. Keine Frage: ein angenehmer Anblick.

Der Mann drehte den Kopf zurück und blickte sein Gegenüber, Nora Schuster, direkt in die Augen. »Sie lehnen das Angebot ab?«

Die Frage klang eher wie eine Drohung.

Die Anwältin neben Hartmann schüttelte den Kopf. »Nicht grundsätzlich. Das Angebot als solches, einen einmaligen finanziellen Ausgleich, hält meine Mandantin für eine ausgesprochen gute Sache. Nur die Summe, die ist ein wenig klein.«

Er lachte und präsentierte eine ausgesprochen gepflegte Zahnreihe. Der rechtsgescheitelte Kerl war so unsympathisch, dass Hartmann am liebsten gleich draufgehauen hätte. Womöglich hatte Nora Schuster ihn deshalb zu diesem Treffen mitgenommen, hoffte Hartmann.

»In vergleichbaren Fällen gab es deutlich weniger. Meist gar nichts.«

»Mit der Vergleichbarkeit ist das immer so eine Sache. Äpfel und Birnen, Sie kennen das.«

»Äpfel und Birnen? Interessant«, grinste der Typ und versenkte seinen Blick ungeniert vorne in Nora Schusters Bluse. Eine Unverschämtheit. Allerdings hatte Hartmann genau beobachtet, dass Nora sie unmittelbar vor dem Treffen um zwei Einheiten weiter aufgeknöpft hatte.

Spannende Sache, fand Hartmann. Nicht nur die Bluse, samt Inhalt.

»Dann stecke ich den Scheck wieder ein.« Der Mann ergriff selbigen, den er zuvor zwischen ihnen auf den Bistrotisch gelegt hatte.

»Tun Sie das. Und zücken Sie einen neuen. Dann tragen Sie die gleiche Summe ein und fügen vorne eine 1 hinzu. Und schon sind wir uns einig.«

Er lachte. Oh, Hartmann sah es genau: Das Lachen hatte seine Augen nicht erreicht.

»Ich bitte Sie. Ihre ungeschickte Mandantin ist dummerweise in einer unserer Lagerräumlichkeiten an einen unserer Gabelstapler geraten. Sie soll froh sein, wenn sie den üblichen Satz an Schmerzengeld bekommt. Sie hatte in dem Lager nichts zu suchen.«

»Das Tor stand offen. Sie hatte sich verlaufen.«

»Hausfriedensbruch.«

Jetzt lachte Nora schallend. Hartmann verzog schmunzelnd den Mund. Er verstand zwar nur Bahnhof, aber er war durchaus gewillt, ein wenig mimische Unterstützung zu leisten. Wobei auch immer.

Mit einem Ruck beugte Nora Schuster sich nach vorne. »Der Gabelstapler hat bis dato unverzollte Ware aus Amerika transportiert. Die Kiste stürzte meiner Mandantin auf den Fuß, der Fuß ist gebrochen.« Sie deutete auf Hartmann. »Ich habe Herrn von Fisch mitgebracht. Er arbeitet als Sachverständiger für eine Firma, die ihnen sehr wohl bekannt sein dürfte und ist spezialisiert auf … Recherchen.«

Hartmann blinzelte hinter seiner Sonnenbrille. Von Fisch? Okay. Sachverständiger? Nun gut. Aber warum hatte sie das Wort Recherchen so ausgesprochen, als würde er beruflich Kniescheiben zertrümmern?

So hatte es wohl auch der Typ aufgenommen, der ihn jetzt mit vorsichtig abschätzendem Blick musterte. Hartmann verzog sicherheitshalber keine Mine.

»Ja. Und?«, gab der Kerl vor, unbeeindruckt zu sein und widmete sich wieder Noras Bluseninhalt.

»Herr von Fisch hat Fakten zusammengestellt und wird Ihnen nachvollziehbar erläutern, warum es sich in unserem Fall keineswegs um Hausfriedensbruch handelt und – wesentlich spannender –, dass es sich bei der Firma ADG Consulting um eine hundertprozentige Tochter der Firma Jefferson Zipp Inc. aus Oklahoma handelt.«

Hartmann verstand nur … Genau.

Aber der Typ wechselte die Farbe.

Nora Schuster fuhr fort. »Der für die amerikanische Firma arbeitende Mitarbeiter amerikanischer Nationalität hat meine Mandantin mit unverzollter, amerikanischer Ware verletzt. Sie sehen ein, dass die von mir geforderte Höhe der einmaligen Entschädigungszahlung durchaus angemessen ist, unsere Seite zufriedenzustellen.«

»Tochterfirma hin oder her«, wehrte sich der Mann. »Der Gerichtsstand ist Deutschland. In der Vergangenheit …«

Nora Schuster hob lachend die Hand. »Sehen Sie, und wieder kommt der Sachverständige, Herr von Fisch, ins Spiel, der auch zu diesem Aspekt einige Dinge zusammengestellt hat.«

Hartmann drückte ein paar Tasten. Eine Datei öffnete sich. Viele Buchstaben, viele Zahlen. Beides sehr klein geschrieben. Eine bunte Kuchendatei. Und ein paar Stichworte, die Nora ihm auf der Hinfahrt in aller Eile in die Tastatur diktiert hatte …

»Ich bin bei meinen Recherchen auf zwei vergleichbare Fälle in Baltimore und Fillmore West gestoßen …«

»In Amerika, klar. Findet hier keine Anwendung«, unterbrach ihn der Kerl.

»Und einen Fall in Frankfurt«, fuhr Hartmann fort.

»Den Fall kenne ich in Gänze.«

»Das bezweifle ich«, behauptete Hartmann und wunderte sich, denn diesen Fall hatte er sich gerade ausgedacht.

»Die Klägerin wollte zwei Millionen haben und ist gescheitert«, blieb der Typ hartnäckig.

Hartmann lächelte schief. »Natürlich ist die Frau gescheitert. Sie hat schließlich nicht mit meiner Firma zusammengearbeitet. Sie kennen den Fall in Gänze? Dann wissen Sie ganz genau, dass der Geschädigten in diesem Fall bei einem Gerichtsstand in den Staaten weit mehr als zwei Millionen zugestanden hätten. Glauben Sie mir: Meine in beratender Funktion tätige Firma wird die seinerzeit gemachten, elementaren Fehler nicht machen.« Er schielte, geschützt durch die Sonnenbrille, auf den Bildschirm des Laptops und fügte leise hinzu: »Gerichtsstand: Oklahoma. Verlassen Sie sich drauf!«

Hartmann fühlte sich gut. Der Kerl schnaufte. Seine Augen hatten jedes Interesse an Nora Schusters Bluseninhalt verloren und sich in schmale Schlitze verwandelt. »Liebe Frau Schuster, wenn Sie so sicher sind, ein Verfahren zu gewinnen, warum beschreitet Ihre Mandantin dann nicht den Rechtsweg? Warum dann der Vergleich?«

Nora Schuster lehnte sich im Stuhl zurück und lächelte. »Lassen Sie es mich so sagen: Meine Mandantin ist nicht die hellste. Im Grunde ist sie strunzdumm. Ein Grund – unter uns –, warum sie wie blöd durch die Hallen geirrt und warum ihr eine Kiste auf den Fuß gefallen ist. Ich habe versucht, ihr die Rechtslage mit einfachen Worten zu erklären. Sie hat nichts verstanden. Meine Mandantin will keinen Rechtsstreit, sie will Kohle. Möglichst viel und noch wichtiger: möglichst schnell. Und hier sehe ich Ihre Chance aus dieser Nummer mit einer einmaligen Entschädigungszahlung heil rauszukommen. Stellen Sie einen neuen Scheck aus!«

Er verzog das Gesicht. »Ich bin nicht autorisiert.«

»Doch, sind Sie. Sonst säßen wir nicht hier!« Sie fischte die dunkelgrüne Akte aus der Umhängetasche und klappte sie auf. »In dieser notariell beglaubigten Erklärung verzichtet meine Mandantin nach Erhalt der Entschädigungszahlung auf alle weiteren, auch heute noch nicht in Rede stehenden Ansprüche. Sie hätte den Scheck gerne sofort.«

»Ich muss telefonieren!« Der Mann stand auf und entfernte sich ein paar Schritte vom Tisch.

Hartmann grinste vorsichtig.

»Danke fürs Mitspielen. Du warst klasse«, lobte Nora.

»Ich hab nur nachgeplappert, was du mir vorhin erklärt hast und ein bisschen was vom Laptop abgelesen. Ohne übrigens irgendwas verstanden zu haben.«

Nora lachte leise. »Aber das hast du prima gemacht. Kam richtig gut rüber. Und hat gewirkt. Ist was anderes, wenn ich so was sage oder ein … Sachverständiger. Vor Sachverständigen haben sie die meiste Angst.«

»Aha. War es das jetzt? Haben wir gewonnen?«

»Worauf du einen lassen kannst!«

Hartmann grinste ein wenig breiter. Der Mann setzte sich wieder auf seinen Platz. Nonchalant zog er ein Scheckheft aus der teuren Anzugjacke und stellte ihn aus. Hartmann erschielte hinter seiner Sonnenbrille die Nummer Eins ganz am Anfang einer langen Zahlenreihe und überlegte ernsthaft, sich vor den nächsten Gabelstapler zu werfen.

»Es war mir ein Vergnügen«, gurrte Nora.

Der Mann stand auf. »Ganz meinerseits. Respekt. Frau Schuster, ich bin begeistert. Und würde gegebenenfalls noch mal auf Sie zukommen.«

Nora schüttelte seine Hand. »Gerne. Meine Telefonnummer haben Sie ja.«

Er wandte sich an … von Fisch. »Ich bin erfreut, Sie kennen gelernt zu haben. Beeindruckend. Ihre Firma hat einen erstklassigen Ruf. Vollkommen zu Recht.«

»Ich danke Ihnen. Sagen Sie es weiter!«

»Werde ich machen, werde ich machen«, versicherte der und entschwand.

Hartmann und Nora Schuster ließen sich in ihre Stühle fallen. Hartmann nickte. »Klasse. Da wird er übern Leisten gezogen und bedankt sich noch.«

Nora warf ihre Haare in den Nacken. »Übern Leisten gezogen? Na ja. Wir haben getrickst und geblufft.«

»Du solltest pokern!«

»Tu ich! Aber unser Ergebnis liegt korrekt in der Grauzone zwischen dem, was seine Auftraggeber rausholen wollten und rausholen konnten. Und außerdem: Er hat ja auch was dafür gekriegt.«

»Ja?«, fragte Hartmann. »Was?«

»Na, ich bitte dich!« Sie deutete in ihre Bluse. »Guck dir die Titten an! Die sind doch klasse. So Dinger hat der lange nicht gesehen, so wie der draufgestiert hat.«

Hartmann lachte schallend. Und ja, die Brüste würde er sich gerne in Ruhe mal ganz genau anschauen. Hartmann reckte sich. Die Sonne tat gut.

»So, jetzt du. Was kann ich für dich tun?«, fragte Nora Schuster.

Hartmann sammelte sich. »Hast du von der Toten in Lierenfeld gelesen, die in einem Hinterhof erschossen worden ist? Sie hatte eine Visitenkarte von mir dabei. Ich habe nicht allzu viele von den Dingern verteilt. Die Tote stammt möglicherweise aus Osteuropa. Du erinnerst dich an die Mädchen aus Rumänien, letztes Jahr im September?«

Nora Schuster nickte.

»An die hatte ich seinerzeit Visitenkarten verteilt. Vielleicht hat eines der Mädchen sie weitergegeben. Leben noch welche von den Frauen in Düsseldorf?«

Nora strich eine dicke, rote Strähne aus dem Gesicht. »Ich verstehe, was du meinst. Lena. Lena Trostic lebt noch in Düsseldorf. Die meisten sind wieder zurück nach Rumänien, einige, soviel ich weiß, weiter nach Frankreich.«

»Diese Lena hätte ich gerne gesprochen.«

»Ihre Adresse müsste ich nachschauen, aber sie arbeitet gar nicht weit von hier bei einer Gebäudereinigungsfirma. Am Graf-Adolf-Platz 15. Das GAP 15. Lena war die, die fließend deutsch sprach. Wenn du sie siehst, erkennst du sie kaum wieder. Aber du kannst dich durchfragen.«

»Okay. Mach ich. Ja, dann ...«

Hartmann stand auf. Schade eigentlich, dass er gehen musste. Die Gesellschaft von Nora Schuster war ihm mehr als angenehm. Absolut ausbaufähig. Aber er hatte wichtige Dinge vor der Brust.

Nora Schuster warf ihre herrlichen Haare ein letztes Mal nach hinten. »Danke, Herr von Fisch. Gut gemacht! Übrigens, wie geht es deiner Freundin?«

Hartmann reichte ihr Krawatte, Sakko, Laptop und Sonnenbrille. »Ich fürchte: gut.«

* * *

Das GAP 15 war ein modernes, im Sommer 2005 fertiggestelltes Bürogebäude mit grün-bläulicher Fensterfassade am Graf-Adolf-Platz in der Nähe der Königsallee. Der Grundriss des Hochhauses hatte die Form zweier futuristisch ineinander verschränkter Ellipsen. Vierundzwanzig Geschosse ragten knapp neunzig Meter hoch in den wolkenlosen Junihimmel.

Hartmann stellte es sich unendlich langweilig vor, in so einem Turm als Reinigungskraft einen Staubsauger durch die

Etagen zu schubsen. Er betrat das beeindruckende, in hellem Stahl gehaltene Foyer durch eine gläserne Drehtür und wandte sich an einen Mann mittleren Alters in dezenter, blauer Uniform, der freundlich Auskunft gab.

»Rumänin. Lena Trrr … wie auch immer. Der Name sagt mir nichts, aber gut aussehend? Ja, doch, da weiß ich, wen Sie meinen«, behauptete der Mann zum Klang einer surrenden Klimaanlage. »Die Dame habe ich gerade gesehen. Raucht da hinten eine Zigarette«, erklärte er und deutete nach draußen in Richtung Kasernenstraße.

Hartmann bedankte sich und tauschte Klimaanlage gegen Frühsommerhitze.

»Reinigungskraft, gut aussehend«, murmelte Hartmann und sah niemanden mit Staubsauger, sondern nur eine Dame im blauen Overall, die mit dem Rücken zu ihm an einem Aufzugskorb lehnte und gerade auf der eisernen Reling des Geräts eine Kippe zu Klump quetschte.

Er tippte der jungen Frau auf die Schulter. Sie drehte sich um, und Hartmann blickte in das kastanienbraunste Paar Augen, das er je gesehen hatte.

Moment! Die Augen hatte er sehr wohl schon einmal gesehen. Entsetzt flehend und weit aufgerissen in einem schmutzigen Container im Düsseldorfer Frachthafen.

»Hallo Hartmann!«, grüßte ihn die Frau, die ihn sofort erkannte, obwohl sie sich seitdem nur einmal in Nora Schusters Büro und vor ein paar Monaten kurz bei ihren Zeugenaussagen im Gerichtssaal getroffen hatten.

»Hallo, ich hätte dich fast nicht erkannt«, zeigte sich Hartmann ehrlich beeindruckt.

Die Rumänin hatte ein paar ihr gut tuende Kilo zugelegt, das Gesicht war nicht mehr so blass. Den Haaren hatte sie nicht nur einen peppigen Kurzhaarschnitt verpasst, sondern sie farblich auf die warme Farbe ihrer Augen abgestimmt. An Lena Trostic hatte der liebe Gott gedacht, als er den Herbst erfand.

Hartmann deutete auf Scheibenwischer, Wassereimer und Aufzugskorb. »Als Reinigungskraft habe ich dich eher mit Staubsauger und Staubwedel gesehen.«

Sie lachte und deutete auf ein Schild, das am Aufzugskorb befestigt war.

»*Gebäude- und Fassadenreinigung B & K Große GmbH*«, las Hartmann.

»Reinigungskraft trifft es nicht ganz«, erklärte Lena. »Ich bin Gebäudereinigerin. Schön, dich zu sehen. Kommst du zufällig vorbei?«

Hartmann schüttelte den Kopf. »Eigentlich habe ich dich gesucht, weil ich ein paar Fragen habe.«

»Wenn ich helfen kann, gerne. Ich muss nur weiter arbeiten, bin ein wenig in Verzug. Kommst du mit?«

Hartmann stutzte. »Äh, nichts Kompliziertes, dauert nicht lange. Wohin soll ich mitkommen?«

Lena klappte den Metallbügel der Aufzugsbox hoch und deutete hinein. »Nicht ganz nach oben. Nur in die siebzehnte Etage.«

»Oh.« Hartmann wurde schlagartig blass. Siebzehnte Etage? Sein Herz setzte ein paar Schläge lang aus.

Lena lachte. »Fassaden- und Gebäudereinigung. Von außen. Fensterputzer hat man früher auch gesagt. Aber ich reinige auch Teile der Fassade.«

»Äh, es sind nur zwei, drei Fragen, geht ganz schnell.«

Sie deutete nach oben. »Es sind nur knapp siebzig Meter, geht ganz schnell. Bist du schwindelfrei?«

»Ja, schon, aber …«

Sie schob Hartmann in den Kasten. Der seufzte. Okay. Lena

drückte ihm einen Gurt in die Hand. »Den musst du umlegen, damit du nicht rausfällst.«

»Äh, gut. Fallen oft welche raus?«

»Nicht soooo oft«, feixte Lena.

Hartmann schlüpfte in den Gurt, klammerte sich an die Reling und mit einem leichten Ruck ging es aufwärts.

Lena musterte ihn skeptisch. »Du bist doch schwindelfrei?«

»Ja, aber am liebsten habe ich es ebenerdig. Grüner Rasen, kurz geschnitten und an jedem Ende ein Fußballtor. Hoch und tief ist nicht so ganz mein Ding.«

Sie lachte. »Guck nur nicht nach unten! Guck in die Fenster rein, das ist viel interessanter! Hier in der vierten Etage hat letzte Woche der Chef seine Sekretärin vernascht. Oder umgekehrt. Auf dem Schreibtisch. Wahrscheinlich war die Bürotür abgeschlossen, aber mit mir hatten sie nicht gerechnet.«

Sie lachte und klopfte auf die Reling, dass es nur so vibrierte. »Diese Kästen sind ganz sicher. Weißt du, wie viele von den Dingern im letzten Jahr in die Tiefe gerauscht sind? Nein? Ich sag es dir. Nur sieben!«

Hartmann nickte. Und versuchte sich zu konzentrieren.

»Hier in der achten Etage treffen sie sich freitags immer und hauen Schnaps weg. Ich sag dir: Das können die bei mir zu Hause in Rumänien nicht besser.«

Der Aufzugskorb ruckelte. Hartmann schluckte.

Lena blieb locker. »Hakt manchmal. Ist aber alles ziemlich sicher. Von hier kannst du schon bis nach Reisholz gucken!«

»J-Ja.«

Sie machte eine abfällige Handbewegung. Der Korb schlingerte. »Die in dem Büro da, die lässt immer ihr Fenster auf. Das ist doof. Ganz schön gefährlich, wenn man nichts ahnt und dann Richtung Scheibe langt. Hab ich der schon tausendmal gesagt. Demnächst klau ich ihr den Laptop. Soll die ihrem Chef mal erklären, wie der bei verschlossener Tür aus dem Büro weggekommen ist.«

Wo kam der böige Wind auf einmal her?

»Nicht runtergucken! Ach, schade. Hier in der dreizehnten hätte ich dir gerne einen Kerl gezeigt. Hat heute aber frei. Hier schließt sich ein Sachbearbeiter immer ein und arbeitet nackt. Toll, nicht? Was es alles gibt. Ich liebe meinen Job. Wir sind da.«

»Siebzehnte Etage?«

»Siebzehnte Etage. DGHW Consulting. Nette Leute. Nur immer im Stress.« Sie zuckte mit den Schultern und schnappte sich einen der breiten Wischer. »Aber du hattest eine Frage?«

Hartmann sammelte sich. »Hast du heute Zeitung gelesen?«

»Nein. Ich kann nur sprechen, nicht lesen«, erklärte Lena und zog den Wischer von links nach rechts über die Fensterscheibe, woraufhin der ganze Korb rhythmisch mitschlingerte.

»In Lierenfeld auf der Richardstraße wurde eine junge Frau ermordet. Die Polizei meint, dass sie aus Osteuropa kommt. Die Frau hatte eine Visitenkarte von mir dabei. Hast du jemandem meine Visitenkarte gegeben?«

Hartmann zuckte zusammen. Lena war der Wischer aus den Fingern gerutscht. Das Teil titschte auf die Reling und segelte von da aus zwischen Korb und Fassade siebzehn Etage kreiselnd nach unten.

Lena sah ihn entsetzt an. »Wie sieht die Frau aus?«

»Blond. Vielleicht fünfundzwanzig Jahre alt. Hinten im Nacken hat sie ein Tattoo.«

»Einen blauen Stern?«, fragte sie mit leiser Stimme.

Mist! »Ja«, murmelte Hartmann.

Sie taumelte nach hinten gegen die Reling. Die ganze Box schaukelte. Hartmann drückte es in den Haltegurt. Seine Finger krallten sich um die eiserne Reling. Ängstlich warf er einen vorsichtigen Blick nach unten, wo eifrige Ameisen ihrer Wege krabbelten.

»Lena …«

Die trommelte jetzt mit beiden Händen gegen die Fensterscheibe vor sich. Hartmann legte einen Arm um sie.

»Lena …«

Dicke Tränen schossen ihr in die Augen. »Das ist Svenja. Eine Freundin von mir … Oh Gott, nein.«

»Das tut mir leid«, versuchte Hartmann zu trösten.

»Sie kommt auch aus Rumänien, aus dem gleichen Ort wie ich. Sie hat mich vergangene Woche besucht. Sie hat irgendetwas beobachtet. Sie wollte nicht zur Polizei gehen. Sie hat keine Arbeitserlaubnis. Ob ich weiterhelfen könnte. Ich habe ihr deine Karte gegeben.«

Heftig schluchzend fiel sie an Hartmanns Brust. Der Korb verfiel in ein rhythmisches Vibrieren. Hartmanns Magen kniete sich mit zusammengefalteten Händen flehend nieder und betete.

»Lena, das schaukelt so. Können wir runterfahren? Bitte. Ist vielleicht besser.«

Sie blickte ihn verstört an, wischte sich über die Augen und zog die Nase hoch. »Natürlich. Ich mache heute sowieso nicht weiter.«

Sie drückte ein paar Knöpfe und der Korb setzte sich wieder in Bewegung, diesmal nach unten.

»Wie ist es passiert?«, fragte Lena.

»In der Zeitung stand nur, dass sie gestern erschossen wurde. Ich werde mich um die Sache kümmern.«

Lena nickte. »Ich werde mich auch kümmern.«

Hartmann erschrak. »Nein, Lena, das ist Sache der Polizei!«

Sie schüttelte stumm den Kopf. »Nicht darum. Um ... Svenja. Hier hat sie niemanden. Ich möchte, dass sie zu Hause in Rumänien beerdigt wird.«

Hartmann nickte. »Wie heißt Svenja mit Nachnamen?«

»Suceava. Svenja Suceava.«

Sie hatten das Erdgeschoss fast erreicht.

Hartmann legte Lena eine Hand auf den Arm. »Lena, du musst zur Polizei gehen. Sag denen, du hättest zufällig ein Gespräch mit angehört, in dem von einer nicht identifizierten, toten Frau die Rede war. Du machst dir Sorgen um deine Freundin. Erwähne, dass deine Freundin ein auffälliges Tattoo im Nacken hat, das werden sie zuordnen können. Lass mich aus dem Spiel, sonst rücken mir die Polizisten auf die Pelle und untersagen mir, zu ermitteln.«

Lena nickte.

»Hat Svenja angedeutet, um was es ging, was sie gesehen hat?«

Lena schüttelte den Kopf.

Schade. Das wäre hilfreich gewesen. »Und noch eine Frage. Wo hat Svenja gewohnt?«

Lena zupfte sich eine Träne von der Nasenspitze. »Sie hat in einem Hotel gearbeitet. Hier in Düsseldorf. Das Hotel heißt *Zur Linde*. Dort hat sie auch gewohnt. Das Hotel liegt in der Nähe eines großen Sees.«

»Am Unterbacher See?«

»Genau.«

Hartmann nickte. In Unterbach kannte er sich aus. Ein kleiner Stadtteil, fast in Erkrath. Das Hotel kannte er zwar jetzt nicht auf Anhieb, würde er aber finden.

»Wo Svenja gewohnt hat, sagst du denen bei der Kriminalpolizei bitte nicht, das sollen die selbst rausbekommen. Das gibt mir zeitlich ein bisschen Vorsprung.«

»Okay«, flüsterte Lena.

Der Korb hatte den Gehweg erreicht und setzte mit einem Ruck auf. Hartmann legte den Sicherungsgurt ab und rang nach Worten. »Lena, wenn ich dir irgendwie helfen kann …«

Sie legte hart einen Zeigefinger über seine Lippen.

Hartmann schluckte. Lenas Augen waren dunkel glühende Kugeln. Nichts erinnerte an den warmen Ton einer Kastanie, an den Herbst oder den lieben Gott. Ihr plötzlicher Stimmungsumschwung war mit den Händen greifbar. Hartmann war verwirrt. Was kam da auf ihn zu?

»Du hast gesagt, du kümmerst dich«, zischte Lena. »Das ist gut.«

Sie griff in eine Tasche vorne im Overall, zog einen Block und einen Stift heraus. Schnell kritzelte sie Zahlen auf das erste Blatt, riss es aus dem Block und drückte Hartmann den Zettel in die Finger. »Mir geht es gut, Christian. Das ist meine Handynummer. Wenn du *meine* Hilfe brauchst, ruf mich an. Finde den Mörder, Christian! Halt mich auf dem Laufenden. Ich verlasse mich auf dich. Finde den Mörder!«

»Kann ich dich wirklich alleine lassen?«, fragte Hartmann besorgt.

»Finde den Mörder!«

»Du machst aber keine Dummheiten?«

Sie verdrehte die Augen. »Keine Dummheiten! Ich komme klar, finde du den Mörder!«

Hartmann nickte. »Mach ich!«

Hartmann hob zum Abschied die Hand und grübelte sich über die Graf-Adolf-Straße zurück nach Hause. Auf jeden Fall stand ein Ausflug an den Unterbacher See auf dem Programm. Er musste so schnell wie möglich in Erfahrung bringen, warum Svenja Suceava zuerst Lena Trostic und dann ihn aufgesucht hatte.

Was hatte Svenja gesehen?

Was hatte sie umgebracht?

Wer hatte sie getötet?

Ein dröhnendes Geräusch riss Hartmann plötzlich jäh aus seinen Gedanken. Er fuhr herum. Ein Motorrad donnerte heran, kam näher, immer lauter!

Hartmann stürzte los und flüchtete fieberhaft in den nächstbesten Gebäudeeingang. Eine automatische Tür zischte auf, Hartmann stolperte hinein.

Teppichboden. Eine Spielhalle.

Drinnen drückte Hartmann seinen Rücken gegen die Wand. Er hielt die Luft an, konzentrierte sich und lugte vorsichtig durch die inzwischen wieder geschlossene Glastür mit dem aufgeklebten, gelben Glückssonnensymbol.

Der Motorradfahrer röhrte vorbei.

Hartmann sah ihm hinterher. Nichts deutete darauf hin, dass der Kradfahrer in seiner weiß-blauen Kombi irgendetwas mit den Black Mambas zu tun hatte. Hartmann blähte die Backen, pustete geräuschvoll Luft und entspannte sich. Neben ihm räusperte sich ein Zocker an einem Daddelautomat mit krächzender Stimme. »Alles klar, Kumpel?«

Hartmann nickte. »Alles im grünen Bereich. Fast wäre mir meine Frau über den Weg gelaufen. Sie denkt, ich bin bei der Arbeit.«

»Ja, das denken sie alle. Bis zuletzt«, murmelte der Typ mit blasser Spielhallenbräune und widmete sich wieder seinen drei rotierenden Sonnen.

Hartmann ging an die frische Luft. Das Mamba-Problem musste er angehen. Dringend. Seine Nerven lagen blank. Scheiß Rocker!

Gehweg und Fahrbahn aufmerksam im Blick erreichte er seine Haustür. Kein Kuttenträger fiel über ihn her. Auch im

Flur nicht. Auch nicht, als er feststellte, dass die Telefonanlage blinkte. Hartmann erkannte Krakes Telefonnummer und hörte das Band ab.

»Hartmann, ich hatte Besuch. Komm her! Wir müssen reden.«

* * *

Drei Minuten später befreite Hartmann im Hausflur sein Fahrrad vom Geländer, tätschelte den Ledersattel und ritt los. In die Bismarckstraße, nach rechts in die Karlstraße und dann im Galopp Richtung Derendorf.

Krake erwartete ihn hinter der Theke, riss seinen rechten Arm in die Höhe und propellerte aufgeregt durch die Kneipenluft. »Hartmann!«

Hartmann deutete auf die Box. »Otis Redding!«

»Ja, ja. Seltene Liveaufnahme. 1968. *Hard to Handle*. Ich hatte Besuch. Kaffee?«

»Gerne. Und?«

Krake ließ den Automaten protzeln und winkte Hartmann an die andere Ecke der Theke, damit ein Gast mit verwegener Schirmmütze, der am Tresen über seinem Altbier hockte, nicht mithören konnte. »Heute Vormittag, ich hatte gerade geöffnet. Es waren zwei Kerle. Nicht gerade Typen, die man sich zum Schwiegersohn wünscht. Es sei denn, man ist Attila, der Hunnenkönig.«

»Black Mambas?«

Krake nickte. »Sie trugen Jeanskutten. Stand dran, was drin ist. Black Mambas, fette Schlange, spitze Reißer. Das waren zwei große, breite Burschen. Beide kahl, der eine mit einem ausladenden Mexikanerbart, der andere hatte eine fiese Narbe vom linken Auge runter bis ans unrasierte Kinn.«

»Waren sie grob?«

Krake nickte Richtung Unterarm. Hartmann erkannte eine dunkelblaue Druckstelle. Drecksäcke!

»Nichts Dolles. Sie haben nur einmal kräftig zugedrückt, als ich ein bisschen rumgezickt habe. Sie wollten wissen, wo sie dich treffen können, wann du hier wieder auftauchst.«

Hartmann fuhr sich ans Kinn. »Treffen?«

»Sie sind hinter dir her, und sie sehen nicht so aus, als würden sie dich mit weißen Samthandschuhen anfassen wollen. Bei dir werden sie richtig grob!«

»Erst mal müssen sie mich kriegen«, blieb Hartmann locker, ging aber dann schnell an eines der Kneipenfenster und suchte mit scharfem Blick die Umgebung ab. Nicht, dass Krake ihn aus Versehen in eine Falle gelockt hatte und die Burschen gerade dabei waren, ihre Pumpgun durchzuladen. Aber draußen war nichts Verdächtiges zu erkennen.

Der Thekenhocker meldete sich. »Haben Sie falsch geparkt? Müssen Sie aufpassen. Die Bullen kreisen hier wie die Geier ums Aas. Ruck zuck wird man abgeschleppt!«

Hartmann hob für den gut gemeinten Ratschlag dankend die Hand. Abgeschleppt … Genau, abgeschleppt hatte die doofe Black-Mamba-Tussi ihn, und jetzt dampfte die Kacke.

Hartmann entdeckte eine Tageszeitung. Kacke, fand Hartmann, war ein gutes Stichwort. »Hast du von der Toten aus Lierenfeld gelesen?«

Krake balancierte vorsichtig einen Becher auf die Theke und hielt entsetzt inne. »Mit der Sache hast du doch nicht auch noch zu tun?«

Hartmann seufzte. »Nicht direkt. Ich erkläre es dir.« Hartmann gab flüsternd einen kurzen Überblick.

Krake war geschockt. »Mensch, Hartmann, in deinem Leben stimmt was nicht.«

Hartmann faltete unbeeindruckt die Zeitung auseinander und fand im Düsseldorfer Lokalteil einen ausführlichen Artikel mit einer nur mäßig gelungenen Schwarzweißzeichnung von Svenja Suceava.

Hartmann drehte die Zeitung und tippte auf das Bild. »War die Frau an dem Abend hier?«

»Auf keinen Fall. Die wäre mir sicher aufgefallen. Selbst in dem Trubel, den du veranstaltet hast. Ich hab dir ja schon gesagt, dass wir an dem Abend keine Frau mit blonden Haaren hier hatten.«

Hartmann nippte am heißen Kaffee, der richtig gut tat. Dann hatten S. und er Svenja offensichtlich auf dem Heimweg aufgelesen. Wahrscheinlich vor der Wohnungstüre, denn Svenja besaß schließlich seine Visitenkarte mit Adresse. Gutes Stichwort!

»Adresse«, murmelte Hartmann, fischte die *Gelben Seiten* von der Anrichte und erblätterte die Hotels.

»Hotels?«, fragte Krake neugierig. »Suchst du eine Bleibe?«

»Sozusagen«, murmelte Hartmann und wurde fündig. »Das Hotel *Zur Linde*. Kikweg 113. Am Unterbacher See.«

Krake rümpfte misstrauisch die Nase. »Was brauchst du ein Hotel?«

»In dem Hotel hat die Tote gearbeitet. Da werde ich mich mal umgucken.«

Krake riss fassungslos die Augen auf. »Du willst dich nicht wirklich um die Sache kümmern? Das ist allein Sache der Polizei!«

»Ich nehme das persönlich, Krake.«

»Das ist doch Unsinn!«

»Sehe ich nicht so.«

»Bleibt es aber trotzdem! Meinst du nicht, dass du mit diesen Rockern genug Ärger am Hals hast?«

»Ich will zumindest wissen, was sie von mir wollte.«

»Oh Gott. Wieso das denn?«, jaulte Krake ehrlich besorgt. »Lass die Polizei die Arbeit machen!«

Hartmann ging auf Bechergrund. »Tue ich ja. Auch. Aber erst mal schwing ich mich jetzt wieder auf meinen Drahtesel und strample nach Unterbach.«

Krake räumte giftig den leeren Kaffeebecher von der Theke. »Dir ist nicht zu helfen.«

Hartmann kräuselte einen faltigen Fünf-Euro-Schein aus seinem Portemonnaie und glättete ihn auf Krakes Tresen. »Sei bitte so gut und informiere mich, wenn die Kerle noch mal bei dir auftauschen. Solange sie mich bei dir suchen, wissen sie nicht, wo ich tatsächlich bin.«

Krake knurrte ihm eine Antwort entgegen.

Der Mann meldete sich vom anderen Ende der Theke. »Abschleppen kann ganz schön teuer werden!«

»Ja«, zischte Krake. »Manchmal kostet es das Leben!«

* * *

Ein knappes halbes Stündchen später bog Hartmann mit seiner Fitz zügigen Tritts und schnaufend vom Hackenbruch nach rechts in den Eller Kamp ein. Jenseits der Brücke über die Vennhauser Allee verengte sich der Eller Kamp zu einer kleinen Straße mit dem Namen Am Kleinforst. Mächtig durchgeschwitzt passierte Hartmann die Sportanlage vom TSV Eller 04. Eine Anlage, auf der er in seiner Jugend als Kicker epochale Kantersiege und abgrundtiefe Niederlagen eingefahren hatte. Dem Sportplatz schloss sich der Platz des Vereins für Gasluftballonfahrten BC Barbarossa e. V. an, auf dem emsige Mitglieder des Clubs einen gestreiften Ballon für eine ihrer spektakulären Nachtfahrten über den Süden Düsseldorfs präparierten.

Hartmann kurvte nach links in den Kikweg, der mitten durch den Eller Forst führte. Links und rechts der Straße hielt dichter Mischwald jetzt die Sonnenstrahlen ab, hier war es deutlich kühler.

Ein Hinweisschild auf das *Hotel Zur Linde* lockte Hartmann kurze Zeit später vom Kikweg nach links auf eine lang gezogene, mit Kandelabern gesäumte Kiesauffahrt. Hinter einer beeindruckenden Linde, die seinem Ziel den Namen gab, entdeckte er das zum Hotel umgebaute Herrenhaus. Das eindrucksvolle Gebäude zierte ein imposanter, viereckiger Turm mit Zinnen, der weit über die Baumkronen des Waldes in den Himmel ragte. Das malerische Gebäude hätte auch in Südengland stehen und locker als Kulisse für einen Inspector-Barnaby-Krimi herhalten können.

»Alle Achtung«, schnaufte Hartmann, parkte sein Fahrrad an der moosbedeckten Häuserfront und schloss es ab.

Unterbach und Fahrrad – das passte einfach nicht. Das stand mal fest! Bei aller Liebe für den sympathischen Stadtteil im Westen Düsseldorfs, irgendwie musste Hartmann an einen motorisierten, fahrbaren Untersatz kommen. Die Frage war nur wie. Er kannte niemanden, der ihm ein Fahrzeug leihen würde, und die Mietwagenfirmen wollten immer einen Führerschein sehen. Aber den hatte er ja nicht.

Das Foyer des Hotels war fast leer. Ein auf alt gemachter Ventilator an der hohen Decke mit Stuck rührte gemütlich durch die klimaanlagengekühlte Luft. An der gegenüberliegenden Wand lud eine rote, englische Kabine zum Telefonieren ein. Eine schwere, dunkle Holztreppe führte in die oberen Etagen. Lahme konnten auch einen Aufzug nehmen. Eine Infotafel präsentierte aktuelle Veranstaltungen. Hape Kerkeling lockte mit seinem witzigen Musical ins Capitol Theater, eine spannende Theateraufführung der Unterfeldmäuse in die Erkrather Stadthalle, die DEG mit Eishockey und das berühmte Kom(m)ödchen in der Altstadt mit Kabarett.

Vor der Infowand erwartete Hartmann ein gesund aussehender, junger Mann mit gegelten Haaren und freundlichem Blick. »Bitteschön?«

Hartmann entschied sich spontan. »Ich suche ein Zimmer.«

»Gerne …« Der junge Mann zögerte. »Herr … Hartmann?«

Hartmann hob überrascht die Augenbrauen. »Ja.«

»Na, da heiße ich Sie aber ganz herzlich willkommen«, strahlte der Angestellte. »Ich bin ein großer Fortuna-Fan.«

»Das sind mir die liebsten«, lachte Hartmann zurück und beugte sich verschwörerisch über die Theke. »Das darf aber nicht jeder mitbekommen, dass ich mich hier einquartiere.«

»Sie sind beruflich unterwegs?«, fragte der junge Mann, und in seinen Augen blitzte es neugierig.

»Sozusagen. Ich bin der Christian.«

»Markus«, stellte der junge Mann sich vor.

Hartmann beugte sich über die Theke. »Markus, du weißt ja, wie die Jungs von der Presse sind. Wenn die erfahren, dass ich mich hier einquartiert habe, fangen die sofort an zu spekulieren, tauchen hier auf und es wird ungemütlich.«

Markus nickte.

»Wäre also ganz gut, wenn das unter uns bleiben würde. Ich meine, wenn Franz Beckenbauer oder Jogi Löw nach mir fragen, dann natürlich direkt durchschicken, aber ansonsten …« Hartmann legte einen Finger auf den Mund.

Markus nickte heftig. »Habe ich verstanden. Ein Einzelzimmer? Gerne. Wie lange möchtest du bleiben?«

»In drei, vier Tagen sollte ein Strich unter die Sache gezogen sein«, orakelte Hartmann und konnte sehen, wie es in Markus' Kopf arbeitete, wie er sich fragte, unter *was* dieser Strich wohl gezogen werden sollte.

Lief der Vertrag von Jogi Löw als Bundestrainer der Fußballnationalmannschaft nicht in zwei Jahren aus? Au, Mann!

»Soll ich dich unter Christian Hartmann einbuchen?«

Hartmann überlegte und nickte. Er wollte sich nicht noch einen weiteren Namen merken müssen. Selbst, wenn es der eigene wäre.

Ein hoch gewachsener Mann um die Dreißig mit gehetztem Blick und fliehendem Haaransatz kam energischen Schrittes die Treppe runter, grüßte Hartmann kurz nickend und trat hinterm Tresen neben Markus. Er hatte einen dicken Ordner mitgebracht, den er jetzt aufklappte. Mit einem Finger tippte er auf das Papier.

Markus nickte. »Mache ich gleich fertig.«

Noch ein stummes Abschiedsnicken und der Mann, der einen modernen, braunen, eng geschnittenen Anzug trug, wie er bei britischen Musikern beliebt war, verschwand wieder über die Treppe nach oben.

»Van den Berg. Der Chef«, erklärte Markus leise und lugte dann über den Empfangstresen. »Kein Gepäck?«

»Das ist eine lange, lange und sehr traurige Geschichte. Ich sage nur: Deutsche Bundesbahn.«

Markus lachte vorsichtig. »Das klingt nicht gut.«

»Ich versichere dir: Das ist es auch nicht!«

»Oh je. Dann darf ich dich sicher auf unser umfangreiches Wellnessprogramm aufmerksam machen. Bei Bedarf mache ich gerne einen Termin mit Meike. Entspannungsmassagen, sehr zu empfehlen. Im Anbau hinten raus haben wir eine kleine Schwimmhalle. Immerhin ein Zwanzigmeterbecken, da kriegt man schon ein paar Bahnen weggezogen.«

Hartmann zeigte sich beeindruckt. »Da werde ich sicher drauf zurückkommen. Aber ich habe noch eine Bitte.«

»Immer raus damit!«

Hartmann hob an, brach aber ab. Eine weitere Hotelangestellte mit auffälligem Piercing an der Nase, am Mund und im Ohr betrat den Raum, entnahm einer Schublade einen Schreibblock und entfernte sich wieder.

Hartmann beugte sich über den Tresen. »Der DFB stellt zwar Fahrzeuge zur Verfügung, aber die Kennzeichen sind den Journalisten alle bekannt. Ich brauche allerdings ab morgen Vormittag einen unauffälligen Kleinwagen.«

»Wir arbeiten mit einem Mietwagenservice zusammen«, erklärte Markus.

»Das ist gut, nur ...« Hartmann strich sich verschwörerisch durchs Haar. »Bei den Firmen gibt es immer wieder Leute, die sich was nebenbei verdienen. Könntest du, so quasi unter uns Fortuna-Fans, einen Mietwagen für mich auf deinen Namen leihen? Dann bleibe ich inkognito.«

Markus überlegte nur kurz. »Kann ich machen. Welche Farbe?«

»Was Dezentes. Mittelklasse. Ruhig mit ein paar PS unter der Haube. Voll getankt. Für eine Woche? Super. Da haste was gut.« Hartmann dachte da an einen Flachbildschirm.

»Is gebongt. Hinterm Hotel ist ein Parkplatz, da wird der Wagen stehen. Die Schlüssel überreicht dir morgen Vormittag ein Kollege von mir. Dein Zimmer ist die Nummer 113, die Treppe rauf, bis ans Ende des Flurs und dann links. Und alles Gute bei ... was auch immer. Und grüß Jogi Löw!«

»Wenn ich ihn sehe«, lachte Hartmann, knipste ein Auge zu, drehte sich Richtung Treppe und war sehr zufrieden.

Er war der rumänischen Svenja ganz dicht auf den Versen. Morgen Vormittag würde er einen fahrbaren Untersatz sein Eigen nennen. Er hatte eine Bleibe und musste nicht in seine Wohnung zurück, ehe die Schlangenbrautgeschichte geklärt war. Hartmann erreichte sein Hotelzimmer, schloss auf und hinter sich wieder ab.

Plasmafernseher, ein Bad mit großer Dusche und aus dem Fenster heraus ein unverbauter Blick auf den idyllischen Unterbacher See.

»Herrlich!«

Und auch wenn er ausnahmsweise seinen richtigen Namen angegeben hatte, glaubte er nicht, dass die Black Mambas ihn hier am Ende Düsseldorfs finden würden.

Er sprang unter die Dusche und schlüpfte anschließend wieder in die alten, schweißigen Klamotten. Hartmann nahm eine Geruchsprobe und verzog das Gesicht.

»Puh.«

Da müsste er sich morgen gleich nach dem Date mit Angie Nachschub holen, sonst würde sein Geruch ganze Heerscharen von Fliegen anlocken. Und man kannte ja Fliegen! Die Viecher rissen einen zu Boden und fraßen einen mit Haut und Haaren. Nicht gut.

* * *

Gut war aber das Abendessen, das Hartmann sich im hoteleigenen Restaurant gönnte. Hartmann aß mit dem gesunden Appetit eines Fernfahrers. An seinem Nebentisch saß ein sympathisches Pärchen, das sich gibbelnd freute, für die kommende Samstagnacht eine der berühmten Heißluftballonfahrten über das nächtliche Düsseldorf gebucht zu haben. Das wäre doch auch mal was, dachte Hartmann. Und weil es stockdunkel war, sah man vielleicht nicht so ganz genau, wie hoch man flog.

Zum Schlafengehen war es noch zu früh und deshalb entschied er, an der Hotelbar ein wenig Stimmung einzufangen und seine Ohren in Sachen Svenja zu spitzen.

An der Theke links von ihm saß ein Mann mit Handy. Um ihn als fettleibig bezeichnen zu können, hätte er ein paar Kilo abnehmen müssen.

»Liebchen, ganz kurz. Ich bin mitten in einem Meeting. Ich weiß nicht, was der Krüger wieder will. Ja, es dauert wieder länger.«

Hinter Hartmann schmachtete sich in einer kleinen Nische bei gedämmtem Licht ein Liebespärchen an. Junges Glück. Ein schöner Anblick. Er trug einen Ehering, sie nicht.

»Das wird nicht gehen. Ich weiß noch nicht mal, wie der Ort heißt, wo ich hier bin. Ganz was Abgelegenes. Eifel, glaub ich«, stöhnte Liebchens Liebster.

Der Mann rechts neben Hartmann an der Theke war ebenfalls nicht untätig. Er hatte die gute, alte Säge angeworfen und bearbeitete die Kellnerin hinter der Theke.

»Nein, Liebchen, morgen wird das auch noch nichts. Der Chef findet wieder kein Ende. Doch, Liebchen, ich pass auf mich auf, ich schaffe das schon!«

»Möchten Sie was trinken?«, nutzte die Angestellte Hartmanns Erscheinen als günstige Gelegenheit, dem Sägenmeister kurz zu entkommen. Ein Namensschild an der Uniform verriet, dass sie Sandy hieß.

»Eine große Apfelschorle, bitte.«

»Apfelschorle, gerne.«

Am Tischchen hinter ihm wurde gekichert.

»Ich muss auflegen, Liebchen. Sie rufen nach mir! Küsschen, Liebchen, Küsschen. Dein Bärchen denkt an dich.«

Der Kneteklumpen zur Linken knutschte übers Handy, drückte eine Austaste und verstaute das Gerät glitschig ins verschwitzte Hemd.

»Bitteschön«, flötete Sandy. »Apfelschorle wird hier selten genommen.«

»Ich bin wirklich nur hier, um was gegen meinen Durst zu tun.«

Die Kellnerin beugte sich zu ihm, rollte mit ihren hübschen, blauen Augen und flüsterte: »Das unterscheidet Sie von allen anderen hier.«

Hartmann grinste ihr hinterher. Der stumme Hotelchef hatte ein gutes Händchen beim Personal. Schon wieder eine äußerst angenehme Erscheinung. Diesmal eine Angestellte mit raspelkurzem, blondem Haar. Wie die Ex-Frau von Sylvester Stallone, erinnerte sich Hartmann, die Frau, die letztens im australischen Dschungelkamp einen Geschicklichkeitspreis gewonnen hatte.

»Da bist du ja, Bärchen«, wankte mit einem Mal eine Frau an die Theke und strich dem Kneteklotz links von Hartmann über die rosige Wange.

Holla! Sie hatte in etwa die gleiche Figur wie Bärchen und trug ein dunkelrotes Zelt.

Bärchen glitschte mit einem Plopp vom Barhocker. »Dann wollen wir mal.«

»Willst du dich nicht umziehen?«

»Nee, nur noch was ausziehen. Höhö.«

Hartmann verschluckte sich fast an der Apfelschorle. Sieh an: das doppelte Bärchen … Die Frau in Rot piekste ihrem Pendant frech in die Seite, wobei ihre Hand bis zum Gelenk in Bärchen verschwand. Hartmann guckte weg. Es gab für jeden Topf einen Deckel.

Nur der Deckel zu seiner Rechten wollte nicht so richtig passen.

»Ich suche immer gute Frauen für meine Firma. Und ich sag dir: kein Abitur ist kein Problem. Wenn du weißt, was ich meine.«

Sandy wischte unbeeindruckt durch ein Weinglas. »Ich habe aber Abitur.«

»Ach?« Der Mann nippte am Weinbrand.

Hartmann nahm einen Schluck Schorle. Den Mann hatte er schon einmal gesehen. Er musterte ihn über den großen Spiegel, der in die Hotelbar eingelassen war. Der Mann war Mitte vierzig, knapp 1,80 groß, athletisch-kräftig. Er steckte in einem teuren, dunklen, perfekt sitzenden Anzug, und Hartmann mochte wetten, dass die schwarzen Haare nachgetunt waren. Der Kerl war ein Frauentyp und schien direkt einer Reklame für Nassrasierer entsprungen. Vor einer knappen halben Stunde hatte der Mann in Begleitung einer gut aussehenden Frau ungefähr gleichen Alters zusammen zu Abend gegessen. Heute war der Abend der Schauspielerinnen, denn diese Frau hatte ihn vorhin an Iris Berben erinnert. Hartmann grinste. Lose Sitten, hier im Hotel *Zur Linde.*

»Ich bezahle gut. Wenn ich mit dem Personal zufrieden bin«, grinste der Kerl anzüglich.

Sandy lächelte gnädig, Hartmann nippte an der Apfelschorle. Im CD Player drehte sich eine coole Scheibe der Brand New Heavies. Starke Band. Die musste er sich unbedingt mal live reinziehen. Gerade jetzt, wo die coolen Jungs aus dem Londoner Vorort Ealing sich wieder mit ihrer grandiosen Sängerin *N'Dea Davenport* zusammengetan hatten.

»Ich komme aus Stuttgart«, erklärte der Nassrasierermann.

»Ach.« Sandy zeigte sich beeindruckt.

»Ja. Ich begleite da ein großes Bauprojekt. Hat was mit Zügen zu tun ...«, orakelte der Typ.

Ja, klar, hätte Hartmann am liebsten spottend kommentiert, ließ es aber bleiben und gähnte stattdessen.

»Sind Sie eigentlich für oder gegen Stuttgart 21?«, sprach ihn der Mann plötzlich an.

Hartmann hob überrascht die Augenbrauen. »Äh, ich interessiere mich überhaupt nicht für Politik.«

»Aber Sie müssen doch eine Meinung haben!«

Hartmann nippte an der Apfelschorle. »Hab ich. Zu vielen Dingen. Aber Stuttgart und Bahnhöfe? Haben die da nicht letztens abgestimmt?«

Der Mann machte eine abwertende Handbewegung. »Alles Show! Was machen Sie denn beruflich?«

»Ich habe viel in Leder gemacht, lasse es im Moment ein bisschen ruhiger angehen«, behauptete Hartmann.

»Die schlappe Konjunktur?«

»Auch. Bin gerade in einer Art Gesundungsprozess.«

»Ach?«

»Ja.«

Das Pärchen am Tischlein hinter ihnen machte sich auf zu gehen. Gute Idee, fand Hartmann. Auf Smalltalk hatte er keine Lust, und Fragen in Sachen Svenja ließen sich hier auch schlecht platzieren. Hartmann zahlte, indem er seine Zimmernummer angab.

»Wie können Sie mich mit dem alleine lassen?«, feixte Sandy leise und kniff Hartmann ein Auge.

Als Hartmann zehn Minuten später alleine in seinem Hotelbett lag, fragte er sich das auch.

4. Tag

»Darf ich schon abräumen?«, fragte die Kellnerin und riss am nächsten Morgen einen grübelnden Hartmann aus der Tagesplanung.

»Äh … Ja.«

»Dann mach ich das mal schnell«, lachte die junge Frau, und Hartmann erkannte die aparte Angestellte vom Vortag beim Einschecken ins Hotel, die mit den vielen Piercings im Gesicht. Au Mann. Ein hübsches Gesicht, aber das waren nicht nur drei, vier, fünf Eisenstäbe, nein, da hatte ein talentierter Handwerker den kompletten Bodensatz seines Werkzeugkastens in ihrem Gesicht vertackert.

Hartmann war ganz fasziniert.

Sie hielt beim Abräumen inne. »Es sind siebzehn.«

»Bitte?«

»Es sind siebzehn Piercings«, erklärte die Kellnerin.

Hartmann wurde rot. »Oh. Tja, ich komme grad nur auf acht.«

Sie reckte sich und drückte die weiße Kellnerbluse stramm, woraufhin sich ihre rechte Brust ins Textil drückte. Samt Nippel. Und Zubehör.

»Neun«, zählte Hartmann.

Sie drehte sich lachend weg. Hartmann grinste. Und bemerkte den nervigen Hotelbarcharmeur vom Vorabend, der in diesem Moment den Frühstücksraum betrat. Jetzt wieder begleitet von Iris Berben.

Hartmann nutzte die Gelegenheit, sie sich genauer anzuschauen. Was sich lohnte. Der nervige Kerl befand sich in der Gesellschaft einer ausnehmend gut aussehenden Frau. Vielleicht doch fünf, sechs Jahre älter als er, Anfang fünfzig.

Schlank, leicht gebräunt und in ein sportliches Kostüm gekleidet. Gelbtöne. Sehr flott. Die langen, schwarzen Haare trug sie patent nach oben geknotet. Eine schlichte, aber sicher teure Goldkette zierte ihren schlanken Hals. Das aufgesetzt Protzige ihres Begleiters ging ihr vollkommen ab. Sie hatte etwas Angespanntes, Sprödes. Verkniffene Mundwinkel. Hartmann stand auf und ruckelte in seiner Jeanshose die Autoschlüssel gerade, die Markus' Kollege ihm vor dem Frühstück übergeben hatte. Es war ein grauer Golf geworden.

Hartmann sah auf die Armbanduhr. Er lag gut in der Zeit, friemelte seine Sonnenbrille aus der Tasche, verließ das Hotel durch den Haupteingang und bog zügig um die Ecke. Jetzt galt es … Hoppla.

»Tschuldigung!«

Er war mit der gepiercten Kellnerin zusammengestoßen, die in einem Seiteneingang stand und sich ein schnelles Pausenkippchen gönnte.

»Nix passiert.«

»Die Piercings. Ich war noch ganz in Gedanken«, grinste Hartmann.

»In Gedanken? Beim Zählen?«, grinste die zurück und schob ihre kastanienfarbenen Haare über dem rechten Ohr nach hinten.

»Zehn, elf, zwölf«, zählte Hartmann. »Stören die nicht?«

»Wobei?«

»Überhaupt so.«

»Überhaupt … nicht!« Sie hielt ihm die Zigarettenschachtel hin. »Auch eine Kippe?«

»Danke, ich rauche nicht. Ab zwei Promille paffe ich ab und zu mal eine, aber dabei bleibt es.«

»Mit zwei Promille rauche ich auch sehr gerne. Aber keine Zigaretten.«

Hartmann grinste. Die Kleine war nicht auf den Mund gefallen. Und sah gut aus. Auch der sportliche Typ, schöne, helle Augen. Wenn nur nicht die Eisenteile überall wären, an die Hartmann sich in dieser Häufigkeit nicht gewöhnen wollte.

»Ich heiße Christian.«

»Ich bin Resi. Ich komme aus Pfronten-Weißbach, Allgäu. Bitte keine Witze über Traktoren.«

Hartmann lachte. »Versprochen. Arbeitest du schon lange hier?«

Sie schüttelte den Kopf und zündete sich eine zweite Zigarette an. »Das ist meine erste Saison. Und mit Sicherheit auch meine letzte.«

»Nicht gut hier?«, fragte Hartmann.

»Doch, schon. Aber der Chef ist komisch. Ist halt noch sehr jung, alles etwas chaotisch hier. Und er zahlt nicht besonders gut. Ich wollte mal was anderes machen als in Bayern oder Österreich Knödel und Weißwurst zu servieren, aber wahrscheinlich werde ich genau dort wieder landen.«

»Aber das Hotel selbst ist klasse. Ist mir empfohlen worden. Von einer Kollegin von dir. Kennst du die? Eine junge Rumänin, Svenja?«

Sie nickte. »Svenja. Klar. So eine blonde. Die hat das Hotel empfohlen? Wundert mich.«

»Wieso?«

»Na, die Svenja ist total nett. Wir haben unsere Zimmer auch nebeneinander gehabt, ganz oben im Türmchen, und uns angefreundet, aber sie ist, wie soll ich sagen, sehr konservativ. Hat sich viele Gedanken gemacht. Und war hier natürlich nicht richtig.«

Hartmann verstand nicht. Das sah man ihm wohl an.

»Du weißt nicht, was ich meine, oder?«, fragte Resi belustigt.

»Nö?«

Sie lachte. »Da kann man mal sehen. Und ich hab gedacht, du wärst auch einer von denen. Wir arbeiten hier mit dem *Wespennest* zusammen. Das kennst du?«

»Nie gehört.«

»Das ist ein Pärchenclub.« Sie deutete am Hotel vorbei die Auffahrt runter Richtung Wald. »Den Kikweg weiter runter. Paare oder einzelne Gäste steigen bei uns ab. Manchmal eine ganze Woche lang und gehen abends in den Club, um sich kreuz und quer die Seele aus dem Leib zu bumsen.«

»Ach. Mir sind schon Pärchen aufgefallen, die nicht so richtig zusammenpassen.«

»Oh, sind auch Verheiratete dabei. Muss aber nicht. Und entsprechend locker geht es auch hier im Hotel zu. Ich glaube, die Svenja hatte zuletzt ihre Probleme damit. Wundert mich nicht, dass sie von einem Tag auf den anderen die Brocken hingeschmissen hat und abgehauen ist.«

»Ach?«

Sie lachte. »Das hat schon gepasst, mit unseren Zimmerchen. An ihrer Zimmertür ist ein Engelchen eingeritzt, bei mir ein Teufelchen.« Sie klimperte frech mit den Wimpern. »Kannst abends ruhig mal klopfen kommen!«

Hartmann lachte. »Ich bin eher der Engelchenmann.«

»Die zu verführen, macht den meisten Spaß«, blieb Resi hartnäckig und nahm einen tiefen Zug auf Lunge. »Ich musste ihre Schichten übernehmen, aber das war schon okay. Bringt ein wenig Geld extra. Ich sag dir: Wenn ich genug auf die Seite gebracht habe, bin ich auch sofort hier weg und such was Neues.«

Sie schnippte die Kippe zehn Meter weit in den Kies. »So, ich muss wieder. Wie lange bleibst du noch?«

»Drei, vier Tage.«

»War nett, dich kennen zu lernen. Und überleg es dir. Ich hab abends frei. Komm vorbei! Piercings zählen!«

»Ich denk drüber nach. Die Nummer neun hat mir bisher am besten gefallen!«

* * *

Markus' grauer Golf ließ sich sehr gut fahren und hatte schön viele Pferdchen vorne unter der Motorhaube. Um Längen besser, als die Strecke bei dieser Hitze bis zum Worringer Platz mühselig mit dem Fahrrad zurückzulegen. Die Scheibe runtergedreht, gönnte Hartmann seinem linken Ellbogen frischen Fahrtwind und summte mit. Hardrock hatte der CD-Player im Angebot, was eigentlich nicht Hartmanns Musik war, aber AC/DC ging immer!

»*Hell ain't a bad place to be*«, behaupteten die Australier, ohne es eigentlich ganz genau wissen zu können.

Fünf, sechs Hardrockklassiker später entdeckte Hartmann einen seltenen, freien Parkplatz auf der Klosterstraße, den er einem am Lenkrad wild kurbelnden Rentner mit Hut flugs vor der Nase wegschnappte. Kurz drauf stieß Hartmann die klebrige Kneipentür auf. Augenblicklich erinnerte er sich.

Hell definitiv *ain't a bad place to be*!

Gelüftet wurde hier nur alle zwei Jahre zu Weihnachten. Oben an der gelbbraunen Decke rührte der altersschwache Ventilator eiernd den gleichen, abgestandenen Kaschemmenmief wie am Vortag durcheinander. Unten auf dem Fußboden hatte sich den vielen, alten, großflächigen Flecken ein großer, rötlichbrauner frisch hinzugesellt, dessen spritzender Ursprung naheliegend in einer tiefen Fleischwunde zu vermuten war.

»Meine Fresse«, rutschte es Hartmann entsetzt über die Lippen. Was für eine Hucke!

Musikalisch war die gestrige, schwarz-weiß geschminkte Phase überwunden. Deep Purple erinnerten dröhnend an eine beeindruckende Frau aus Tokyo.

An der Theke zählte Hartmann auch heute wieder vier Männer. Des ersten Mannes Gesicht bestand aus einem buschigen, grauen Rauschebart mit zwei schmalen Löchern für die roten Äuglein. Mit diesen stierte er eine Fliege an, die sich in einer verschütteten Bierlache um den Verstand soff.

Der zweite war eine Frau.

Der dritte war ein muskulöser Bauarbeiter mit Unterhemd und Helm, der seinen Dienst am Presslufthammer nicht angetreten hatte, weil er mit der Theke verwachsen war und nicht loskam. Armer Kerl!

Angie saß wieder ganz außen rechts und glotzte in sich selbst ruhend auf ein schmieriges Altbierglas.

»Soll es abheben? Möge die Macht mit dir sein!«

»Ich hab auf dich gewartet«, grüßte Angie humorlos zurück und nickte rüber auf die dunkle Seite der Macht beziehungsweise des Tresens. »Bestell mir was!«

Hartmann blickte zum Wirt und erschreckte sich wieder. Immer noch der Stacheldrahtkopf. Hartmann orderte schnell zwei Altbier und rutschte auf den Barhocker neben Angie.

»Und?«

Der räusperte sich. »Ich sage nur: Wespennest.«

»Wespennest?« Interessant. Hatte Hartmann heute schon mal gehört. »Was ist mit dem Wespennest?«

»Na, da hast du reingestochen.«

»Geht es ein bisschen konkreter?«

»Schon das Nachfragen allein hat meine Kontaktleute nervös gemacht. Die Black Mambas sind keine Pfadfindergruppe.«

»Sie laufen auch nicht mit lustigen, bunten Halstüchern und Fähnchen rum, Angie, ich weiß.«

»Komm mir nicht blöd«, zischte Angie.

»Was ist mit dem Präsidenten?«

»Marcel Kusch, genannt Matze. Kommt ursprünglich aus Frankfurt, wo er ein Chapter der Mambas so erfolgreich geführt hat, dass die Polizei es verboten hat. Daraufhin ist er hier in Düsseldorf eingestiegen, hat sich hochgedient und ist seit einem guten Jahr der Präsident der hiesigen Truppe. Er gilt als äußerst gewalttätig, hat wegen versuchten Totschlags Bewährung offen und wird von der Polizei mit Argusaugen beobachtet.«

»Das ist gut«, freute sich Hartmann.

»Dass er äußerst gewalttätig ist?«

»Nein, dass die Polizei ein Auge auf ihn wirft. Das macht ihn vorsichtig.«

Stacheldrahtkopf klebte zwei Bier auf den Tresen.

Angie schüttelte den Kopf. »Falsch. Bewährung macht einen Black Mamba nicht vorsichtig. Es macht ihn interessant und kümmert ihn im Grunde genommen überhaupt nicht. Wenn du Matze Kusch anpisst, wird er dich zum Frühstück fressen.«

Angie riss das Glas vom Tresen und nahm einen Schluck.

Hartmann legte den Kopf schräg. »Was ist mit seiner Freundin, Lebensgefährtin oder was auch immer?«

»Silke Evert. Kommt aus Erkrath und hat früher in einer ziemlich bekannten Heavy Metal Band gesungen, ich komme nur grad nicht auf den Namen. Sie ist des Präsidenten ein und alles. Lass die Finger von ihr!«

Zu spät, hätte Hartmann beinahe gesagt.

»Die beiden wohnen auf der Fleher Straße 354. Das ist ganz am Ende, fast am Fleher Deich. Dahinter gibt es nur noch Rotkohl. Ist ein großes Haus mit Pool und einer Menge Mauer drum herum. Das Heim ist leicht zu erkennen«, knurrte

Angie. »Es ist das, um das die Nachbarn einen großen Bogen machen.«

»Klingt sympathisch.«

Angie schnaufte höhnisch und exte sein Glas. Hartmann strich sich durchs Haar. Fleher Straße 354. Jetzt hatte er eine Adresse.

Patsch!

Der Bärtige ganz links an der Theke pulte sich die schleimigen Überreste der betrunkenen Fliege von der Innenseite seiner Handfläche.

Ja, Alkohol kann tödlich sein.

Hartmann nahm sich vor, seinen Freund Angie bei nächst passender Gelegenheit mal auf sein soziales Umfeld anzusprechen. Junkie hin, Junkie her, die Bude hier war allerunterste Schublade.

Angie schien das nicht zu belasten. Stattdessen angelte er sich Hartmanns Bierglas, von dem er wusste, dass Hartmann es niemals auch nur in die Nähe seiner Lippen bringen würde. Organe eines Normalsterblichen würden die gemeinen Keime im Glas innerhalb weniger Minuten befallen, niederringen und auffressen.

»Du willst bei Matze Kusch nicht wirklich klingeln?«, fragte Angie.

»Auf keinen Fall«, erwiderte Hartmann.

Klingeln? Das hatte er beileibe nicht vor.

* * *

Hartmann musste nur ganz vorsichtig an seinem Hemdsärmel riechen, um genau zu wissen, wohin ihn sein nächster Weg zu führen hatte. Nach Hause in seine Wohnung! Er brauchte dringend frische Klamotten.

Die Kiste ließ er auf der Klosterstraße stehen, da stand sie nicht schlechter als überall sonst, und Parkplätze waren in Düsseldorf seltener als glückliche Kölner. Das kurze Stück ging er, die herrliche Sonne am blauen Himmel genießend, zu Fuß.

Am Konrad-Adenauer-Platz 12 angekommen hätte er fast das kleine, handgeschriebene Schildchen in Simones Brötchenbude übersehen.

Bis auf Weiteres geschlossen. Eure Simone.

»Geschlossen?«

»Hallo Christian«, grüßte ihn von der Seite die schwarzhaarige Nicole aus der zweiten Etage, die mit kräftigem Griff ihr sinnliches Massagewerk beginnen wollte. »Das ist ein dolles Ding, oder?«

»Was?«

»Na, das mit Simone. Die musste den Laden dichtmachen.« Sie beugte sich näher ran, und Hartmann erschnüffelte eine nach seinem Kneipenbesuch wohltuende Brise teuren Eau de Toilettes. »Die hat doch einen neuen Hund, den sie zur Arbeit mit in den Laden gebracht hat.«

»Noah aus Spanien.«

»Ja. Der hat sich andauernd geschrubbt. Erst hat sich die Simone immer kratzen müssen, dann hat es plötzlich die Kunden gejuckt. Einer von ihnen hat das Ordnungsamt informiert. Die haben seltsame, kleine Tierchen gefunden und den Laden sofort dicht gemacht.«

»Seltsame, kleine Tierchen?«

»Keine Ahnung, was das für gefährliche Viecher waren. Ganz schön hektisch sind die Jungs in ihren weißen Kitteln geworden.«

»Ach?«

»Tja, und jetzt ist sie zu, die Brötchenbude. Sachen gibt's.« Sie hielt Hartmann die Haustür auf. »Ich hab dich lange nicht gesehen. Wo treibst du dich rum?«

»Hier und da.«

Sie stiegen zusammen die Stufen hoch.

»Du müffelst nach Kneipe«, stellte Nicole vorwurfsvoll fest.

»Ermittlungen«, erklärte Hartmann umfassend.

»Komm doch mal auf eine Tasse Kaffee vorbei, ein bisschen plaudern.«

»Mach ich bestimmt«, versprach Hartmann.

»Aber erst duschen!«

»Mach ich ganz bestimmt!«

»Du kannst natürlich auch bei mir duschen«, lockte Nicole verschlagen.

»Mach ich ganz bestimmt … nicht«, lachte Hartmann.

Kein Sex mit Nachbarn! Hartmanns Leben hatte nicht viele Regeln, aber das war eine von ihnen. Kein Sex mit Nachbarn! Innerhäusliche Techtelmechtel, mochten sie auch noch zu unverfänglich angeboten daherkommen, brachten auf die Dauer nur Ärger, machten alles furchtbar kompliziert. Nicht gut!

Sie hatten die zweite Etage erreicht.

»So, ich muss, Sweetheart. Petra ist bestimmt schon da. Wünsch mir ein paar feste, knackige Hintern! So welche wie deiner.«

Sie klatschte ihm zum Abschied frech auf den Allerwertesten und verschwand in einer Wolke von Parfüm. Richtig, Nicoles blondhaarige Kollegin Petra hatte schon erotisch vorgeheizt.

Hartmann ging weiter. Er war mit seinem Freundes- und Bekanntenkreis ganz zufrieden.

Auch schön, dass ihn in der dritten Etage ein unversehrtes Türschloss erwartete. In einer unversehrten Haustür. Hartmann inspizierte schnell seine vier Wände. Kein Anruf auf dem AB, keine Post, niemand hatte eine Nachricht unter der Tür durchgeschoben.

»Alles klar.«

Schnell ruckelte er seine Reisetasche vom Schrank und warf ein paar Garnituren Kleidung hinein. Dazu: Motorradhaube mit Sehschlitz, schwarze Klamotten, die fette Stabtaschenlampe. Der Weichholzkommode im Schlafzimmer entnahm er einen Bund mit drei Schlüsseln, einer kleinen Säge und einem Vierkant. Den Bund hatte Angie ihm zusammengestellt. Die drei Schlüssel waren Generalteile. Rohlinge, die Angie sich aus Osteuropa hatte mitbringen lassen. Wie gesagt, Angie kannte immer wen. Der Bart war geschlitzt. Die einzelnen Schieber waren flexibel und versenkten sich ganz leise klickernd in den Schlüsselstab. So passten sie sich ihrem Pendant im jeweiligen Türschloss an. Hätte er ein ganz normales, abgeschlossenes Schloss zu öffnen, würde in fast allen Fällen einer der drei Schlüsselbärte packen. Vierkant und Säge konnte man auch immer brauchen.

Ein letzter Blick durch die Wohnung. Gut. Mit Schwung riss er seine Wohnungstür auf.

Der Kerl hatte eine Glatze, eine fiese Narbe im Gesicht und war ungefähr doppelt so breit wie er. Und gerade dabei, sich mit Schwung von außen gegen Hartmanns Türe zu werfen, um sie aufzubrechen.

Hartmann zuckte zur Seite. Der Kleiderschrank rauschte stolpernd an ihm vorbei in den unbeleuchteten Wohnungsflur und donnerte mit Karacho in den Garderobenständer, der scheppernd über ihm zusammenbrach.

Der Typ brüllte wie ein Tier.

Hartmann hätte sich gerne gekümmert, aber draußen im Flur stand breitbeinig noch einer. Ein baugleiches Exemplar mit gezwirbeltem Vollbart. Der Kerl holte aus und hämmerte eine riesige Pranke in Hartmanns Richtung. Hass hatte er mitgebracht. *Hass* stand tätowiert auf den vier Fingern, die als Faust geballt, ein unangenehmes Ziel hatten, nämlich Hartmanns Gesicht.

Der riss geistesgegenwärtig die Reisetasche hoch. Die Faust krachte in die Tasche und drückte ihn, Hartmann, samt Tasche einen halben Meter rückwärts.

Der Kerl hatte die Taschenlampe getroffen, brüllte und jagte wütend eine zweite Faust nach vorne. Hartmann war Fußballer. Nicht stark, aber schnell. Gerade auf engem Raum. Hartmann duckte sich, rutschte in die Hocke. Die Faust streifte seine Haare und krachte hinter ihm ins Leere.

Hartmanns Rechte schoss nach vorne. Unterhalb einer fettigen, fransigen Jeanskutte bekam er das zu fassen, was er zwischen den Beinen seines Angreifers zu finden gehofft hatte. Mit aller Kraft drückte er zu.

Der Kerl schnappte wie ein Klappmesser zusammen und brüllte noch eine Spur lauter als sein Kollege aus der Garderobe. Hartmann fasste nach, kniff noch mal fest zu, ließ los und jagte eine Rechte hoch, die seinen Angreifer unterhalb des eleganten Bartes am Kinn traf.

Einmal, zweimal, dreimal.

Der Kerl sackte in die Knie, seine Arme schaukelten schlaff. Hartmann bemerkte, dass der Glatzkopf hinter ihm sich die Reste des Garderobenständers vom Körper wischte, einen Schlagstock aus der Kutte zog und ausholte, um im hohen Bogen zuzuschlagen.

Hartmann schnappte sich des Gezwirbelten schlaffen linken Arm, überstreckte den Ellebogen und hebelte den Burschen mit einem Ruck um sich rum gegen den Kerl hinter sich. Dessen Teleskopschlagstock rauschte runter und krachte auf den rechten Arm des anderen Angreifers. Federnd schmiegte sich die elastische Peitsche um den breiten, haarigen Unterarm.

Ein breiter Unterarm, ja.

Aber nicht breit und stabil genug, um bei diesem Schlag nicht wie ein dünner Zahnstocher mit einem trockenen Knacken zu brechen. Das knirschende Geräusch und der folgende Schrei brachten Schläger Nummer Eins für Sekundenbruchteile aus dem tödlichen Takt.

Das reichte.

Hartmann stieß den verletzten Rocker beiseite, stürzte los, die Treppen runter, die gepackte Reisetasche hinter sich herreißend.

»Was ist passiert?«, schrien Nicole und Petra, die der Lärm geradewegs aus einer Massageeinheit gerissen und in den Hausflur gelockt hatte. Beide standen an der einen Spaltbreit geöffneten Wohnungstür. Beide waren in Arbeitskleidung. Also: nackt.

»Bleibt drinnen! Mir geht es gut. Geht später oben gucken und macht die Haustür zu. Um die Wohnung kümmere ich mich später. Keine Polizei!«, zischte Hartmann.

»Komm doch schnell hier rein, versteck dich bei uns!«, forderte Nicole Hartmann auf.

Aber der schüttelte den Kopf. »Geht nicht. Sie müssen mitkriegen, dass ich unten durch die Tür nach draußen bin, sonst werden sie das ganze Haus auf den Kopf stellen und mich bei euch finden. Ich komme klar!«

»Was ist denn überhaupt los?«

Von oben kommende, polternde Stiefel machten weitere Erklärungen unmöglich. Hartmann nahm drei Marmorstufen auf einmal, erreichte das Erdgeschoss, riss die Haustür auf, fetzte nach draußen und stieß gleich vor der Tür mit einem Zeugen Jehovas zusammen, dem es den *Wachtturm* aus den Fingern rempelte.

»He! Pass auf, du Penner!«, beschwerte sich der zur Seite Gescheitelte.

Die friedlichen Zeugen waren auch nicht mehr das, was sie mal waren …

»Sorry«, rief Hartmann und rannte weiter.

Schnell nach links in die Friedrich-Ebert-Straße, rechts durch das Einkaufszentrum Immermanhof, wieder rechts zurück auf den Konrad-Adenauer-Platz. Hinter einem Betonpfeiler der dortigen Arkaden stehend, hatte er von hier aus seine Haustüre direkt im Blick.

Langsam brachte er seinen trabenden Pulsschlag wieder in den grünen Bereich. Hartmann sah an sich runter und konnte es kaum glauben. Black Mambas! Keine einzige Schramme hatte er beim Überfall abbekommen! Noch nicht mal das Hemd war zerknautscht. In den fiesen Bier- und Kneipendunst hatte sich ein halber Liter Angstschweiß gemischt, ja, aber sonst: alles topfit.

Hartmann zog die Nase hoch. »Wo bleiben die denn?«

Er hoffte, dass die beiden kahlköpfigen Mutanten nicht auf die Idee verfallen waren, aus Rache seine Bude zu zerlegen. Der gebrochene Arm eines der Angreifer sprach allerdings dafür, dass sie zusehen würden, zügig in ein Krankenhaus zu kommen.

Kaum zu Ende gedacht, erklärte ein um die Ecke kommender und vor der Haustür anhaltender, silberfarbener Jeep, warum die beiden noch nicht das Haus verlassen hatten. Sie ließen sich abholen. Ein weiterer Muskelklon ohne Haare sprang aus dem Wagen, ging ans Haus und öffnete die Tür.

Sekunden später stützten er und der Angreifer mit dem Schlagstock den Verletzten ins Auto.

Was niemanden weiter kümmerte. Auch nicht den Wachtturmmann, der stur die Menschheit vor dem Ende der Welt mahnend neben der Eingangstür stand und keine Miene verzog.

Der Fahrer sprang hinters Lenkrad, der Jeep fuhr an.

Kaum war er um die Ecke, spurtete Hartmann los, die Reisetasche unterm Arm geklemmt. Über die Straße, durch den Flur, in die dritte Etage. Die Tür stand offen. Er sprang über die Reste seiner Holzgarderobe und schob einen Stuhl in die Mitte des Raums. Er kletterte auf die Sitzfläche und ruckelte oberhalb des Schreibtisches eilig eine Holzpaneele zur Seite. Er griff in das entstandene Loch, um das einzupacken, was er glatt vergessen hatte.

»Um Himmels willen, was machst du da?«, fragte Nicole mit spitzer Stimme, die sich einen dunkelblauen Morgenmantel mit Mond und Sternchen übergeworfen hatte.

Hartmann ruckelte eine Pistole zum Vorschein und schob sie hinten in seine Hose. »Ich hab doch glatt meine Freundin vergessen.«

»Eine Pistole? Wozu brauchst du eine Pistole?«

»Bei diesen Typen komme ich mit Sachargumenten einfach nicht weiter«, fauchte Hartmann.

Nicole schüttelte den Kopf. »Dass du mit einer Pistole rumläufst, gefällt mir gar nicht.«

»Mir auch nicht.«

»Das waren Rocker«, erklärte Nicole leise. »Black Mambas. Die hatten eine Kutte an.«

Hartmann schnaufte.

»Kommen die wieder?«, fragte Nicole.

Hartmann strich Nicole durchs Gesicht. »Das kann gut sein. Ich sehe auf jeden Fall zu, dass ich zügig verschwinde.

Ich werde für die nächsten zwei, drei Tage untertauchen. Mach dir keine Sorgen, ich werde mich um die Sache kümmern.«

Nicole starrte ihn entsetzt an.

»Nein, ohne Knarre!«, versuchte Hartmann sie schnell zu beruhigen.

Er schob Nicole sanft nach draußen in den Flur und schloss die Wohnungstür.

Hartmann wollte beim Verlassen des Gebäudes niemandem in die muskulösen Arme laufen. Für besonders brisante Fälle hatte er sich einen Notausgang gebastelt. Quasi. Deshalb bog er, im Erdgeschoss angekommen, nicht nach rechts Richtung Hauseingang ab, sondern hielt sich links Richtung Kellerabgang. Hier nahm er die Tür genau gegenüber, die in einen kleinen Hinterhof führte. Durch ein nie verschlossenes, weiteres Törchen gelangte er in den Hinterhof des *Hotel Bismarck*. Durch den Hintereingang betrat er das Foyer des Hotels, wo ein freundlicher Tagesportier höflich grüßte.

Raus auf die Bismarckstraße. Die Luft war rein.

»Okay«, zischte Hartmann und brachte auf dem Weg zurück zum Fahrzeug ein paar Gedanken hintereinander. Das war auf jeden Fall kein Gummitwist. Das war die harte Tour!

»Du musst was machen, Junge. Zügig!«, war das Ergebnis seiner Überlegungen, nachdem er seine Reisetasche auf den Rücksitz gepfeffert und den grauen Golf gestartet hatte.

* * *

In frischen Klamotten warf Hartmann nur eine knappe Stunde später einen Blick auf die Digitaluhr im Armaturenbrett.

»14.30 Uhr.«

Den Wagen hatte er auf einem unbefestigten Weg geparkt, der von der Fleher Straße abging und sich Richtung Deich in einem riesigen Gemüsefeld verlor. Wild übereinandergestapelte Holzpaletten boten ausreichenden Sichtschutz, sein Auto war von der Fahrbahn nicht zu sehen. Er wiederum hatte durchs Holz hindurch das Haus am Ende der Fleher Straße beobachten können, ohne allerdings eine Menschenseele vor die Augäpfel zu bekommen.

Ob er vorhabe, bei Matze Kusch zu klingeln, hatte Angie gefragt. Nein, hatte er nicht. Klopfen würde er auch nicht.

Hartmann stieg aus und schlenderte los.

Das Grundstück des Rockerpaares umrundete eine fast zwei Meter hohe, weiß gestrichene Steinmauer. Nach hinten raus zum Rhein hin war sie sogar drei Meter hoch. Dort war ihm die mächtige Kastanie sofort aufgefallen, die mit dem Ast, der über die Mauer ins Gelände der Kuschs hineinragte. Er schritt zügig voran.

Ein Blick nach links, ein Blick nach rechts, und zwanzig Sekunden später ließ Hartmann sich von der Kastanie aufs Grundstück fallen. Federnd landete er auf einer frisch gemähten Rasenfläche.

Frisch gemäht? Hier wohnte der gefürchtete Präsident der Black Mambas? »Spießer«, murmelte Hartmann und versteckte sich erst mal hinter einem Busch, der von innen an die Mauer wuchs.

Keine plötzlich losheulende Alarmanlage, kein rot rotierender Bewegungsmelder störte das Idyll. Bis zum Haus waren es gut hundert Meter. Auf dem gepflegten Rasen dorthin wuchsen nur einige bunt blühende Obstbäume. Das Licht der späten Mittagssonne spiegelte sich in der rückwärtigen, großen Glasfront.

Zwar hatte er vorhin, als er das Haus beobachtete, niemanden am und im Gebäude entdecken können, aber es konnte ja immer noch jemand zu Hause sein, der gerade jetzt zufällig rausschaute.

Hartmann lauschte.

»Verdammt.«

Tatsächlich. Musik. Irgendwo lief ein Radio. Oder plärrte ein Rekorder. Er hörte Wasserplatschen. Hartmann entdeckte am anderen Ende des Grundstücks einen Pool. Ebenerdig, in den Boden eingelassen. Deshalb hatte er ihn nicht sofort entdeckt. Aber richtig: Den Pool hatte Angie erwähnt.

In diesem Moment entstieg dem Pool eine Frau. Sie trug einen hellblauen Badeanzug, hatte lange, schwarze Haare und rief etwas. Sie rief jemandem etwas zu. Aha, dachte Hartmann und ahnte, wem. Ein Hund jagte mit riesigen Sprüngen auf ihn zu.

»Scheiße.«

Hartmann schnellte los. Die Kastanie! Kerl, hatte der Hund ein Tempo drauf. Verdammt, das wurde knapp. Das heranjagende Vieh schien nur aus einem riesigen Maul zu bestehen. Hartmann schnellte hoch, bekam einen dicken Ast zu fassen. Auch der Hund sprang ab. Hartmann zog sich hoch, klassischer Felgaufschwung. Sein Körper rollte sich um den Ast. Der Hund flog ins Leere, scharfe Zähne schlugen krachend aufeinander.

Hartmann schnaufte. Enttäuscht stimmte das braune Viech zu seinen Füßen ein ohrenbetäubendes Gebell an.

Hartmann hangelte sich ein paar Zentimeter höher. »Guter Hund! Braver Hund, aus. Aus!«

Die Bestie sah nicht so aus, als habe sie vor, abzulassen. Sie sah eher so aus, als wollte sie Hartmann töten. Gleich würde sie knurrend den Baum aus der Erde rupfen, Hartmann zu Boden schütteln und fressen. Hartmann ertastete seine Knarre im Hosenbund. Wenn er auf den Hund schösse, würde das bestimmt die Nachbarn alarmieren.

Das Monster gab aber plötzlich von alleine Ruhe.

»Ozzy, aus!«, kommandierte die dunkelhaarige Frau aus dem Pool, die ein breites Handtuch mit schwarz-weißem Zebramotiv über der Hüfte trug.

Ozzy gehorchte sofort.

Hartmann fiel ein Stein vom Herzen.

Allerdings legte die dunkelhaarige Frau, von der Hartmann wusste, dass unter dem knappen, hellblauen Badeanzug ein wildes Schlangentattoo ihren Rücken zierte, den Kopf zur Seite.

»Der berühmte Christian Hartmann. Ein Einbrecher?«

»Ich kann das erklären.«

»Der Polizei?«, fragte Silke Evert.

»Nur, wenn es unbedingt nötig ist.«

Silke Evert warf lachend ihre langen, schwarzen Haare nach hinten. »Na los, komm da runter! Wenn dich die Nachbarn sehen, ist der Teufel los.«

»Äh … der Hund?«, fragte Hartmann und nickte zum sabbernden Tier, das ihn immer noch sehnsuchtsvoll anhimmelte.

»Tötet nur, wenn ich es sage.«

Hartmann schluckte. Sorgen machten ihm allerdings weniger die Nachbarn, sondern eher ein gewisser Matze Kusch, von Beruf Gewaltverbrecher. Der musste ihn nicht unbedingt hier in der Kastanie erwischen. Der musste ihn überhaupt nicht erwischen!

»Der Herr des Hauses ist unterwegs?«

Sie schürzte die Lippen. »Kommt aber gleich wieder. Ich gebe dir zehn Minuten, dann solltest du weg sein. Er ist ziemlich eifersüchtig. Was willst du hier?«

Hartmann glitt vom Ast zu Boden. Ozzy spannte sich an, und auch wenn sein kurzes, dünnes Schwänzchen freundlich wedelte, sah der kräftige Rest immer noch gefährlich aus. Besonders am Kopf.

»Was ist das denn für eine Rasse?«

»Gemischt. Steckt aber eine ganze Menge Rottweiler mit drin.«

»Ozzy? Soso. Mag er Fledermäuse?«

»Auch. Warum bist du hier?«

Hartmann strich Dreck vom Hemd. »Du erinnerst dich an die Frau mit den blonden Haaren auf der Couch?«

»Natürlich, ich erinnere mich an alles. Im Gegensatz zu dir. Was schade ist. Für dich.«

Hartmann nickte. »Das ist nicht die Zeit für Scherze.«

In ihren grünen Augen blitzte es. »Nicht?«

»Das Mädchen ist am gleichen Nachmittag ermordet worden. Erschossen. In einem Hinterhof.«

Sie runzelte die Stirn. »Das hab ich nicht gewusst. Dann ist sie die Frau aus Lierenfeld, das, was in der Zeitung stand?«

»Richtig. Habe ich dir erzählt, dass ich Privatdetektiv bin?«

»Mehrmals.«

»Ich fühle mich verantwortlich. Ein bisschen. Sie hat mich aufgesucht, weil ich Privatdetektiv bin und sie meine Hilfe brauchte. Aber ich war betrunken, habe ihr nicht geholfen – und jetzt ist sie tot.«

Sie trat einen Schritt näher ran und legte leicht eine Hand auf Hartmanns Arm. »Aber das ist doch nicht deine Schuld.«

»Erzähl mir bitte alles, was du weißt! Wie kam sie auf meine Couch?«

Silke Evert schüttelte verwirrt den Kopf. »Ermordet? Dann ist das doch Sache der Polizei.«

»Bitte!«

»Na gut. Wir sind mit dem Taxi zu dir. Die Treppen hoch. Da hockte sie schlafend auf dem Absatz vor deiner Wohnung. Stimmt, sie wollte zu dir. Du hast sie reingebeten, hast ihr gesagt, dass du dich am nächsten Tag um sie kümmern würdest. Du hast ihr eine Decke rausgesucht, und wir sind ins Schlafzimmer gegangen.«

Hartmann schüttelte den Kopf. »Hat sie irgendetwas gesagt? Angedeutet, worum es geht?«

»Nichts. Christian, du warst betrunken. Du konntest ihr nicht helfen oder irgendwas regeln. Nicht mitten in der Nacht, in dem Zustand.«

Hartmann ließ das mal unkommentiert.

»Dann hab ich sie am nächsten Morgen geweckt«, fuhr Silke fort. »Sie schlüpft in ihre Schuhe und ist sofort raus. Gesagt hat sie nichts.«

»Solltest du mir was ausrichten?«

»Nein.«

Ozzy leckte sich glitschig mit einer langen Zunge über die scharfe Zahnreihe. Er hatte schon wieder mit dem Schwanz gewedelt.

Silke räusperte sich. »Wieso waren die Bullen noch nicht hier, um mich zu vernehmen?«

»Ich habe ihnen nicht von dir erzählt. Das hätte alles nur komplizierter gemacht. Ich meine, du hast sie nicht erschossen, oder?«

»Nein, habe ich nicht, du Topdetektiv.«

Hartmann nickte.

»Du solltest die Bullen die Arbeit machen lassen«, mahnte Silke.

»Ich nehme die Sache persönlich.«

»Das ist Quatsch!«

»Tu ich aber. Sie brauchte meine Hilfe, deshalb hat sie mitten in der Nacht vor meiner Tür gewartet. Ich bin ihr was schuldig«, blieb Hartmann trotzig.

»Das ist immer noch Quatsch. Tut mir leid, wenn ich nicht weiterhelfen kann, aber … ich glaube, du solltest jetzt auch langsam.«

»Ja, klar. Aber. Äh, weshalb ich auch hier bin. Ich muss dich warnen.«

»Warnen?«

»Dein Mann. Freund … wie auch immer.«

»Wie auch immer.«

»Er hat mitbekommen … Ich meine, das mit uns. Du und ich in der Kneipe. Die Sache mit der Theke und deinem BH. Und dass du bei mir übernachtet hast.«

»Nun ja, wir waren nicht gerade dezent«, feixte Silke.

»Kann man so sagen. Er ist nicht ungefährlich, du kennst ihn besser als ich. Hat er einen Jeep?«

»Ja, mit dem ist er gerade unterwegs.«

»Dann hat er mir vor einer guten Stunde zwei Schläger auf die Pelle geschickt. Du solltest überlegen, ob es besser ist …«

»Du willst mich vor Matze warnen?«

»Kann sein, dass du in Gefahr bist.«

Ihr Gesichtsausdruck änderte sich, wurde warm. Sie lächelte. »Du willst mich wirklich warnen? Du bist so süß. Christian, du bist der Erste, der sich noch mal bei mir gemeldet hat. Nachher. He, mach dir um mich keine Gedanken! Matze liebt mich. Er würde mir nie etwas antun.« Sie zögerte. »Nun ja, dir allerdings schon. Eindeutig. Du bist derjenige, der sich vor ihm in Acht nehmen muss.«

»Soll ich wegziehen?«, fragte Hartmann.

»Das wäre eine gute Idee. Ich werde mit ihm reden, aber da ist Matze eigen. Er wird dir wehtun wollen. Manchmal übertreibt er.«

Der Rottweilermix zu ihren Füßen brummte und blinzelte mit den Hundeaugen.

Silke grinste. »Ozzy mag dich.«

»Mich? Oder meinen Oberschenkel?«

»Vermutlich beides«, lachte Silke.

Hartmann stellte interessiert fest, dass der Badeanzug an mehreren dunkelfeuchten Flecken erfreuliche Einblicke zuließ. War bestimmt ganz billiger, dünner Stoff …

»Wenn ich dir irgendwie bei deinem anderen Problem, das ja eigentlich nicht deines ist, helfen kann, dann melde dich. Ruf hier an! Tagsüber bin ich meistens zu Hause. Aber du musst jetzt wirklich verschwinden. Komm!«

Sie ergriff Hartmanns Hand, zog ihn hinter sich her an eine grüne, hölzerne Nebeneingangstür, öffnete sie und lugte vorsichtig hinaus auf die Straße.

»Matze müsste jeden Moment zurückkommen.«

»Tja, dann …«, sagte Hartmann.

Sie beugte sich zu ihm rüber und hauchte einen Kuss auf seine Wange.

»Äh …«

Silke legte einen Finger auf Hartmanns Lippen. »Ich bin schwer beeindruckt. Dass du mich vor Matze warnen wolltest … Das hat noch nie jemand gemacht. Du bist ein klasse Typ, Christian. Bleib wie du bist!« Sie schob Hartmann mit sanftem Druck nach draußen.

Ozzy wedelte ihm fröhlich mit dem Schwänzchen hinterher, die grüne Holztür schloss sich.

»Bleib wie du bist. Damit meinte sie bestimmt: Bleib am Leben«, seufzte Hartmann.

Zügig überquerte er die menschenleere Fleher Straße, verschwand hinter dem Haufen Paletten und ließ sich ins Auto fallen. Sein Blick glitt zurück auf das Anwesen von Kusch & Evert & Osborne.

Hartmann strich sich übers Kinn. Jetzt hier im sicheren

Auto sitzend: Wieso hatte er bloß so ein ungutes Gefühl? Was war das, was ihm wie ein Stein im Magen lag? Silke Evert? Konnte er ihr diese Version des Abends abnehmen? War das wirklich alles, was Silke Evert über Svenja sagen konnte? Oder war da mehr?«

Silke Evert war auf jeden Fall mit allen Wassern gewaschen. Abgezockt. Cool wie der frühe Morgen im März, keine Frage. Sie lebte mit dem Präsidenten der Black Mambas unter einem Dach und hatte ein Schlangentattoo auf dem Rücken.

He, bleib locker, grinste der Typ im Rückspiegel seines Fahrzeugs, du hast bei der Mieze schwer Eindruck gemacht. Du hast eine Freundin fürs Leben gewonnen!

Hartmann grinste zurück, schob sich eine Sonnenbrille auf die zu große Nase und drehte den Zündschlüssel. »Abwarten! Ich bin mir da nicht so sicher.«

Und eine *Mieze* war Silke Evert mit Sicherheit nicht. Spiegelbilder können sich irren!

Er bog gerade mit seinem Wagen auf die Fleher Straße, als ihm ein silberfarbener Jeep mit überhöhter Geschwindigkeit entgegenheizte. Der Fahrer telefonierte mit einem Handy und beachtete ihn nicht.

Hartmann schnaufte.

Sicher war nur, dass er in Sachen Matze Kusch unbedingt was tun musste. Zwar hatte Silke ihn mit ihren Informationen in der Svenja-Sache weitergebracht, aber was sein zweites Problem, Motorrad-Matze, anging, war er keinen Schritt weiter.

Hartmann hatte eine grobe Ahnung, dass er mit kommunikativen Mitteln alleine keine Lösung finden würde.

»Dann eben auf die harte Tour!«

* * *

Hartmann knirschte den Golf in eine hoteleigene Parkbucht, warf die Tür hinter sich in den Rahmen und floh vor der Hitze ins klimatisierte Hotelfoyer. Markus stand hinterm Tresen, hatte Kundschaft und winkte. Hartmann grüßte zurück und stieß fast mit Resi zusammen, die ein halbes Dutzend gebrauchter Teller Richtung Küche balancierte.

»Hi, Christian. Kacke. Jemand ist krank geworden, ich muss einspringen, ich könnte kotzen!«

»Tut mir leid«, sagte Hartmann.

»Biete mir Geld an, ich tue alles. Ich will hier weg!«

»Trifft sich eigentlich gut. Bei mir im Flur müsste aufgeräumt werden, und die Bügelwäsche stapelt sich.«

»Für einen Fuffi extra bügle ich auch nackt. Komm vorbei! Zimmertür mit Teufelchen«, lachte Resi und enteilte.

Steht dran, was drin ist, dachte Hartmann und genoss keine drei Minuten später eine kühlende Dusche. Er verdrehte den Kopf, um den frischen Kratzer in seiner Seite zu begutachten, den ihm die Kastanie bei seiner Flucht vor Ozzy ins Fleisch geratscht hatte.

»Nivea-Creme reicht«, formulierte Hartmann eine umfassende Diagnose.

Er richtete sich auf, spürte das heftig trommelnde Wasser auf seinem Kopf und blickte nachdenklich dem gurgelnden Schmutzwasser bestehend aus Angstschweiß, Kneipendreck und Kastanienblüten hinterher in den Abfluss. Er legte die Handflächen gegen die kühlen Kacheln und drückte sich das Kreuz knackend gerade.

»Drei.«

Drei große Fragen. Erstens: Was hatte Svenja beobachtet, was sie ihm mitteilen wollte? Zweitens: Was hatte sie in Lierenfeld zu suchen? Und drittens, um die ersten beiden Fragen überhaupt beantworten zu können: Wie hielt er sich Matze Kusch zumindest für eine Weile vom Leib?

Hartmann stieg aus der Duschtasse, trocknete sich ab, wählte einen Satz frischer Unterwäsche, schlüpfte in eine neue Jeans, tupfte Creme auf die rote Schramme, glitt in ein kariertes Ben-Sherman-Hemd und gelte sich die Haare schick.

Außerdem entschied Hartmann, mit Erstens anzufangen.

Engelchen stand an Svenjas Tür, hatte Resi gesagt, ganz oben im Türmchen. Vielleicht würde er in Svenjas Kammer einen Hinweis finden.

Hartmann schob Angies Zauberschlüsselbund in seine Jeanshose, betrat den Flur und orientierte sich. Rechts ging es Richtung Treppe und Fahrstuhl, links endete der Gang nach wenigen Metern an einer schmalen Wendeltreppe, die hoch in den Turm führte. Hartmann atmete tief durch. Die Luft war rein. Er marschierte zügig los, und die Einzigen, die ihm finster und misstrauisch hinterhersahen, waren wild aussehende Ritter und andere Ahnen, die gefangen in teuren Rahmen an den Wänden ihr statisches Dasein fristeten.

Die Steinstufen waren klein, der Radius eng, eine erste Etage schnell erreicht. Hier gingen einander gegenüberliegend zwei schwere, antike Holztüren ab, die beide einen Spaltbreit offen standen und jeweils auf einen mit Steinen umrandeten Balkon führten, den die Erbauer des Hauses auf darunterliegende Erker des Erdgeschosses angelegt hatten. Von einem der Balkone hatte man einen fantastischen Blick über den Unterbacher See, der sich im Licht der untergehenden Abendsonne in voller Pracht darbot. Der andere Balkon lockte mit einer weiten Aussicht über den Eller Forst.

Hartmann trippelte die Stufen weiter hoch und erreichte die letzte Treppenstufe, die in einen kleinen Absatz mündete. Hier gingen vor ihm zwei Zimmer ab. Verspielt ins Holz eingelassen entdeckte Hartmann die Symbole fürs Teufelchen und fürs Engelchen.

Hartmann drückte sein Ohr an Türe mit dem Engel. Wie erwartet hörte er nichts. Er drückte die Klinke.

»Verschlossen.«

Hartmann musterte mit zusammengekniffenen Augen das Schloss. Sehr gut. Nichts Kompliziertes, ein einfaches Türschloss, mittlerer Bart. Hartmann zückte klimpernd Angies Zauberring, suchte den passenden Rohling und schob ihn vorsichtig ins Schloss. Er warf einen schnellen Blick die Wendeltreppe runter und ruckelte den Schlüsselbart, bis er Widerstand verspürte. Dann drehte er knirschend den Schlüssel herum. Mit einem Plopp sprang die Tür auf.

Hartmann schlüpfte schnell hinein und legte die Tür hinter sich leise in den Rahmen.

»Soweit, so gut«, murmelte Hartmann und wischte sich ein ängstliches Schweißperlchen von der Schläfe.

Er blickte sich um. Ein ganz normales, fast quadratisches Zimmer, drei mal drei Meter. Hohe Decke, dunkler Steinboden, mit schwerem Teppich ausgelegt. Das Zimmer war ordentlich aufgeräumt.

Hartmann atmete tief durch die Nase ein. Muffige Luft. Hier war seit Tagen nicht gelüftet worden. War Hartmann seit Tagen der erste Besucher?

Er öffnete mit spitzen Fingern quietschend den Kleiderschrank. Er war nicht bis obenhin voll, aber es war deutlich zu erkennen, dass niemand seine Habseligkeiten gepackt hatte. Sein Blick fiel auf die Waschecke samt grauem Becken und halbblinden Spiegel darüber. Er entdeckte Zahnbürste, Kamm und Kulturbeutel.

Er schüttelte den Kopf. Wie kam jemand auf die Idee, Svenja wäre ausgezogen? Unsinn! Das sah eindeutig so aus, als sei Svenja gegangen und einfach nicht wiedergekommen!

Hartmann tippte gegen einen dem Gewicht nach leeren Koffer, der oben auf dem Kleiderschrank lag. Schnell sichtete er einen Schreibtisch. Nur Belangloses, kein Hinweis auf das, was Svenja bewogen haben könnte, einen Privatdetektiv anzuheuern.

Hartmann kratzte sich ratlos durch die Haare.

Zum Zimmer gehörte ein Balkon. Vorsichtig öffnete Hartmann die Tür, die mit einem leisen Knacken aufschwang. Der Balkon war etwa drei Meter breit und hatte auch vom Zimmer des Teufelchens einen Zugang. Knapp einen Meter war er tief, und die unverbaute Aussicht war klasse.

Hartmann duckte sich unter ein in der Windstille bewegungslos hängendes Holzmobile hindurch nach draußen. Er ging nach links und spähte durch die Fensterscheibe in Resis Zimmer. Lag hier die Lösung?

Hartmann rieb sich die Handflächen. Hatte Svenja im Zimmer ihrer Nachbarin irgendetwas beobachtet? Irgendwas gesehen? Den Blick in das Schlafzimmer ihrer gepiercten, finanziell klammen Nachbarin hatte sie exklusiv gehabt. Hatte Resi ein Geheimnis? Hartmann schnalzte mit der Zunge. Das war ein brauchbarer Ansatz!

Er drückte sich näher an die Scheibe und blickte in ein baugleiches Zimmer. Viel konnte er nicht erkennen. Auf einem kleinen Tischchen entdeckte er eine Flasche Sekt, keine Gläser. Kleidungsstücke lagen rum, ein Poster hing an der Wand. Die gute Resi aus Pfronten-Weißbach stand auf Brad Pitt und interessierte sich für das alte Troja.

Hartmann schritt vorsichtig zurück und hatte den Kipphebel der Balkontür schon in der Hand, als …

»Hallo?«

Hartmanns Herz setzte aus.

Eine Stimme. »Ja. Ich bin es.«

Männlich. Wo …? Hartmanns Kopf ruckte hektisch in alle Himmelrichtungen.

»Ich hab das gescheckt. Bist du sicher?«

Hartmann verstand plötzlich, sein Herz holte aufgeregt die verpassten Schläge nach. Er bewegte sich keinen Millimeter. Klar, irgendwo schräg unter ihm wurde mit einem Handy telefoniert.

»Was hat sie bei ihm gewollt? … Ja, ist mir klar, was das zu bedeuten hat, aber … Nein, wissen wir nicht. Das, das, … das geht zu weit! … Mir ist schon klar, dass das kein Zufall ist, ich bin kein Idiot! Ich werde mir den Vogel ansehen. Ja, auch … lass mich nur machen! Mach du … Mach du deinen Kram, ich denke du hast Probleme genug, kümmere dich nicht um … Ja, du mich auch! Ich melde mich!«

Pause.

»Wichser!«, fluchte der Mann, aber Hartmann nahm an, dass er bereits aufgelegt hatte und versuchte, die Stimme irgendwem zuzuordnen.

Vergeblich.

Hartmann lauschte. Der Typ stand immer noch schräg unter ihm, auf einer der beiden Terrassen, deren Zugänge er eben im Turm links und rechts passiert hatte. Natürlich konnte er den Unbekannten nicht sehen, aber Hartmann konnte dessen Anwesenheit praktisch spüren. Und hoffte auf ein weiteres, erhellendes Telefonat.

Fahrig wischte er eine Mücke beiseite, die zum Angriff auf sein rechtes Ohr angesetzt hatte.

Das Windspiel!

Hartmann riss entsetzt die Augen auf, als seine Hand das

Holzteil durcheinanderschlug. Gleich würde ihn das hölzerne Scheppern verraten!

In diesem Moment ertönte von unten eine laute Stimme. »Liebchen? Liebchen?«

Hartmann erkannte die dröhnende Stimme des feisten Kneteklumpens, der irgendwo unten in der Hoteleinfahrt stand und laut bis zu ihm raufbrüllte.

»Liebchen, ich kann dich kaum verstehen. Krüger ... Der Chef, ja, Krüger. Krüger hat uns auf eine Baustelle mitgenommen, Ortstermin. Wir sind hier irgendwo in Dormagen, ich weiß selbst nicht genau, wo ... Liebchen, Schatz, Hase, ja. Das wird heute nichts mehr ... Nein, frühestens ... Mann, ist das laut hier! Frühestens morgen Mittag bin ich wieder zu Hause. Ja ... Wenn dem Krüger nicht wieder was einfällt, Liebchen. Ja, ich kann dich nicht verstehen, hier ist es soooo laut, die ganzen Maschinen ... Natürlich lass ich mir das extra bezahlen! Ich melde mich, ja, Küsschen, Liebchen, Küsschen.«

Hartmann schloss die Augen. Im Gebrüll war das verräterische Holzklimpern komplett untergegangen, dem fetten Fremdgänger sei Dank!

Hartmann huschte hinein und zog die Balkontüre hinter sich zu. Und stutzte, als er auf dem Fenstersims zwischen zwei Blumentöpfen mit fast totem Inhalt ein Fernglas entdeckte. Hartmann runzelte die Stirn.

»Ein Fernglas?«

Und wieder zog sich sein Magen, der nervöse Oberverdachtschöpfer, zusammen.

Svenja hatte was gesehen, klar, aber vielleicht doch nicht nebenan in Resis Zimmer, sondern durch das Fernglas, das immer noch dort stand, wo sie es zuletzt genutzt und abgestellt hatte. Aber was gab es hier zu sehen?

Hartmann ergriff das Teil, setzte es an und schaute durchs Fenster nach draußen. Zwischen den Bäumen entdeckte er ein erstes Ziel. Ein altes, allein stehendes Einfamilienhäuschen mit einem länglichen Anbau. Mehrere kleine Gauben zierten das mit dunklen Pfannen ausgelegte Dach. An einen Baum angelehnt entdeckte er eine lange, marineblau gestrichene Holzleiter. Von hier aus links des eineinhalbstöckigen Hauses befand sich ein schmaler Parkplatz. Vorne am Haus vorbei schlängelte sich der Kikweg durch den Eller Forst Richtung Rothenbergstraße.

Vor dem Haus, geschützt von einer hohen Buchsbaumhecke, über die man nur von hier aus gucken konnte, befand sich ein Garten. Und im Garten schaukelte ein kleines Mädchen, vielleicht drei Jahre alt, angeschubst vom Vater, beobachtet von der Mutter, die abseits auf einer Bank saß.

Schön, malerisch. Ein Idyll.

Hartmann suchte sicherheitshalber ein bisschen weiter rechts den Kikweg entlang weiter. Und fand einen Hintereingang. Den Hintereingang zum … »Wespennest«, flüsterte Hartmann.

Und pfiff unvorsichtigerweise. Das sah ja schon viel besser aus!

Das *Wespennest* war ein altes, frei stehendes Bauernhaus, nach hinten raus ebenfalls mit einem länglichen Anbau. Zweieinhalbgeschossig mit rot gedecktem Spitzdach. Das Haus selbst war weiß getüncht, Fensterläden, Rahmen und Türen dunkelgrün gestrichen. Das alles vor nicht allzu langer Zeit, denn die Farben glänzten frisch.

Etwas weiter abseits befand sich in den Wald hinein gelegen ein unbefestigter Parkplatz. Hartmann zählte mehrere Fahrzeuge.

Die Fensterscheiben des *Wespennestes* waren von innen mit Folie kaschiert, so dass man nicht hineinsehen konnte. Aber halt! Eines der Fenster stand offen und mit dem Fernglas konnte Hartmann erkennen, wie eine Frau im Leopardenbody ein Bett frisch bezog.

Also doch! Hartmann strich sich aufgeregt durchs lange Haar. Mit ein wenig Glück und Geduld blieb einem hier aus dem Zimmer heraus mit diesem Fernglas nichts, aber auch gar nichts verborgen. Das Gerät war so gut, dass er die Unterwäsche der Leopardenfrau hätte erkennen können, so sie denn welche angehabt hätte. Und wenn das *Wespennest* ein heimlicher Treff für tolerante Paare, beziehungsweise für die tolerantere Hälfte eines Paares war, dann lag der Ärger greifbar nahe.

Fürs Erste hatte er genug Denkstoff. Zeit hier abzuhauen! Hartmann stellte das Glas wieder zwischen die Blumen, verwarf den spontanen Gedanken, den offensichtlich durstigen Pflanzen schnell ein paar Tropfen Wasser zu geben, zog hinter sich die Zimmertüre zu und schloss wieder ab.

Er war zufrieden.

Und hörte Schritte. Entsetzt hielt er in der Bewegung inne. Auf dem Steinboden knirschend kam jemand die Stufen hochgestürmt. Hartmann wirbelte hektisch vor und zurück.

Flucht! Aber wohin?

Wieder rein ins Engelchenzimmer?

Zu spät. Die Person schoss mit gesenktem Kopf um die Ecke und rannte ihn fast um. Hartmann schnappte nach Luft.

»Huch! Mein Gott, hast du mich erschreckt!«, kreischte Resi spitz mit halb geöffneter Bluse.

»Du mich erst«, erwiderte Hartmann und fuhr den Puls runter.

»Ich mach gerade Feierabend«, erklärte Resi mit Blick auf ihre Bluse, die sie nun versuchte, zusammenzuraffen. »Und will nur noch raus aus den Klamotten. Was machst du hier?«

»Äh …« Hartmann suchte verzweifelt nach einer brauchbaren Erklärung.

»Ach, guck an!«, wechselte Resi lachend den Tonfall. »Du hast klopf, klopf gemacht. He, klasse.«

Resi legte beide Hände auf Hartmanns Brust und ließ das mit dem Zusammenraffen bleiben. »Das ist aber eine gute Idee, lieber Christian.« Sie verzog das Gesicht. »Nur heute kann ich nicht. Ich bin schon mit einer Freundin verabredet. Ist was Dringendes.«

In Hartmanns Kopf wirbelten die Informationen wild durcheinander.

Resi tippte ihm auf die Brust. »Ich hab es. Morgen ist Freitag. Da ist im *Wespennest* große Black Party Spezial. Da bin ich ewig nicht mehr gewesen.«

»Ewig?«

»Ein paar Wochen lang. Mir fehlte der potente Partner an meiner Seite«, grinste Resi.

»Ob ich da der Richtige bin«, unkte Hartmann.

Resi schmiegte sich an Hartmanns Brust, der Piercing Nummer Neun spürte und Nummer dreizehn elektrisiert erahnte.

»Sicher bist du das.«

Hartmanns Überlegungen überschlugen sich im Kopf. Große Black Party Spezial. Mit Resi. Ging es unverdächtiger, als sich in Begleitung einer Frau, die im *Wespennest* Stammgast war, dort mal unauffällig umzugucken? Gleichzeitig konnte er die bayrische Resi aushorchen, ob die nicht doch irgendwie in der Sache drinhing. Und außerdem die fehlenden Piercings nachhalten. »Was soll ich denn anziehen?«

»Was Schwarzes. Aber nicht zu viel. Ich hole dich morgen Abend gegen zehn ab. Aber zu keinem ein Wort! Der Chef darf nicht wissen, dass wir ins *Wespennest* gehen. Er wohnt hier im Hotel und hat seine Ohren überall. Er sieht es nicht gern, wenn zwischen Gästen und Angestellten was läuft.«

»Okay. Und was bedeutet das *Spezial*?«

Resi löste sich lachend und kniff ihm ein Auge. »Lass dich überraschen!«

Hartmann grinste, denn er liebte Überraschungen. Also: angenehme.

Wie angenehm dieses Date werden würde, sollte sich allerdings noch zeigen. Und konnte Hartmann zu diesem Zeitpunkt nicht mal ansatzweise ahnen …

Er schritt nachdenklich die Steinstufen runter und fragte sich, wer der Unbekannte auf dem Balkon gewesen war, der zugesichert hatte, sich um jemanden zu kümmern. Und um wen? Als Hartmann ins Zimmer verschwand, hatte er zum einen keine Ahnung und war zum anderen sicher, dass nur er selbst gemeint sein konnte.

* * *

»Hallo Jonny!«

»Hartmann? Die Leitung ist total schlecht. Von wo aus rufst du an?«, meldete sich Jonny mit seiner tiefen Bassstimme, die an Barry White erinnerte.

»Aus Düsseldorf.«

»Aus Düsseldorf?«

»Aus einem Hotelzimmer«, fügte Hartmann hinzu.

»Was machst du in einem Hotelzimmer in Düsseldorf?«

»Zurzeit telefoniere ich. Mit dir übrigens. Ich brauche deine Hilfe.«

Hartmann hörte Jonny, seinen aus Ghana stammenden, an der Düsseldorfer Uni Medizin studierenden und nebenbei Taxi fahrenden Nachbarn mehrmals kontrolliert ein- und ausatmen.

»Definiere: Hilfe«, forderte Jonny misstrauisch.

Hartmann verdrehte die Augen. Immer dieser Argwohn.

»Läuft da bei dir im Hintergrund Ike & Tina Turner. *The Game of Love*?«

»Ja. Lenk nicht ab! Was willst du?«

»Ich habe morgen ein wichtiges Gespräch und hätte gerne ein wenig Begleitung.«

»Von einem Medizinstudenten?«

Ha. Hartmann hatte diesen sarkastischen Unterton genau herausgehört. »Eher von jemandem, der dreimal so breit ist wie ich.«

»Das klingt nach Schwierigkeiten«, schlussfolgerte Jonny. »Schwierigkeiten kann ich nicht gebrauchen!«

»Ich habe eine astreine Gesprächsführung vor Augen.«

»Heißt das, du hast eine Idee?«

»Genau.«

»Das macht es nur schlimmer. Deine Ideen taugen nichts!«

»Meine Ideen sind gut. Die Umsetzung … ja, da gebe ich dir recht, da hapert es manchmal. Aber morgen, morgen musst du noch nicht mal was sagen. Nur dabei sein.«

»Das klingt extraschlecht.«

»Für dich springt ein Flachbildfernseher raus.«

»Ich gucke kein Fernsehen. Da läuft nur Mist!«

Hartmann strich sich durchs Gesicht. Da hatte Jonny recht. *Zeiglers wunderbare Welt des Fußballs* und die *Sportschau* mal ausgenommen.

»Wenn ich dich ganz freundlich bitte?«, versuchte es Hartmann mit einem letzten Sachargument.

»Wann muss ich morgen wo sein?«, brummte Jonny.

* * *

Hartmann warf einen Blick auf den Radiowecker. Viertel nach acht. Dem ersten Hunger war er mit diversen Schokoriegeln aus der Minibar entgegengetreten. Anschließend hatte er die beiden Äpfel und die Apfelsine verputzt, die am Vormittag in einer Schale auf dem Nachttisch gelegen hatten, darauf hoffend, dass sie frisch und nicht nur Dekoration gewesen waren. Nach einem kompletten Abendessen stand ihm nicht der Sinn, müde war er auch nicht und genauso wenig hatte er Lust, sich wieder an die Hotelbar zu setzen, um sich Bärchens Lügengeschichten reinzuziehen.

Bärchen …

Hartmann hatte hier im Hotel eine verwegen erotische Grundstimmung ausgemacht. Eine Beobachtung, die Gäste und Angestellte gleichermaßen mit einschloss. Es knisterte hier an allen Ecken und Kanten. Ob das alles, wie von Resi behauptet, mit der Nähe zum *Wespennest* zu tun hatte?

Als Hartmanns Gedanken sehnsuchtsvoll ins australische Sydney Richtung Gina abdrifteten, gab er sich einen Ruck. Er packte Badehose und Handtuch ein und schlappte los in Richtung Nassbereich. Ein tolles Zwanzigmeterbecken hatte Markus ihm angepriesen. Ein paar wild durchgekraulte Bahnen würden Körper und Geist gut tun.

Und dann war Hartmann ehrlich beeindruckt. Da hatte sich der Betreiber des Hotels wirklich nicht lumpen lassen. Die Längsseite der Schwimmhalle, als solche durfte man die Räumlichkeit durchaus bezeichnen, war komplett in Glas gehalten. Im Boden eingelassene Strahler fluteten mildes Licht unter die hohe, helle Holzdecke. Wand- und Bodenfliesen waren in mediterranem Blau gehalten. Sade hauchte auf ihre unnachahmliche Art schwülwarme Erotik über die glitzernde Wasseroberfläche.

Nach einer schnellen Dusche glitt Hartmann in weiches, für sein Gefühl optimal temperiertes Wasser.

»Herrlich.«

Außer ihm teilte nur eine einzelne Frau mit kräftigen, rhythmischen Zügen die Wasseroberfläche, ohne dass ihr kurz geschnittenes, streng frisiertes Haar nass wurde.

Hartmann genoss diese Entspannung. Super! Keine tote Svenja, keine gefährlichen Mambas, keine kahlköpfigen Typen mit Kutten!

Die ersten sechs, sieben Bahnen schwammen sich von ganz alleine. Hartmann spürte, wie sich seine verspannte Muskulatur an den richtigen Stellen löste und an den richtigen Stellen angenehm hart wurde.

Beim achten Aufeinandertreffen in der Mitte des Beckens nickte Hartmann seiner Schwimmpartnerin das erste Mal freundlich zu.

Es blitzte in ihren Augen. Verschwörerisch?

Beim zehnten Mal grüßte er sie: »Schön ist es hier, oder?«

Smooth Operator sang Sade.

Beim elften Treffen fiel ihm ihre fein gezogene, aristokratische Nase auf, beim sechzehnten Mal meinte er elektrische Stöße zu verspüren.

Bahn Nummer achtzehn: Der kleine Hartmann in der Badehose zeigte sich interessiert.

Please sent me someone to love.

Nach zwanzig Bahnen hob er anerkennend die Augenbrauen und bewunderte mit offenem Blick ihre kräftigen Oberarme. Seine Partnerin war richtig gut in Form, keine Frage. Gutes Tempo.

Nach fünfundzwanzig stummen Bahnen fragte er sich, wie ihre Stimme wohl klingen würde. Er stellte sich etwas Rauchiges vor. Mit ein bisschen Flüstern. So wie Sade da oben in den Boxen unter der Decke.

The Sweetest Taboo …

Nach dreißig Bahnen wollte er es rausfinden. Hartmann stoppte an der Kopfseite, verschränkte seine Arme lässig überm Beckenrand, und als sie zum Wenden ansetzte, behauptete Hartmann: »Bei Musik von Sade kann ich am besten schwimmen!«

Sie stoppte. Stand vor ihm. Oh, sie war angenehm groß. Es knisterte in ihrer Stimme. Und sie sprach sehr, sehr deutlich. »Lass mich bloß in Ruhe! Hat man vor euch notgeilen Säcken in diesem Hotel denn überhaupt keine Ruhe? Ich will schwimmen! Ist das zu viel verlangt?«

Hartmann schnappte nach Luft.

»Denken hier eigentlich alle nur an Sex, Sex, Sex? Oh Gott, schmeiß Hirn!«

Der kleine Hartmann zog sich erschreckt zurück, der große öffnete weiter oben den Mund. »Ich wollte doch nur …«

»Du brauchst gar nicht erst fragen. Nein, nein, nein, ich gehe nicht mit in diesen Club für Perverse. Das ewige Sexgedöns geht mir aber so was von auf die Eierstöcke. Tiere! Alles Tiere!«

Hartmann ruckelte am Beckenrand ein wenig zur Seite.

Sie schrie jetzt fast: »Ich sollte dich anzeigen!«

»Ich bin …«

Die Tür zur Halle ging auf und zwei Frauen in geblümten Badeanzügen rauschten heran. Einmal Sonnenblumen, einmal Rosen.

Rettung, hoffte Hartmann.

»Werden Sie belästigt?«, fragte die eine entsetzt in ihre Richtung.

»Sollen wir einen Hotelangestellten holen?«, fragte die andere.

»Nein, nicht nötig«, antwortete Hartmann.

»Wer redet denn mit dir, du perverse Sau?«, maulte die Sonnengeblümte.

Hartmann zuckte zusammen.

Sade hauchte: *Your Love is king.*

Die Schwimmerin machte eine abfällige Handbewegung und keifte mit spitzer Stimme. »Lass ihn! Wenn sie merken, dass sie Contra kriegen, ziehen sie den Schwanz ein, sind sie so klein mit Hut und verduften von alleine. Oder?«

Hartmann hätte am Liebsten genickt, brachte aber einen Rest Stolz zusammen, um diesem Reflex nicht nachzukommen. Die waren doch alle bekloppt!

»Gestern hat mich so einer von denen beim Schwimmen angegrabscht«, erklärte Badeanzug Modell Rose.

»Nein!«

»Doch!«

»So ein Ferkel«, zeigte sich die Sonnenblume entsetzt und blickte hasserfüllt Hartmann an. Sie sah aus, als würde sie jeden Moment ausspucken.

»Sie nutzen jede Gelegenheit!«

»Armseliges Pack!«

Hartmann strich sich durchs nasse Haar. Und rutschte vorsichtig Richtung Leiter.

»Sie tun dann immer so, als wäre es … zufällig … passiert.«

»Kenn ich«, pflichtete ihr die andere mit zusammengekniffenen Augen bei und stemmte ihre Hände in die rosengeblümte Hüfte.

Sie pumpte voller Verachtung Luft in ihren Brustkorb. Der Badeanzug bekam oben rum allerhand zu tun, hielt aber alles sicher unter Verschluss, was in Anbetracht der Gesamtsituation sicher auch das Beste war.

Die Schwimmerin rümpfte die aristokratische Nase: »Seit er ins Wasser gestiegen ist, stiert er mich an, das Schwein. Zieht mich mit seinen Blicken aus! Ist wohl im *Wespennest* nicht zum Zug gekommen, der Kerl.«

»Wahrscheinlich impotent«, steuerte die Rose bei, und die Sonnenblume nickte.

Das wurde Hartmann jetzt alles zu blöd. Er glitt die letzten Zentimeter zur Leiter und kletterte schwungvoll aus dem Becken. Die Lust aufs Schwimmen war ihm gerade so richtig vergangen.

»Na also«, kommentierte die Schwimmerin seinen wortlosen Abgang. »Geht doch!«

»Soll er sich im Pay-TV Pornofilme angucken, die geile Sau!«

Hartmann packte seine Siebensachen. Nein, er blieb ruhig und würde sich nicht gehen lassen. Das war nicht sein Niveau, er verabschiedete sich freundlich. »Sorry, ich hab nicht gewusst, dass heute Seekuhschwimmen ist.«

Schnell schloss er die Tür zum Hallenbad. Die drei Frauen keiften jetzt gleichzeitig hinter ihm her. Er kannte nur die harmloseren der Schimpfworte, die ihm wütend hinterhergeschleudert wurden.

Eins war auf jeden Fall klar: Wenn es hier im Hotel knisterte, dann hatte das nicht immer mit Erotik zu tun …

5. Tag

Johnny gähnte. Breit. Ein Handball hätte problemlos in seinen Schlund gepasst. Ohne seitlich anzustoßen.

»Mann, ist das langweilig.«

Hartmann, auf dem Fahrersitz des grauen Golfs, zuckte entspannt mit den Schultern. »Beim letzten Mal war es dir zu aufregend.«

»Da bin ich fünfzehn Meter tief von einer Brücke gestürzt.«

»In den Rhein, Mann. Ich habe echt gedacht, du bist tot.«

»Jetzt sterbe ich hier. An Langeweile. Das ist öder als mit dem Taxi während der Woche nachts auf der Heinrich-Heine-Allee in der Schlange zu stehen. Worauf warten wir?«

»Auf eine günstige Gelegenheit«, blieb Hartmann locker und versuchte seinen Beifahrer mit einer neuen CD bei Laune zu halten.

Die vollkommen unterschätzte und zu Unrecht fast in Vergessenheit geratene Yvonne Baker gab in *You didn't say a word* ihr Bestes. Ein befreundeter DJ hatte den kriminell guten Song auf Vinyl entdeckt, ihn digitalisiert und Hartmann eine Kopie gebrannt. Klasse!

14.30 Uhr. Hartmann hatte auch gedacht, dass es schneller gehen würde. Matze Kusch, den sie seit heute Morgen acht Uhr beschatteten, hatte soeben mit seinem Jeep eine Tankstelle angefahren und war nach einmal volltanken im Shop verschwunden. Den Vormittag hatte der Black-Mamba-Boss mit diversen Behördengängen, einem Kaffeeklatsch mit Gleichgesinnten und einem Einkaufsrundumschlag bei POLO auf der Karl-Rudolf-Straße verbracht.

Jonny rutschte unruhig auf seinem Platz von vorne nach hinten. Der Sitz war natürlich zu klein. »Wieso meinst du, dass ich gut für deine Kommunikationsstrategie bin?«

»Du bist breit. Und schwarz.«

»Schwarz?«

»Ja. Bist du!«

»Ich weiß, dass ich schwarz bin, aber was hat das damit zu tun?«

»Wir Weiße haben Angst vor euch Schwarzen«, erklärte Hartmann. »Und du bist ein sehr großes, breites Exemplar. Du bist angsteinflößend. Wir Weiße glauben, dass ihr Schwarze uns bei der erstbesten Möglichkeit unterbuttert. Und uns zurückzahlt, was wir euren Vätern und Brüdern angetan haben.«

Jonny schüttelte den Kopf. »Das ist totaler Quatsch.«

»He, so ist das. Ich muss es wissen. Ich bin weiß.«

»Und? Hast du Angst vor mir?«, fragte Jonny und rollte wild mit den Augen. »Im Ernst, mir gefällt das Ganze nicht. Dieser Rockertyp wird sich mein Gesicht merken und ich kriege Ärger.«

»Er kann sich dein Gesicht nicht merken«, erklärte Hartmann.

»Wieso?«

»Du bist schwarz. Für uns Weiße sehen alle Schwarzen gleich aus.«

Jonny blickte Hartmann nachdenklich an. »Hartmann, du bist ein Rassist!«

Kusch war immer noch im Shop. Durch die mit Reklame beklebten Fenster war zu sehen, dass Matze sich einen weiteren Becher Kaffee und ein Brötchen mit Würstchen gönnte.

Hartmann deutete auf das Handschuhfach. »Ist die Kamera einsatzklar?«

»Ja, Buana. Und es ist immer noch keine Kamera, sondern ein Fotoapparat zum Dokumentieren von Unfallschäden.«

»Details, Kollege, Details. Die Dinge sind das, was sie sein sollen. Achtung, da kommt er!«

Hartmann und Jonny rutschten tiefer in ihre Sitze, wobei Jonny lediglich den Kopf einzog. Wie eine Schildkröte. Mehr war nicht drin.

Hartmann lugte über den Fensterrahmen. »Er geht nicht zurück zum Fahrzeug. Er hat was in der Hand. Ein Stück Holz.«

Jonny konnte lösen: »Er geht scheißen.«

Hartmann schnalzte mit der Zunge und öffnete die Tür. »Komm! Das ist unsere günstige Gelegenheit.«

»Er geht zur Toilette.«

»Nimm die Kamera mit!«

Hartmann flitzte aufs Tankstellengelände. Die Außentoilette, die Matze Kusch offensichtlich aufsuchen wollte, lag um die Ecke herum in einem Anbau. Der Pächter hatte ihm einen Toilettenschlüssel mit großem, länglichem NichtvergessbrettfürDoofe mitgegeben. Matze ging zügig und zog die Tür hinter sich zu.

Hartmann trat an die hellblaue Plastiktür. Das hatte er gehofft. Wie bei vielen anderen Tankstellentoiletten auch, war das Türschloss für »Notfälle« mit einem Vierkant von außen zu öffnen. Und ein Vierkant baumelte an Hartmanns magischem Schlüsselbund.

Jonny hob beeindruckt die Augenbrauen.

»Vierkant ist Standard«, flüsterte Hartmann.

»Angeber! Worauf wartest du?«, wisperte Jonny und blickte sich aufgeregt um, aber niemand war auf sie aufmerksam geworden.

»Ich geb ihm zwei Minuten.«

»Warum?«, fragte Jonny.

Hartmann blickte ihn grinsend an.

Jonny verstand. »Du bist krank, Hartmann!«

»Jetzt! Ich schließ auf, du hältst mit der Kamera drauf und drehst ein schickes Filmchen.«

»Es ist ein Fotoapparat«, knurrte Jonny.

Hartmann versenkte den Vierkant und holte tief Luft. Mit einem Ruck drehte er das Teil und zog die Tür auf.

»He!«

Matze Kusch zuckte zusammen. Im Sitzen. Die Lederhose an den Knöcheln. Die Unterhose auch.

»Besuch«, stellte Hartmann sich vor.

»Seid ihr bekloppt?«

Der Rocker rappelte sich, um aufzustehen. Blitzschnell riss Hartmann seine Knarre hinten aus dem Hosenbund und drückte sie Kusch unter die Nase. Sollte Jonny überrascht sein, so zeigte er es nicht. Er drehte mit ausdruckslosem Gesicht ein Video.

»Sitzen bleiben, Matze! Du bist doch noch gar nicht fertig!«

»Was soll die …?«

»Setz dich hin«, knurrte Hartmann und stupste ihn mit der Knarre zurück auf den Toilettensitz.

»Mein Name ist Hartmann. Christian Hartmann. Alles klar?«

Kusch blinzelte. Sein Kopf einschließlich Glatze nahm rote Farbe an.

»Ich muss mich mit dir unterhalten. Und das möchte ich tun, ohne damit rechnen zu müssen, dass zwei deiner haarlosen Mutanten mir an die Wäsche wollen.«

Matze Kusch rang nach Worten. Mit inzwischen knallrotem Kopf und Schaumbläschen in den Mundwinkeln. »Du wirst nicht auf mich schießen, du Arschloch!«

Hartmann kniff die Augen zusammen. »Verkehrte Welt, mein Freund. Ich drücke dir eine Knarre in die Nase und du meinst, hier den ganz harten Mann spielen zu können.«

»Du drückst nicht ab, du Wichser!«

Hartmann drückte die Knarre ein wenig fester in Matzes Gesicht und zischte. »Ich drücke ab. Worauf du einen lassen kannst. Du bist mein Problem! Wenn ich den Zeigefinger krumm mache, habe ich kein Problem mehr. Kein Schwein wird sich dafür interessieren, wer dich abgeknallt hat. Die Bullen schon gar nicht.«

Hartmann nahm Druck raus und sah befriedigt, dass Matze einen Kloß verschluckte.

»Ich werde schießen, wenn es sein muss. Muss aber nicht, hör mir zu!«

»Erst zieh ich mir die Hose hoch!«

Kusch versuchte wieder, aufzustehen. Hartmann stieß ihn mit der Knarre grob auf die Brille zurück. Der Rocker versuchte jetzt, wenigstens die Hose hochzuziehen. Hartmann trat mit dem rechten Fuß hinein und drückte sie zu Boden. Ohne Hose gefiel ihm der Rocker ausgesprochen gut.

»Du siehst prima aus. Du kommst gut rüber. Mach dir keine Sorgen. Nur für den Fall, dass wir uns nicht einig werden, wird mein talentierter Partner und Kameramann sein geiles Toilettenfilmchen ins Internet setzen und an deine Freunde und Bekannte schicken.«

Matze schnaufte. Und visierte Jonny an. »Ich merke mir dein Gesicht!«

Na prima, mochte Jonny denken, filmte aber wortlos weiter.

Hartmann räusperte sich. »Lass es uns so kurz halten wie möglich. Hör mir zu! Ich habe mit deiner Frau gefeiert. Ich wusste nicht, dass es deine Frau ist. Ich habe einen kompletten Filmriss, ich kann mich an nichts erinnern. Ich bin Privatdetektiv. In der Nacht kam eine Frau zu mir, sie wollte mich wahrscheinlich engagieren. Ich war breit, nicht ansprechbar.

Am nächsten Morgen geht sie. Am Abend desselben Tages wird sie erschossen.« Hartmann holte Luft. Immerhin, er hatte zugehört. »Hast du die Frau erschossen?«

»Bist du bekloppt?«, zischte Matze.

Hartmann nickte. »Okay. Die tote Frau hatte eine Visitenkarte von mir dabei. Die Bullen haben mich vernommen. Ich habe deine Frau aus der Geschichte rausgelassen. Hier kommt der Deal.«

»Was für ein Deal, Alter? Was. Für. Ein. Deal?«, presste Kusch sich mühsam beherrschend durch die Zähne.

Aus seinem Rockerhintern entwich unkontrolliert ein ärgerlicher Furz, der dumpf dröhnend durch die Toilettenschüssel brauste.

»Die Düsseldorfer Bullen haben dich im Visier ...«

»Die können mich mal!«

»Eben. Sie können dir nichts. Wenn ich den Bullen aber erzähle, dass deine Frau bei mir gepennt hat, dass deine Frau mit der Blonden gequatscht hat, dann haben die Cops einen guten Grund, bei dir in deinem Leben, in deinem Haus, in deinem Pferd mal nachzugucken und alles auf links zu drehen. Das wäre blöd oder?«

»Blöd ist diese ganze Aktion hier, du Idiot. Ich werde dich töten!«

Hartmann wandte sich an Jonny. »Hast du das?«

Jonny ruckelte den Knipser einmal rauf und runter. Kusch rotzte einen gelbbraunen Kletsch Galle gegen die Toilettenwand.

Hartmann fuhr unbeeindruckt fort. »Meine Wohnung ist übersät mit Fingerabdrücken einer unbekannten, weiblichen Person. Fingerabdrücke, die die Polizei bisher nicht zuordnen konnte. Silkes Fingerabdrücke. Der Deal: Ich vergesse die Verbindung tote, ermordete Frau – Silke Evert – Lebensgefährte Marcel Kusch, vorbestraft wegen versuchten Totschlags und zur Zeit auf Bewährung draußen, bei der Polizei zu erwähnen und du, du und deine Bande, ihr lasst mich eine Woche lang in Ruhe meine Arbeit tun, denn ich möchte wissen, wer der verfickte Mörder der kleinen Blonden gewesen ist. Dann kannst du von mir aus versuchen zu tun, was du als Mann gedenkst tun zu müssen.«

Matze schniefte. »Und was ist mit dem Film?«

»Du bekommst den kompletten Apparat samt Inhalt. Es wird keine Kopien geben, es gibt keine Abzüge, nichts landet im Internet. Wir brauchen diese kleine Zusammenkunft in unserem Leben nie wieder zu erwähnen.«

Kusch knurrte. »Du hast meine Alte gefickt! Ich werde dich töten, Hartmann. Ich bringe dich um!«

»Aber erst in einer Woche?«

»Ich geb dir eine Woche, du Arschloch!«

»Okay. Hand drauf! Ach nee, lass mal!« Hartmann steckte die Knarre langsam zurück in den Gürtel. »Ich traue dir, Matze.«

»Ich scheiße auf dich!«

»Okay. Aber mal unter uns. Du solltest mal zum Arzt gehen. Der Gestank, also, ehrlich ... Das ist doch nicht normal. Du bist krank!«

Hartmann schloss langsam die Toilettentür und ließ Matze zurück.

»Ab ins Auto. Hast du alles, Jonny?«

»Ist ein super Film geworden«, brummte sein Partner.

»Prima«, kommentierte Hartmann grinsend und war wirklich ganz zufrieden.

Eine Woche, ohne die Black Mambas an den Socken zu haben. Punkt drei seiner am Vorabend erstellten To-do-Liste konnte erst mal abgehakt werden. Für einen Moment glaubte Hartmann, alles unter Kontrolle zu haben.

Dann machte Jonny alles wieder kaputt. »In einer Woche wird er dich umlegen, Hartmann. Das ist mal klar. Mensch, du steckst so was von tief in der Kacke.«

»Aber mit dem Kopf nach oben, Jonny. Das ist das Wichtige. Steckst du in der Scheiße? Immer den Kopf oben behalten! Ich bring dich nach Hause.«

Sie stiegen ins Fahrzeug, Hartmann fuhr los.

»Du kannst mich am Fürstenplatz rauslassen«, erklärte Jonny und schwieg den Rest der Fahrt.

Jonny war kein Freund der geschliffenen Rede, aber die Nummer mit der Knarre hatte ihm offensichtlich nicht gefallen. Das Schweigen ließ sich durchaus als vorwurfsvolle Stille bezeichnen. Dementsprechend erleichtert war Hartmann, als sie knappe zwanzig Minuten später ihr Ziel erreichten.

Jonny quetschte sich aus dem Golf und beugte sich noch mal ins Fahrzeug. »Die Nummer mit der Knarre, die hat dir Spaß gemacht, oder?«

Hartmann grinste. »Was heißt jetzt Spaß?«

»Nachher. Ich meine, auf dem Weg zum Auto ... Dieses zufriedene Grinsen. Die harte Nummer, der knallharte Typ. Hartmann, pass auf dich auf! Ich habe bei mir zu Hause in Ghana viele knallharte Typen kennen gelernt. Mit Knarre und ohne. Die meisten von ihnen sind tot. Und die waren härter als du! Um Längen!«

Hartmann schluckte.

»Du bist ein guter Kerl, aber du veränderst dich! Die Pistolennummer hat dir Spaß gemacht. Das ist kein Spaß! Du kannst nicht in der Gegend rumlaufen und Leute mit der Knarre bedrohen. Typen, die Menschen mit der Knarre bedrohen, werden am Ende erschossen.«

Hartmann blinzelte.

»Du veränderst dich«, stellte Jonny fest. »Das gefällt mir nicht!«

* * *

Simones Brötchenbude war immer noch geschlossen. Schienen hartnäckige Viecher zu sein, die Noah aus seiner Heimat mitgebracht hatte.

Es tat gut, die Treppen zur dritten Etage entspannt und locker hochzulaufen, ohne jeden Moment damit rechnen zu müssen, von Männern angefallen zu werden, die Figuren hatten wie die *Hindenburg*. Nein, Hartmann hatte sich entschieden, Matze Kusch einfach mal zu trauen. Der Rockerchef war sicher ein krummer Vogel, aber er würde sein Wort halten.

Das Chaos im Flur seiner Wohnung war dann auch gar nicht so schlimm, nur das Holzregal hatte der Narbige komplett geschrottet.

Hartmann schritt fix an den Schreibtisch und durchblätterte die Gelben Seiten, die in dessen unterster Schublade ganz oben lagen. »O, O, P, P, P, P, Pr ...« Nach wenigen Sekunden wurde er fündig. Hartmann schüttelte über sich selbst den Kopf, denn es war eigentlich so klar gewesen, was Svenja in Lierenfeld in der Richardstraße zu suchen gehabt hatte.

Eine Viertelstunde später klemmte er den Golf an einen Bordstein. Die Knarre verstaute er im Handschuhfach, schließlich wollte er keine Eskalationen heraufbeschwören, alles eine Frage des Karmas.

Er suchte die Hausnummer 246 und auf einige seiner Fragen ein paar Antworten. Beides sollte machbar sein. Sekunden später stand er vor einem weißen Flachdachbau. Zwei Etagen, drei Stufen führten an die Haustür. Um alles nicht noch komplizierter zu machen, als es sowieso schon war, drückte er einfach die Klingel, die sich neben dem einzigen Namensschild befand.

Wolfgang C. Arnolds. Privatdetektiv.

Was Svenja Suceava in die Richardstraße nach Lierenfeld verschlagen hatte? Es lag auf der Hand: Sie suchte keinen Kerl, der auf den Rasenplätzen dieser Republik als Rechtsaußen geglänzt hatte, sondern schlicht einen guten Privatdetektiv. Und nachdem er, Hartmann, sich als besoffener Flop erwiesen hatte, fand sie in den Gelben Seiten das Büro des Nächstbesten. Buchstabe A. Wolfgang C. Arnolds, Richardstraße 246. Und in einem Hinterhof nur ein paar Häuser weiter, hatte man wenig später ihre Leiche gefunden.

Hartmann quetschte seinen Finger ein zweites Mal auf die Klingel. Aber sein Kollege hatte offensichtlich mehr zu tun als er, denn niemand öffnete, kein Türsummer summte.

Hartmann zupfte sich an der Nase. Okay, wenn er schon mal hier war, sollte er sich den Hinterhof anschauen, in dem jemand seine Fast-Klientin erschossen hatte.

Hartmann marschierte los und bog einige Hausnummern weiter durch einen Torbogen. Der einzige Zugang in einen lang gestreckten Hinterhof. Er ging ein paar Schritte und erkannte die graue Mauer auf der linken Seite als diejenige, die er als Hintergrund auf den Polizeifotos bei Dircks und Granny im Büro gesehen hatte.

Hartmann strich eine widerspenstige, feuchte Strähne hinters Ohr und entdeckte auf dem dunklen Pflaster vor sich einen dunklen, angetrockneten Fleck. Drumherum vereinzelte Kreidereste der Spurensicherung.

»Hier …«, murmelte Hartmann.

Moment! Der Hinterhof erstreckte sich über mehrere Gebäude. Hartmann zählte in Gedanken durch. Die Hausnummer 246 mit eingeschlossen. Svenja starb im Hinterhof … seines Kollegen. Hartmann schniefte. Was hatte das zu bedeuten? Hatte es überhaupt etwas zu bedeuten? Oder war es Zufall?

Eine Gänsehaut kroch ihm die Unterarme hoch.

»Langsam, Hartmann, langsam.«

Er glaubte an nicht viel. An Zufälle fast überhaupt nicht. Und wer hier keinen Zusammenhang sah, der war blind. Natürlich hatte das was zu bedeuten. Nur, was genau?

Hartmann ließ seinen Blick kreisen. Das war ein klassischer Hinterhof. Nach hinten raus eine hohe, hellgrau getünchte Mauer. Knapp drei Meter hoch. Davor ein alter Opel Omega ohne Kennzeichen, der einen großen, schwarzen Ölflatschen auf das Pflaster gekleckert hatte. Daneben eine tote Autobatterie.

Rechts begrenzte den Hinterhof eine hohe Lagerhalle mit eiserner Rampe davor, die nur von bröselndem Rost zusammengehalten wurde. An der Rampe lehnten zwei Fahrräder. Beide ohne Sattel, die Reifen platt.

Links blinzelten an einem dunkel geklinkerten Bau hohe Fenster mit zersplitterten Scheiben ins grelle Sonnenlicht. Hartmann erkannte davor einen Kellerabgang. Ein eisernes Geländer mit brauner Farbe, die fast vollständig in den Schacht hineingeblättert war, führte nach unten.

»250, 248, 246.«

Der Kellerabgang führte ins Haus von Wolfgang C. Arnolds. Kurz überlegte Hartmann, doch seine Knarre aus dem Handschuhfach des Wagens zu holen. Aber er schüttelte den Kopf. Hier war Svenja ermordet worden, ja, aber das war inzwischen vier Tage her. Hier hatte es von Cops gewimmelt, hatten in weiße Overalls gehüllte Spurensicherer jeden Pflasterstein auf links gedreht, Ermittler seinen Kollegen befragt und die Jungs von der Presse anschließend alles Verdächtige weggetrampelt.

Hartmann schnaufte. Er blickte nach links, blickte nach rechts, entdeckte niemanden und stieg runter in den Kellerschacht. Es roch modrig und nach Urin. Dunkle Flecken an den Wänden erklärten, warum. Er hatte gar nicht vor, hier einzubrechen. Nur um es gemacht zu haben, drückte Hartmann die rostige Klinke der Kellertüre herunter.

»Verdammt.«

Die Tür sprang auf. War das ein Wink mit dem Zaunpfahl? Geh rein! Guck nach, hörte er den launischen Gott der Privatermittler verschlagen flüstern. Das ist deine Chance. Nutze sie!

Hartmann tippte die Kellertüre weiter auf und schlüpfte hinein. Durch ein großes Fenster fiel so viel Licht in den Raum, dass Hartmann alle Kisten und sämtlichen Plunder umkurven und die gegenüberliegende Seite des Raumes erreichen konnte. Die nächste Tür war angelehnt, Hartmann erreichte den Kelleraufgang, der in den Wohn- und Bürobereich führen würde.

»Aufbrechen tu ich hier nichts«, mahnte sich Hartmann und stieg die enge Treppe hinauf.

Er hatte sich schon mit Gott und der Welt angelegt. Ärger mit der eigenen Innung konnte er nun wirklich nicht auch noch gebrauchen. Und Wolfgang C. würde sicher unangenehm reagieren, wenn …

Gar nicht nötig! Auch die nächste Tür war nur angelehnt.

Hartmann schluckte, denn das sah jetzt alles weniger nach einer günstigen Gelegenheit, sondern mehr nach einer fiesen Falle aus. Das war doch nicht normal, dass hier die Türen reihenweise offen standen.

Hartmann bückte sich. Keine Holzspäne, nichts. Niemand hatte die Tür aufgebrochen, sie war einfach nur unverschlossen, stand einfach offen.

Umdrehen, flüsterte sein Instinkt.

Weiter, wisperte die Neugier.

Ein Flur. Muffig. Wie seit Tagen nicht gelüftet.

Weiter, mahnte sich Hartmann und hatte für sein Tun schon eine Erklärung gefunden. Hier stimmte etwas nicht. Und vielleicht lag irgendwo sein Kollege und brauchte dringend Hilfe, weil …

Hartmann schniefte. Er erreichte das Büro mit goldfarbenem Messingschild. *Wolfgang C. Arnolds.*

Schreibtisch. Regal, Stühle. Akten. Ordner. Neben sich erkannte Hartmann eine kleine Theke mit zwei Barhockern. Eine nette Ecke für den kleinen Plausch mit Kunden, Klienten und Ratsuchenden.

Hartmann streifte alles mit einem Blick ab und vermied es, irgendwas anzupacken, irgendwo seine Fingerabdrücke zu hinterlassen. Das war hier alles nicht koscher.

In den Regalen befand sich alles, was das interessierte Herz eines leidenschaftlichen Privatdetektivs höher schlagen ließ. Sein Kollege war berufsmäßig erstklassig ausgerüstet: Mehrere Richtmikrophone, Aufnahmegeräte, diverses Werkzeug.

Kameras in allen Größen und Formen …

Kameras, durchfuhr es Hartmann. Was, wenn sein Kollege alles mit Kameras überwachte? Hastig jagte Hartmann seinen Blick in die Ecken, suchte nach Linsen, Objektiven, verdammt, das war alles ein großer Fehler! Er konnte aber nichts entdecken. Vielleicht hatte er Glück.

Hartmann nickte. Das Büro war ausgestattet mit allem, was in ein modernes Büro hineingehörte. Flipchart, Karte von Düsseldorf, Kopierer, alles. Und ein bisschen mehr. Nämlich eine große, freie Fläche auf der hölzernen Halterung des Schreibtischs, wo üblicherweise ein PC summt. Der fehlte nämlich.

Am Schirm einer altmodischen Schreibtischlampe pappten mehrere, gelbe Klebezettel. Hartmann entdeckte einen aufgeschlagenen Block auf der Schreibtischplatte. Mehrere Zahlenreihen. Telefonnummern, mit Sicherheit. Denn eine der Nummern, die mit rotem Edding unterstrichen war, war die seine. Was hatte das zu bedeuten?

Hartmann entdeckte auch rote Farbe an der Schreibtischkante. Aber ... das war kein Edding.

Hartmann schnappte nach Luft. Und bemerkte gleich zweierlei. Die Luft um ihn herum roch nicht mehr ausschließlich muffig, alt und abgestanden. Ein plötzlicher Hauch von Nikotin kitzelte seine feinen Nasenhärchen.

Und er hörte dieses Geräusch, dieses gleichmäßige Geräusch. Näher kommend.

Hartmann spannte sich an und trat vorsichtig zur Seite. Es war ein Treten, ein Schleichen. Da tat es ihm jemand nach, da schlich jemand von der Kellertreppe kommend durch den Flur auf ihn zu.

Hartmann wünschte sich nichts sehnlicher, als die Waffe zurück in seinen Hosenbund. Hastig blickte er sich um. Und entdeckte einen silberfarbenen Brieföffner auf dem Schreibtisch. Zu spät. Der Typ würde ihn vom Flur aus sehen können.

Der Typ ...

Vielleicht war es ja einfach sein Kollege, der nach Hause gekommen war. Dem würde er alles erklären können, kein Problem. Hartmann hielt inne. Nach Hause gekommen? Um dann durch die Wohnung zu schleichen?

Er schüttelte den Kopf.

Das war mit Sicherheit *nicht* der Inhaber der Wohnung, denn der würde nicht schleichen. Das war aber vielleicht genau der Typ, der für den hässlichen, roten Fleck auf der

Schreibtischkante und das Loch in Svenjas Hinterkopf verantwortlich war.

Mach dir nichts vor, Hartmann! Du stehst hier mit schlotternden Knien, kannst nichts machen und weißt genau, dass es dir gleich mächtig an die Eier geht!

Aufpassen!

Der Mann im Flur warf keinen Schatten. Hartmann lauschte, aber hörte nichts. Und dennoch war er sicher, dass der Kerl jeden Moment um die Ecke trat. Und dass der ihm kein fröhliches Hallo entgegenschmettern würde.

Schmettern?

Hartmanns Blick fiel auf die beiden Barhocker, die neben ihm standen. Genau. Wer wartet, verliert!

Hartmann packte einen der beiden Hocker an den Füßen, glitt hastig neben die Bürotür und ging in Position, den Hocker wie einen Baseballschläger hinter dem Körper haltend. Er lauschte. Das Schlurfen!

Noch näher!

Gleich um die Ecke!

Mit aller Kraft warf er den Barhocker auf gut Glück um die Ecke in den Flur.

Der Mann, den er im Flur getroffen hatte, schrie erschreckt auf. Treffer! Hartmann schoss hinterher. Mit erhobener Faust. Sekundenbruchteile später hatte er für die Faust auch ein Ziel gefunden.

Der Hocker hatte den Kerl an der Schulter getroffen. Jetzt riss der Mann überrumpelt die Augen weit auf und konnte Hartmanns Schwinger gerade noch ausweichen, indem er sich duckte. Hartmanns Kracher schrammte seine Haare. Schnell ließ Hartmann einen zweiten Schwinger folgen, der seinen Gegner in der Seite traf.

»Verdammt«, zischte der Typ.

Hartmann verkniff sich alles Verbale und sprang ihn an. Gemeinsam krachten sie zu Boden. Nahkampf. Hartmann brachte seinen rechten Arm um seinen Hals.

»Polizei«, würgte der Kerl.

»Na klar«, knurrte Hartmann und riss seinen Gegner auf den Rücken. Und fast hätte er ihn klassisch in einen Haltegriff gehebelt. Fast! Wo der Typ den Schwinger herholte, vermochte Hartmann nicht zu erkennen. Geschweige denn, ihm auszuweichen. Hartmanns linker Wangenknochen drückte sich mächtig nach innen, brach aber nicht. Hartmann zog den Kopf ein.

Wo ein Schwinger ist, ist oft noch ein zweiter.

Der nächste traf ihn höher am Kopf. Der Typ strampelte mit den Beinen. Hartmann drückte mit dem rechten Arm härter zu, merkte aber, dass ihm der Gegner langsam entglitt. Gleich würde ihn der nächste Schwinger treffen.

Hartmann löste plötzlich den Griff und stieß den Typ mit aller Macht von sich. Dessen dritter Schwinger boxte zischend zwischen ihnen ein Loch in die Luft. Beide rappelten sich auf. Hartmann war einen Tick schneller und warf sich gegen den Körper, der zwei Meter weit nach hinten flog.

Dann flog noch was. Nämlich eine Pistole aus einem Schulterholster. Der Kerl hatte eine Knarre dabei. Die Pistole schlidderte über den Büroflur und rutschte unter einen Kleiderschrank. Beide, Hartmann und er, standen wie angewurzelt.

»Letzte Chance!«, zischte der Typ.

Hartmann checkte mit schnellem Blick die Entfernung zur Knarre. Verflucht. Der Kerl stand zwei Meter näher dran. Wenn er schnell war und die Waffe nicht allzu weit unterm Schrank lag und er sie zu packen bekam, dann würde er ein gemeines Loch in Hartmann machen können. Wenn nicht, würde er, Hartmann, schnell genug sein, um ihm in den Nacken zu springen und das Genick zu brechen. Oder den Arm. Oder was auch immer.

Hartmann schätzte die Chancen auf 50:50.

High Noon!

Sie zuckten los. Der Typ sprang Richtung Schrank. Hartmann wirbelte herum, zurück ins Büro, schnappte sich den zweiten Barhocker und schleuderte ihn Richtung Fenster.

50:50 standen die Chancen? Zu schlecht!

Im Flur hinter ihm rumorte es.

Das Fenster vor Hartmann zersplitterte. Hartmann nahm Anlauf und hob ab, die Füße voran, ab durchs zerrieselnde Fensterglas. Hartmann zwang sich, die Augen offen zu lassen. Er musste auf den Füßen landen, denn Sekundenbruchteile später würde der Typ oben im Fensterrahmen erscheinen und ihm einen Gruß aus Blei hinterherschicken können, wenn er nicht schnell genug um die Ecke durch den Torbogen raus war.

Hartmann spürte feine Nadelstiche an den Händen, landete aber sauber. Er musste nur einmal kurz aufs Pflaster greifen, dann strauchelte er in den Spurt.

In den Augenwinkeln entdeckte er hinter sich im Fensterrahmen eine Bewegung. Ein Mann, ein Arm, eine Pistole. Weiter!

Hartmann warf sich um die Ecke, keine Pistole knallte.

Aber er. Er knallte. Und zwar in einen massigen Körper, der im Torbogen anscheinend nur auf ihn gewartet hatte. Sie waren zu zweit gewesen. Und der hier, der ließ sich nicht mehr überrumpeln.

Als der bullige Kerl zuschlug, hatte Hartmann fast den Eindruck, als würde die Faust ein wenig zögern. Aber das mochte täuschen.

War auch schwer zu erkennen.

Im immer schwächer scheinenden Licht. In dem Licht, das kurz darauf ganz ausging. Gerade in dem Moment, als Hartmann spürte, wie er mit seinem Rücken hart aufs Pflaster krachte. Da konnte er die Augen gleich ganz schließen.

Was er auch tat.

* * *

Hartmann strich sich vorsichtig durchs Gesicht und zuckte, als er seine linke Gesichtshälfte berührte. Das schmerzte.

Sein Gegenüber seufzte: »Ich hätte drauf wetten können, dass du dort auftauchst.«

Hartmann zuckte mit den Schultern. Sein linkes Schulterblatt schmerzte übrigens auch.

Hinter ihm räusperte sich die fleischgewordene Ursache der Schmerzen an seinem Kinn und Granny sagte: »Seit vier Tagen überwachen wir den Hinterhof und warten darauf, dass der Mörder an den Tatort zurückkehrt. Kam er bisher nicht. Stattdessen kommst du daher.«

Hartmann ließ das mal kommentarlos im Raum stehen. Der Raum war das gleiche Büro im Polizeipräsidium, in dem er vor drei Tagen schon mal vernommen worden war. Mit Dircks am Schreibtisch gegenüber und Granny hinter sich im Nacken war das Zimmer definitiv kein Wohlfühlbereich.

»Was hast du dort gewollt?«, fragte Dircks.

Hartmann war klar, dass man ihm eine Lüge nicht abnehmen würde. »Ich hab das eben doch schon ein paar Mal gesagt, ich weiß, dass Arnolds technisch erstklassig ausgerüstet ist und ich wollte meine Arbeit zukünftig auf professionellere Füße stellen und mir ein paar Tipps holen, was ich mir sinnvollerweise anschaffen sollte.«

»So eine Kacke!«, schimpfte Granny.

Dircks räusperte sich. »Wir haben da unsere eigene Vermutung. Du, Hartmann, steckst mal wieder tiefer drin in der Sache, als du zugeben möchtest. Was dazu führt, dass du uns wichtige Informationen vorenthältst. Und deshalb, Sportsfreund, sind wir so richtig stinkig auf dich.«

»Wir haben deine Telefonnummer bei Arnolds gefunden«, knurrte Granny.

Der Block auf dem Schreibtisch, dachte Hartmann.

»Weshalb hat Arnolds dich angerufen?«, fragte Granny scharf.

»Es ging um einen Gesprächstermin. Ich sag ja …«

»Und da ruft er dich an? Zweimal?«, bohrte Dircks.

Die beiden Anrufe mit unterdrückter Nummer auf seinem AB, kombinierte Hartmann.

»Und fast zur gleichen Zeit wird in seinem Hinterhof eine Frau ermordet. Das soll Zufall sein?«

»Ich glaube nicht so richtig an Zufälle.«

»Ich auch nicht, Hartmann. Ich auch nicht!«

Die Tür zum Büro wurde geöffnet, und ein weiterer Polizist betrat das Büro der Mordkommission. Er trug ein Pflaster an der Stirn und einen mühsam unterdrückten Tötungswillen in den Augen.

Hartmann erkannte den Mann, dem er in Arnolds' Büro den Barhocker um den Kopf geschlagen hatte.

Der Cop legte eine Akte auf den Schreibtisch. Dann drehte er sich ganz langsam zu Hartmann, zog seine Dienstwaffe und schoss Hartmann viermal in die Brust. Nein. Tat er natürlich nicht. Aber er sah so aus, als ob er genau das am liebsten getan hätte …

Stattdessen verließ der Zivilbeamte wort- und grußlos das Büro und zog die Tür krachend hinter sich ins Schloss.

»Da hast du dir keinen Freund gemacht.«

Hartmann zuckte entschuldigend mit der Schulter. »Er ist mir hinterhergeschlichen.«

»Er hat sich dir als Polizist zu erkennen gegeben.«

»Das tun sie alle. Auch die Mörder.«

»Du bist ein hoffnungsloser Fall, Hartmann, aber so glimpflich kommst du diesmal nicht davon.«

Hartmann zählte kurz seine schmerzenden Körperteile, kam auf knapp unter zehn und fand überhaupt nicht, dass er bisher glimpflich davongekommen war.

»Wir wissen inzwischen, dass die Tote aus Rumänen stammt und Svenja Suceava heißt. Klingelt da was bei dir?«

Hartmann legte den Kopf schräg und schüttelte ihn. »Sagt mir nichts.«

Hartmann zuckte zusammen und spürte plötzlich Granny, der geräuschlos von hinten ganz dicht an ihn herangetreten war und ihm ins Ohr wisperte. »Du lügst! Ich habe es bis hierhin klingeln gehört.«

»Svenja Suceava wurde von ihrer Freundin, Lena Trostic, identifiziert. Das ist eine der Frauen, die du im vergangenen Sommer im Frachthafen aus dem Container befreit hast. Wie wir zum Thema Zufall stehen, hatten wir doch schon, oder?«, fragte Dircks mit einem Unterton, der wirklich nicht mehr als freundschaftlich oder wohlwollend durchging.

Hartmann fiel nichts ein und wechselte das Thema. »Was sagt denn Wolfgang Arnolds zu der ganzen Geschichte?«

Dircks tauschte einen Blick mit Granny, der das aussprach, was Hartmann dem Gesprächsverlauf nach schon seit ein paar Minuten vermutete. »Von deinem Kollegen fehlt seit dem Mord jede Spur.«

»Fehlt jede Spur?«, fragte Hartmann.

»Seltsam, nicht? Das macht uns ratlos.«

»Kann ich verstehen«, räumte Hartmann nachdenklich ein. »Warum fehlt von Arnolds jede Spur? Es wäre dann logischer gewesen, man hätte neben der weiblichen eine weitere, männliche Leiche gefunden, nämlich ihn.«

»Vielleicht hat Arnolds die Frau ermordet und ist anschließend getürmt?«, mutmaßte Dircks, sein Gegenüber fest im Blick.

Hartmann schüttelte den Kopf. »Dann hätte er die Frau zumindest den Kellerabgang runter ins Haus gezogen.«

»Nicht, wenn er bei der Tat überrascht worden ist«, bohrte Granny. »Arnolds macht sich fluchtartig aus dem Staub, weil es einen Zeugen gibt.«

»Der Zeuge hätte sich doch längst bei euch gemeldet und eine Aussage gemacht«, behauptete Hartmann.

»Vielleicht glaubt Arnolds aus einem anderen Grund, dass die Polizei ihm draufkommt«, verfolgte Granny hartnäckig seine Spur.

Hartmann schniefte trotzig. »Ich glaube nicht, dass Arnolds die Frau erschossen hat.«

»Wieso nicht?«, bellte Dircks.

Weil ich es weiß, hätte Hartmann sagen können, ließ es aber bleiben und schwieg stattdessen. Schließlich hatte Svenja Suceava sich nach einem Blick in die Gelben Seiten an Arnolds gewendet, und dass dieser zugleich der Mörder war, vor dem sie hatte fliehen wollen, das war mehr als unwahrscheinlich.

»Auf jeden Fall lassen wir ab morgen nach Arnolds fahnden. Du hast natürlich keine Ahnung, wo dein technisch gut ausgestatteter Kollege steckt?«

»Nein«, antwortete Hartmann und war froh, endlich mal die Wahrheit sagen zu können.

Dircks schloss schwungvoll eine Akte. »Von uns bekommst du eine Anzeige wegen Hausfriedensbruch.«

»Dafür braucht ihr einen Strafantrag von Arnolds und den müsst ihr erst mal finden.«

Dircks grinste. »Du hast ja richtig gut aufgepasst in der Schule, Hartmann. Klasse. Da hast du doch recht, Granny. Deinen Schwinger hat sich der Richtige eingefangen.«

»Sag ich doch«, grunzte Granny zufrieden.

Hartmann durfte gehen.

* * *

Zwei Stunden später stellte Hartmann in seinem Hotelzimmer vor dem Spiegel erstaunt fest, was eine heiße Dusche, eine gründliche Rasur, zwei dicke Tropfen Haargel und ein bisschen Creme ausmachen konnten. Sein Gesicht sah nicht mehr wie Axel Schulz, sondern eher nach einem Unentschieden aus. Der violett-braune Fleck unten rechts am Kinn würde locker als Pigmentstörung durchgehen, die Zähne hatten sich entschieden, erst mal drin zu bleiben und der kleine Cut über der linken Augenbraue unterstrich Hartmanns herbmännliche Note, alles klar!

Das Ensemble war schnell gewählt. Schwarz und nicht so viel, hatte Resi gesagt.

Hartmann nahm an, dass seine heiße Verabredung aus dem Ostallgäu pünktlich sein würde und hatte, als es um zehn an der Zimmertür klopfte, endlich mal wieder recht. Ein ungewohntes Gefühl. Aber gut.

Hartmann öffnete die Tür. »Au, Mann.«

Resi grinste. »Mund zu, Christian!«

War machbar. Wenn auch schwer.

»Resi. Holla!«

Da hatte sich seine Begleitung aber in … in … in eine Art Kleid gezwängt, alle Achtung! Ließe man die beiden schwarzen, hochhackigen, kniehohen Lackstiefel und die ebenfalls schwarzen, grobmaschigen Netzstrümpfe mal außen vor, ginge es beim Strippoker für Resi beim ersten Spiel schon um alles. Die Latexkonstruktion, als die man ihr Kleidungsstück am ehesten bezeichnen konnte, bestand aus einem Stück mehrfach eng um den Körper gewickeltem, glänzend schwarzem Kunststoff. An ihren Armgelenken trug sie keinen Schmuck, sondern knapp zehn Zentimeter breite Streifen schwarzes Klebeband. Die dazugehörige Rolle trug sie an einem schwarzen Gürtel, der die Kleidungskonstruktion zumindest über Hüfthöhe stramm am Körper hielt.

Ach ja, und sie trug ihre Piercings. Wahrscheinlich alle. Hartmann mochte gar nicht so genau hinsehen. Ihre schwarzen Haare schimmerten glänzend und einen Tick dunkler. Schminke, einschließlich Lippenstift: natürlich schwarz

Resi ihrerseits verbarg nur leidlich ihre Enttäuschung: »Du hast dich ja richtig in scharfe Schale geworfen. Eine schwarze Jeans und ein schwarzes T-Shirt. Heiß!«

Hartmann zuckte mit den Schultern. »Ich trage eine rotweiß gestreifte Unterhose drunter.«

»Du trägst Unterwäsche?«

»Oft.«

»Wild!«

Hartmann klatschte in die Hände. »Na, dann.«

Immerhin warf Resi jetzt noch einen dunkelblauen Sommermantel um ihre Schultern, der dafür Sorge tragen würde, dass sie es aus dem Hotel heraus schafften, ohne dass sich alle männlichen Gäste des Hotels hechelnd auf sie stürzten. Markus am Empfangstresen eingeschlossen, der ihnen mit ehrlicher Bewunderung hinterherstarrte, bis Hartmann Resi auf den Beifahrersitz seines Leihwagens begleitet hatte.

»Mit dem Auto? Die kurze Strecke? Dann kannst du doch gar nichts trinken?«

»Mach dir um meinen Führerschein keine Sorgen.« Hartmann legte schmunzelnd schwungvoll den ersten Gang und eine CD ein.

»Hast du dich da am Kinn gestoßen?«, fragte Resi.

»Du willst gar nicht wissen, was mir da Doofes passiert ist.«

Hartmann steuerte den Wagen vom Parkplatz und hielt sich links. Es war finster, der Wald war dicht. Alter Baumbestand, dessen knochige, dürre Äste nach seinem Fahrzeug griffen. Keine Laternen, nur Hartmanns Scheinwerfer schnitten Lichtkegel ins Dunkel.

Die fünfminütige Fahrt nutzte Resi, um ihren Lippenstift nachzuziehen, was genauso erforderlich war, wie eine Karre Streusand in die Wüste Gobi zu schubsen, aber im Licht der flackernden Innenbeleuchtung rattenscharf aussah.

Hartmann steuerte den unbefestigten Parkplatz hinterm Gebäude an. Sie stiegen aus, Resi hakte sich bei Hartmann ein, und gemeinsam schritten sie zur Pforte. Der Schriftzug des *Wespennestes* über dem Eingang leuchtete in hellen, gelben Buchstaben. Die Abbildung eines den Namen gebenden Insektes flackerte daneben in realistischem Gelb-Schwarz. Das Gebäude war auch aus der Nähe betrachtet tipptopp in Schuss.

Die Dame am Empfang ebenfalls. »Willkommen, die Herrschaften.«

Resi gab ihren Mantel ab, Hartmann lächelte verlegen. Die Dame musterte Hartmanns schwarze Begleitung. »Hallo. Wir kennen uns, oder?«

»Ich war schon mal hier«, zog Resi eine Clubkarte mit Wespenemblem aus der Jackentasche.

Die Empfangsdame deutete auf Hartmann. »Jeans? Geht eigentlich nicht, Süße.«

»Weiß ich«, summte Silke. »Aber der Inhalt ist so süß.«

Die Dame musterte Hartmann lächelnd von oben bis unten. Auch mittig. Hartmann wechselte verlegen das Standbein und kam sich selten dämlich vor.

»Na gut, Süße, ausnahmsweise. Du warst ja schon mal hier, dann brauche ich zu unseren Räumlichkeiten ja nichts mehr sagen.«

Doch, wollte Hartmann schreien, aber da hatte Resi schon lachend den Kopf geschüttelt und die Empfangsdame ihr wissend lächelnd einen Spindschlüssel in die schlanken Finger gedrückt.

Okay. Im Grunde genommen wurde Hartmann erst jetzt bewusst, auf was er sich hier eingelassen hatte. Er warf einen Seitenblick auf seine Begleitung. Na ja, auf Sex mit Resi. Und er konnte sich wahrlich Schlimmeres vorstellen. Er war Single, die Welt modern, das Leben kurz. Dass im Hintergrund *Spank* von Jimmy »Bo« Horne lief, hätte Hartmann als Warnsignal werten können. Tat er aber nicht. Hartmann fand den Discoklassiker super!

Resi führte Hartmann in einen Kellerbereich, der ihn zum einen an die simpel-praktischen Umkleidekabinen aus seiner Zeit als Fußballer und zum anderen an einen Club erinnerte, den Hartmann vor zwei Jahren bei Ermittlungen mit seiner Nachbarin Nicole aufgesucht hatte. Ein Abend, der sich seinerzeit rundum positiv entwickelt hatte.

»Ich bin fertig«, sagte Resi und verstaute ihren Mantel im Spind.

Hartmann legte die Fahrzeugschlüssel auf Silkes Mantel, die daraufhin abschloss und den flachen Spindschlüssel im Hüftbereich unter schwarzem Kunststoff versenkte.

»Los«, frohlockte Resi, klatschte Hartmann auf den Hintern und zog ihn die Stufen hoch.

Die Musik wurde lauter. Die Maxi-Version, stellte Hartmann erfreut fest.

Durch einen schweren, roten Vorhang führte Silke ihn in eine Diskothek, die in ländlichen Bereichen Deutschlands sicher ihre begeisterten Neider gefunden hätte. Und nicht nur Neider. Konservative Hardliner hätten zum heiligen Widerstand gegen das aufgerufen, was hier Machenschaften in Sodom kleinbürgerlich erscheinen ließ.

Hartmann schnappte nach Luft. »Oha.«

»Cool nicht?«

Hartmann nickte. So ungefähr mochten sich prüde Fanatiker die Hölle vorstellen.

Der Partyraum war groß, mit kleinen, verwegenen Nischen, in denen sich unaussprechliche Dinge abspielten. Soweit das Hartmann durch wild zuckende Laserblitze und schlierige Nebelschwaden erkennen konnte. Eine lange, in Chrom gehaltene Theke mit Barhockern erstreckte sich über die gesamte rechte Seite des Clubs. Verspiegelte Wände, dunkel marmorierter Boden und an der Decke drehte sich eine riesige Discokugel. Darunter tanzte ein gutes Dutzend Gäste, vorwiegend in Schwarz gekleidet und mit allerlei Eisen ausstaffiert. Ketten, Handschellen, Broschen und sonstige Accessoires blinkten zum Takt der Laser.

Hartmann erkannte unter den Tänzern einen, der trug nur Eisen. Um den Hals.

Blickfang war ein über der Theke an der Decke befestigter Käfig, in dem sich eine Tänzerin räkelte. Sie war nicht nackt, sondern hatte irgendwas an. Hartmann konnte nur nicht erkennen … was.

»Willkommen auf der Black Party Spezial! Gefällt es dir?«, fragte Resi lachend.

Hartmann wischte sich eine vorlaute Schweißperle von der

Schläfe. »Warm ist es hier.«

Die Musikanlage war vom Feinsten. Hartmann stellte erfreut fest, dass inmitten von Schwarz, Haut und Ketten seine hochhackige Resi den optischen Vogel abschoss. Da war Hartmann schon ein wenig stolz, ermahnte sich aber sofort. Er war nicht zum Vergnügen hier. Auch, wenn sich das Nützliche vielleicht mit dem Vergnüglichen auf angenehme Art verbinden ließe.

Aber: Welche Rolle Resi in dieser Sache spielte, war noch nicht abschließend geklärt!

»Hallo«, grüßte Hartmann ein Mann mit ausgesprochen muskulösem, behaartem Brustbereich, der außer einer schwarzen Augenmaske nur noch untenherum eine Art Ledergeschirr trug.

»Hallo«, grüßte Hartmann zurück und fragte Resi leise. »Was hat der denn da an?«

»Einen Hodensackteiler«, klärte Resi ihn auf.

»Aha. Und wozu ist der gut?«

Resi blickte ihn verwirrt an. »Das fragst du mich? Keine Ahnung. Ich brauch so was nicht. Ich möchte zuerst was trinken, Süßer.«

»Gute Idee«, stimmte Hartmann zu und orderte an der Theke bei einem Mann im knappen, schwarzen Slip zwei Gläser Bacardi-Cola.

Bacardi-Cola? Da war doch was? Aufpassen, Hartmann!

Tat er auch und checkte die anwesenden Gäste, aber er konnte unter ihnen kein bekanntes Gesicht entdecken. So genau er auch hinsah …

»Na«, mahnte ihn Resi, als Hartmann sich ein wenig zu lange von einer barbusigen Schönheit ablenken ließ, die ihren knackigen Hintern in einem schwarzen Slip mit der pinkfarbenen Aufschrift *Hot Spot* nur unzulänglich versteckte.

»Mach dir keine Sorgen, ich kann treu sein«, grinste Hartmann.

Resi lachte und blickte ihm in die Augen. Mit einem Mal fast nachdenklich. »Ich werde aus dir nicht schlau.«

Hartmann nippte am Getränk. »Versuch es erst gar nicht.«

»Interessiert mich aber.«

»Ich bin ganz in Ordnung«, erklärte Hartmann.

Resi nippte am Glas. »Das glaube ich dir sogar.«

Chaka Khan. Hartmann erkannte die ersten, dahinperlenden Noten. *Ain't Nobody*.

»Möchtest du tanzen?«, fragte Hartmann und rutschte vom Hocker.

Resi hielt einen Moment inne, zögerte, schien einem Gedanken nachzuhängen, ihn dann wegzuwischen und küsste Hartmann blitzschnell auf die Wange. »Okay. Aber wehe, du *kannst* nicht tanzen!«

Wer, bitte, konnte zu Chaka Khan *nicht* tanzen?

Resi konnte es!

Sie bewegte sich auf der Tanzfläche mit einer selbstbewussten, entspannten Leichtigkeit, die Hartmann schon nach den ersten, dahinklirrenden Takten schlicht den Atem raubte. Wie zufällig strichen Resis Hände über ihre perfekten Hüften, schoben den engen Streifen Kunststoff einige wenige Zentimeter nach oben und gaben den Blick frei auf den fein gewebten Spitzenrand ihrer schwarzen Fischnetzstrümpfe.

Ihre Blicke trafen sich. Aufreizend langsam wischte sie eine verschwitzte Strähne aus dem Gesicht.

Alles in Hartmanns Körper schrie: Mehr!

Auf der Tanzfläche wurde es eng, aber sie, sie tanzte nur für ihn.

Der DJ schien die Stimmung aufzugreifen, wechselte das Tempo und spielte *Giving him something he can feel* von En Vogue – ein

Song, der in den über zwanzig Jahren seiner schwülwarmen, gehauchten Existenz schon manchem von Hartmanns besseren Abenden die richtige Richtung gegeben hatte.

Resi glitt auf Hartmann zu. Katzengleich. Und drückte ihren Körper an ihn. Der versenkte seine Nase in ihr Haar. Sie roch klasse. Der Abend durfte noch nicht zu Ende sein, keine Frage!

Sie schob eine Hand hinten unter Hartmanns Shirt. Der spürte ihre Fingernägel und küsste ihre salzige Haut. Hartmann war von einem klaren Gedanken weiter entfernt, als die Erde vom Mond und schob eine Fingerspitze unter einen der engen, schwarzen Kleiderstreifen.

Aus den Augenwinkeln erkannte Hartmann hungrige, aufmerksame Augenpaare, die jede ihrer geilen Bewegungen folgten. So, und genau so, wünschte Hartmann sich die Ewigkeit.

Sie legte ihre Lippen an sein Ohr. »Ich möchte etwas ganz anderes. Komm mit!« Sie schnappte sich seine Hand und führte ihn über die Tanzfläche ans andere Ende des Raumes.

Hartmann? Hartmann ging einfach mit.

Der folgende Flur war mit dickem, rotem Teppich ausgelegt und wurde durch brennende Fackeln beleuchtet, die bizarre Schatten auf noch bizarrere Fotos warfen.

Resi führte ihn eine Treppe hinunter. Sie passierten mehrere Zimmer. Eine der Türen stand halb offen. Geölte Körper wanden sich im peitschenden Rhythmus einer krachenden Technonummer.

Resi schritt voran, seine Hand fest umschlossen, und warf Hartmann einen Blick zu, ihre Wangen gerötet. An mehreren, jetzt aber geschlossenen Türen vorbei erreichten sie das letzte Zimmer des Flures.

»Frei. Mein Lieblingszimmer. Was ein Glück!«, jubelte Resi, schob Hartmann hinein und schloss schnell hinter ihnen die Tür.

»Dir ist es doch recht, wenn wir am Anfang ein bisschen unter uns bleiben?«

Am Anfang? Nur am Anfang? Hartmann blickte sich neugierig um. Resis Lieblingszimmer bestand in der Hauptsache aus einem riesigen, schwarz gestrichenen, hölzernen Andreaskreuz, das Hartmann sonst nur von unbeschrankten Bahnübergängen kannte. Das große X glänzte im flackernden Licht zweier mannshoher, schwarzer Kerzen. Rechts befand sich ein Bett mit Lackbezug. Über weitere Einrichtungsgegenstände wollte Hartmann sich noch kein abschließendes Urteil erlauben.

»Äh, unter uns bleiben, klar. Aber was meinst du mit: am Anfang?«

»Na: am Anfang.«

»Aha ...«

Sie legte Hartmann lächelnd den Zeigefinger ihrer linken Hand auf die Lippen. Mit den Fingern der anderen Hand öffnete sie Hartmanns Hose und presste dann ihren Körper gegen seinen. Hartmann schloss die Augen, spürte ihre harten Brüste auf seinem Körper. Er legte seine Handflächen mit weit gespreizten Fingern fest auf ihren Hintern und zog sie noch enger an sich. Verdammt, er wollte diese Frau spüren.

Der schwarze Kunststoff ließ sich zur Seite schieben, Hartmann spürte feucht-warme Haut.

Aus dem Technozimmer wummerten ihm leise und druckvoll die Bässe in den Magen. Die Kerzen dufteten nach Vanille und vernebeltem die Sinne.

Resi küsste seinen Hals, strich ihre Zunge hart über die Halsschlagader nach unten, übers Shirt und biss ihm durch den Stoff in die Brustwarze. Hartmann stöhnte auf, krümmte sich, griff noch fester zu. Fester und tiefer, hielt ihren Po in seinen Händen.

Resi glitt an ihm hoch. Hartmann spürte die beiden Piercings in ihren festen Brüsten und schluckte.

Resis Hände packten Hartmanns Shirt und rissen es ihm mit einer fließenden Bewegung über den Kopf vom Leib. Sie presste sich gegen ihn. Hartmann spürte das Holz des Kreuzes in seinem nackten Rücken. Eine ihrer Brüste rutschte aus dem Latex. Als Resi sich nach oben schob, kratzte das Piercing einen roten Strich in Hartmanns Haut.

Ihre Lippen fanden sich, ihre Zungen spielten, stritten, kämpften miteinander. Hartmann schmeckte ihren Lippenstift, biss ihr in die Lippe und merkte, wie sich sein Verstand taumelnd verabschiedete.

Ihre Körper rochen nach Lust.

Hartmann spürte, wie Resi ihren Unterleib gegen seinen Oberschenkel drückte, sich gegen ihn presste, sich rieb. Fest, schnell. Unter Hartmanns Händen spannten sich zuckend ihre Muskeln. Sie stieß ihren Atem laut in sein Gesicht, biss ihn in die Wange, hielt inne, zuckte und vergrub mit einem lauten Stöhnen ihr Gesicht in seinen Hals.

Sie schüttelte ihr Haar und ergriff Hartmanns linken Arm, zog ihn nach oben. Mit ihrer Rechten ruckte sie ihr Klebeband vom Gürtel. Mit geübtem Griff schlug sie einen Streifen um Hartmanns Handgelenk, dehnte den Streifen bis an den Mund und biss ihn giftig von der Rolle.

Hartmann öffnete die Augen, ruckelte am Handgelenk, aber das hing fest an einem der beiden Ausläufer des Andreaskreuzes. Resi tat es mit Hartmanns anderem Arm genauso.

Ihre Blicke trafen sich. Feuer!

Hartmann sah in die glänzenden Augen, in die weit aufgerissenen Pupillen seiner Begleiterin.

Die Sonne ist heiß?

Nein. Ist sie nicht!

Hartmann spürte, wie sie seinen zweiten Arm mit dem schwarzen Paketband fixierte, wie sie es mit seinen Beinen tat, spürte, wie er sich nunmehr kaum noch bewegen konnte, spürte, dass er ihr ausgeliefert war.

Ihre Lippen legten sich an sein Ohr. »Es steht Eins zu Null für mich.«

Hartmann spürte, wie sich eine Hand an seine Hose schob, den Reißverschluss ganz aufzog und drin verschwand.

»Möchtest du ausgleichen?«, flüsterte sie.

Hartmanns Antwort hätte ja gelautet. Aber die wartete sie nicht ab. Sie trat einen Schritt zurück, Hartmann nach wie vor fest im Blick, und griff unter ihre Schulter. Dort ließ sich ihr Latexkleid öffnen, das sie nun mit langsamen Bewegungen vom Körper wickelte.

Hartmann leckte sich die Lippen, wollte sie berühren, riss knurrend an seinen Fesseln und konnte sich keinen Millimeter bewegen.

Nur noch in Strümpfen und in diesen unendlich hohen Stiefeln stand sie vor ihm, bewegte sich tanzend, strich sich durchs Haar und über die Hüften. Hartmann genoss jeden Zentimeter ihres nackten Körpers. Und als sie langsam vor ihm auf die Knie ging, schoss ihm kurz durch den Kopf, dass er sie jetzt alle gesehen hatte. Alle siebzehn. Alle siebzehn Piercings. Aber das war sein letzter klarer Gedanke.

Für eine lange Zeit.

Für eine kleine Ewigkeit.

Besinnungslose Minuten später spürte er ihre feuchten Lippen wieder an seinem Ohr. Sie küsste ihn, Hartmann schnurrte. »Ausgleich«, flüsterte sie.

Hartmann grinste. »Das Spiel hat noch viel mehr Tore verdient.«

Resi lachte und Hartmann spürte, dass sie den Reißverschluss hochzog und den Knopf an seiner Hose schloss.

»He! Wir sind erst mitten in der ersten Halbzeit«, protestierte Hartmann lachend und beobachtete, wie Resi ihr Kleid aufsammelte und es mit schnellem Griff wieder um sich schlang. Dann trat sie an eine Kommode, entnahm einer Schublade eine schwarze Augenbinde, trat wieder ganz nah an ihn ran und flüsterte. »Ich mag dich, Christian.«

Sie legte Hartmann die Augenbinde an.

»Resi, äh, ich bin eher der visuelle Typ«, gab Hartmann zu bedenken.

Resi schob die Stoffbinde über Hartmanns Augen, und es wurde dunkel.

»Glaub mir, manchmal ist es besser, wenn man nicht alles ganz genau erkennt.«

Hartmann runzelte die Stirn. Und ein kleines, warnendes Bimmeln erklang da hinten, da ganz weit hinten in seinem Kopf. Da, wo Hartmanns Verstand sein armseliges, kleines Zimmerchen unter der Treppe besaß.

Hartmann spürte, dass Resi sich zu ihm rüberbeugte. Aber der Tonfall, der war jetzt ein anderer. »Ich mag dich wirklich, Christian. Ich hab dir ja erzählt, dass ich nur darauf warte, so viel Kohle zusammenzuklauben, damit ich im Hotel endlich in den Sack hauen kann. Sei mir nicht böse! Er hat mir so einen Batzen Schotter geboten, dass ich einfach nicht nein sagen konnte.«

Hartmann zog die Augenbrauen zusammen und spürte, dass Resi ihm einen Kuss auf die Wange hauchte.

»Sei mir nicht böse! Ich muss weg.«

Hartmann räusperte sich entsetzt. »Was soll das denn jetzt?« Er riss an seinen Armen. »Resi, mach mich los!«

Hartmann hörte aber nur das Schnacken einer Türklinke und spürte einen heftigen Luftzug. Er blieb am X gefesselt verdutzt zurück und fragte sich, was denn das jetzt zu bedeuten hatte. Auf jeden Fall nichts Gutes. Er spürte eine erste, heftige Panikattacke, die heranrollte, um sich über ihn herzumachen.

»Verdammt!«, rief Hartmann, zerrte an seinen Fesseln, was ebenso nutzlos wie schmerzhaft war. Das Band riss sich nur tiefer in seine Haut.

»Na klasse«, murmelte Hartmann.

Das war ja wieder eine 1a-Situation. Der überrumpelte Privatdetektiv hing im Sado-Maso-Zimmer doof am schwarzen Holzkreuz. Sehr professionell! Warum ließ die ihn hier hängen? Hartmann ruckelte noch mal nacheinander an seinen Fesseln, aber die saßen perfekt. Tja, was Resi machte, das machte sie gründlich …

Aber was bedeutete ihre Bemerkung, man habe ihr so viel Schotter geboten? Für was? Dafür, dass sie wem auch immer einen halbnackten Hartmann am Holzkreuz präsentierte? Unter seiner Stoffbinde blinzelte Hartmann irritiert. »Ja. Offensichtlich.« Hartmann schluckte.

Die Technomusik wurde plötzlich lauter, er spürte einen Luftzug. Hartmann begriff, dass er nicht mehr alleine im Raum war.

»Tür zu!«, knurrte dann auch eine männliche Person mit einer kalten, harten Stimme, die geeignet war, eine Gänsehaut über Hartmanns gefesselten Körper zu jagen.

Eine zweite Person schloss offensichtlich die Tür, denn die Musik wurde wieder einen Tacken leiser.

Hartmann drückte den Hinterkopf fest gegen das Holz und versuchte unten durch die Binde zu linsen, um irgendwas zu erkennen. Vergeblich.

Eine Faust jagte in seinen Magen. Hartmann prustete Luft.

Das Gespräch schien eröffnet.

»Schnüffler, was willst du hier?«, fragte eine kalte, akzentfreie Stimme.

Schnüffler? Sie wissen, dass ich ein Privatdetektiv bin, stellte Hartmann erschreckt fest und erklärte umfassend. »Black Party Spezial.«

Ein zweiter Hammer.

Hartmann spürte Atem direkt vor seinem Gesicht. Schlechten Atem. Abgestandener, ätzend-galliger Diätatem. Okay. Angriff, so hatte Hartmann gelernt, ist oft die beste Verteidigung. Seine Stirn schoss nach vorne. Kopfstoss. Hart. Mächtig. Aber leider ins Leere.

Gleich dreimal versenkte als Antwort aber jetzt jemand sehr zielgenau seine geballten Finger in Hartmanns Körper. Hartmann hustete. Der Schläger stand schräg rechts von ihm, lachte hohl und trocken.

»Ich bin Privatdetektiv«, wechselte Hartmann schnell die Strategie.

»Aha. Und was hast du hier zu schnüffeln?«, fragte der Typ und Hartmanns Vermutung bestätigte sich, dass der Mann ganz genau wusste, wer da vor ihm am Holz hing.

Hartmann schniefte. »Ist eigentlich nicht meine Art, so frei zu plaudern, aber die Umstände … Na ja. Ich habe eine Klientin und die hat mich beauftragt, nach einer jungen Frau zu suchen, deren Spur sich im Club verliert.«

Pause. Hartmanns Redseligkeit schien die beiden Typen zu überraschen.

»Was für eine Frau?«, knurrte der Frager mit dem schlechten Atem.

Um die Vierzig, checkte Hartmann sein Gegenüber. Deutsch, kein Akzent. Er stand genau vor Hartmann, gleiche Größe, Hartmann schätzte ihn auf 1,80.

»Eine Rumänin.«

»Wer ist deine Klientin?«

»Wie wäre es mit ein bisschen Rücksicht auf meine Berufsehre?«

Kein Hammer in den Bauch. Eine klatschende Ohrfeige ins Gesicht, diesmal vom Fragensteller persönlich. Schon besser, dachte Hartmann.

»Berufsehre? Ich kann ein bisschen Rücksicht auf deine Knochen nehmen. Wer ist deine Auftraggeberin?«

»Eine Anwältin«, knirschte Hartmann.

»Hat die Anwältin auch einen Namen?«

»Natürlich«, antwortete Hartmann.

Klatsch. Noch eine Ohrfeige.

Sehr gut, dachte Hartmann.

»Welchen, du Komiker?«

»Schäubler. Schäubler-Gmelin. Doppelname. Vorname: Frau Doktor.«

»Hier aus Düsseldorf?«

»Ja.«

»Scheck das!«, herrschte Stinkeatem seinen Kumpel an.

»Wie denn?«, fragte der.

Deutsch, dachte Hartmann, der zweite Kerl ist auch ein Deutscher. Akzent. Sehr rheinisch. Und kleiner ist er. Vielleicht 1,70, eher noch ein bisschen kürzer, der Bursche.

»Im Telefonbuch. Du hast doch ein iPhone, oder?«

»Klar, Mann!«

Hartmann räusperte sich. »Sie steht nicht im Telefonbuch. Hat 'ne Geheimnummer.«

»Die lautet wie?«

»Hab ich nicht im Kopf.«

Hartmann stöhnte. Der Kleine hatte sich diesmal die Niere ausgeguckt. Oder was immer da unten rechts rumhing. Verdammt.

»Du willst mich verarschen«, knurrte der Lange.

»Verdammt«, zischte Hartmann giftig. »Ich bin doch wohl wirklich nicht in der Situation, irgendjemanden zu verarschen, du Pfosten!«

Klatsch.

Na also. Geht doch. Hartmann war zufrieden. Nicht wirklich, aber ein bisschen. Denn mit jeder Ohrfeige hatte sich die Augenbinde ein kleines Stück weiter nach oben verschoben. Eine, schätzte Hartmann, eine würde er noch einstecken müssen, um einen Blick auf seine beiden Freunde werfen zu können. Und sich deren Gesichter merken zu können. Für später.

»Wer ist deine Auftraggeberin?«

»Frau Doktor Schäubler-Gmelin.«

Die Niere.

»Hartmann, spiel hier nicht den Helden! Wir kennen dich!«, schlug der Typ freundlichere Töne an. »Mein Kumpel ist der Meinung, dass du ein ganz brauchbarer Fußballer warst.«

»Du hast nur definitiv bei den beiden falschen Vereinen gekickt«, gluckste der Kleine.

»Wer ist deine Auftraggeberin?«, fragte der Große.

»Und wenn du mich hundertmal fragst, ich kann mir für dich keinen anderen Namen aus den Rippen schneiden.«

»Wo ist ihre Kanzlei?«

»Wir haben uns in einem Bistro auf der Königsallee getroffen.«

Der Lange seufzte.

Hartmann schniefte. »Königsallee, du weißt, das ist eine größere, ziemlich schicke Straße in der Innenstadt.«

Klatsch.

»Was ist das für eine Rumänin, die du suchst?«

»Svenja. Es geht um eine Zeugenaussage, aber die Kleine ist illegal hier in Deutschland und untergetaucht«, antwortete Hartmann und schmeckte plötzlich Blut. Der letzte Treffer hatte ihm die Lippe gespalten.

Hartmann roch, dass der Lange sich wieder ganz nah an ihn rangebeugt hatte. »Hartmann, pass jetzt ganz gut auf! Wir werden unser nettes Gespräch jetzt beenden. Du wirst jetzt zurück in dein Hotel gehen, deine Wunden lecken und dich ins Bettchen legen. Der kurze Meinungsaustausch bleibt unter uns. Aber du, du wirst deiner Frau Doktor sagen, dass du den Fall wieder abgeben möchtest, weil sich sämtliche Spuren im Nichts aufgelöst haben. Hast du das verstanden?«

Hartmann nickte.

»Gut. Sonst ist der einzige Doktor, den du brauchst, keine Anwältin, sondern eine Chirurgin. War es das rechte Knie, Hartmann, dass dir dein Gegenspieler damals kaputt getreten hat?«

Hartmann krampfte. Nicht das Knie! Nicht! Das! Knie!

»Mein Kumpel brennt geradezu darauf, nachzulegen. Du humpelst ja noch nicht mal richtig. Er würde das nur zu gerne ändern!«

»Fünfundneunzig olé«, flüsterte der Kurze und gluckste.

Hartmann nickte. »Ich hab es kapiert, Jungs.«

»Komisch, Hartmann, ich bin mir da nicht so sicher. Wie kann das nur?«

Hartmann hörte den Druckverschluss einer Tasche. Was denn jetzt? Es ratschte. Und Hartmann spürte kaltes Metall an seinem Hals. Eine Klinge! Eine scharfe Klinge wurde ihm gegen die Ader gedrückt.

»Verdammt, ich sag doch, ich hab es kapiert«, presste Hartmann hervor.

»Na, hoffentlich«, knurrte der Lange. »Mein Kumpel ist für seine schnelle Klinge bekannt. Lass die Augenbinde da, wo sie ist. Machst du Zicken, bist du tot!«

»Kapiert«, zischte Hartmann schnell.

Es zippte viermal, Hartmann rieb sich die schmerzenden Handgelenke und hatte Mühe, sich auf den Beinen zu halten. Einer der beiden drückte ihm sein Shirt in die Finger. Eine Hand packte seinen Arm, Hartmann wurde grob aus dem Zimmer in den Flur gezogen. Es ging nur wenige Schritte an eine Tür. Hartmann wurde nach draußen geschubst.

»Fünfundneunzig olé!«, lachte der Kurze und trat Hartmann mit Schwung in den Hintern, so dass dieser hart nach vorne gegen eine Betonwand stolperte.

Ein Schlüssel schepperte zu Boden. Dann fiel eine Tür ins Schloss, ein Schlüssel drehte sich kratzend im Schloss und Hartmann war allein. Langsam nahm er die Augenbinde ab und versenkte sie in der Jeanshose. Vorsichtig zog er das Shirt drüber.

»Verdammt.«

Er bückte sich nach dem Fahrzeugschlüssel, den die Kerle ihm vor die Füße geworfen hatten, und stöhnte. Seine rechte Seite schmerzte. Langsam stieg er die Betonstufen hoch. Er befand sich auf der Rückseite des *Wespennestes*. Den grauen Golf konnte er von hier aus sehen. Er schritt zügig los und stieg, ohne einen weiteren Blick auf das Gebäude zu werfen, in den Wagen.

Er hatte genug gesehen!

Leider nicht den langen Hageren. Aber den kurzen, den mit dem Messer, den hatte er unter der Augenbinde hervor erkennen können. Lange, schwarze Haare, zum Zopf gebunden. Und eine miese Assifresse, die er in hundert Jahren noch unter Tausenden wiedererkennen würde!

Wütend startete er die Kiste und gab Gas. Knirschend ließ er die Reifen durchdrehen. Für heute würde er es dabei belassen, ein paar weiße Kieselsteinchen durcheinanderzubringen.

Bevor er auf den Kikweg abbog, warf er doch noch einen letzten Blick zurück in den Rückspiegel auf das Nest mit der gelb blinkenden Leuchtreklame. Hartmann wischte sich ein rotes Blutfädchen von der Lippe.

»Wartet ab, Sportsfreunde! Man sieht sich immer zweimal«, zischte er.

* * *

Als er sechs Minuten später in die Lobby des Hotels humpelte, schreckte der in einen Schmöker vertiefte Markus hinterm Tresen entsetzt hoch.

»Christian, du blutest an der Lippe.«

Hartmann deutete mit dem Daumen Richtung *Wespennest*. »Black Party Spezial. Rauer Schuppen.« An seinen Handgelenken befanden sich noch die schwarzen Klebestreifen.

»Ach so«, stammelte Markus und wurde tatsächlich ein bisschen rot.

»Auch schon mal da gewesen?«, fragte Hartmann.

»Nein. Noch nie! Muss man Clubmitglied sein. Bin ich nicht.«

Hartmann strich sich durchs Haar. »Ist Resi schon zurück?«

»Vor einer halben Stunde. Sie ist aber auch schon wieder weg. Mit einem Koffer. Hat sie was gesagt? Ich meine, sie hat morgen Frühdienst.«

Hartmann zuckte vorsichtig, scheinbar ratlos mit den Schultern und glaubte nicht, dass Resi zur Frühschicht auf der Matte stehen würde, um Kaffee zu servieren. Das Letzte, was sie serviert hatte, das war er, Hartmann, selbst und persönlich. Auf dem Präsentierteller hatte sie ihn serviert. »Hat sich eigentlich jemand nach mir erkundigt?«

»Nein, bisher noch nicht.«

»Sehr gut. Bis morgen, Markus«, tippte Hartmann sich an die Stirn und kroch die Stufen hoch.

In den Fluren bis zu seinem Zimmer traf er niemanden, das Hotel schien menschenleer. »Gut«, knurrte Hartmann, glitt ins Zimmer, fischte den Spezialschlüsselsatz aus der Jacke, schob ihn in die Jeans und verließ das Zimmer wieder.

Das Türschloss ihres Zimmerchens war blitzschnell geknackt. Hartmann glitt hinein und schaltete das Licht ein. Resis schweres Parfüm hing in der Luft.

Er öffnete den Kleiderschrank und zog stichprobenartig ein paar Schubladen auf. Das Zimmer bot ihm zwei offensichtliche Informationen. Resi aus Pfronten war mit Sack und Pack ausgezogen. Und obwohl sie erst vor einer halben Stunde das Hotel verlassen hatte, deutete alles darauf hin, dass sie es geordnet und organisiert gemacht hatte.

Hartmann schnaufte.

Schon als sie ins *Wespennest* aufbrachen, wusste sie, dass sie nur noch zurückkommen würde, um ihren gepackten Koffer abzuholen. Ein verfluchtes, abgekartetes Spiel. Die Nummer am Holzkreuz hatte sie sich als persönliche Zugabe gegönnt. Hartmann hätte am liebsten eine Faust in irgendein Möbelstück gehämmert, er fühlte sich aber so was von benutzt.

»Diese kleine Ratte!«

Blieb eine weitere Frage zu klären, nämlich wer es war, der ihr diesen Batzen Schotter, den Judaslohn, geboten hatte. Wer war dieser *er*?

Hartmann schniefte. Hier im Zimmer hatte er nichts mehr verloren. Mit Hilfe seiner kleinen Türschlossfreunde wechselte Hartmann nach nebenan.

Es war sicher ein bisschen Wut dabei, das mochte Hartmann gerne einräumen, aber hier war eine deutliche Demonstration fällig. Die Typen hatten ihn einschüchtern wollen? Na, dann würde er ihnen jetzt mal direkt zeigen, wie gut das geklappt hatte!

Hartmann knipste das Licht an und packte sich den Feldstecher vom Fenstersims. Dann öffnete er die Tür zum Balkon und trat hinaus. Breitbeinig stellte er sich hin und legte das Glas an die Augen. Das *Wespennest* leuchtete immer noch gelb.

Ansonsten war es Nacht. Hartmann sah so gut wie nichts.

Aber darauf kam es nicht an! Sie. Sie würden ihn sehen. Ihn so sehen, wie sie Svenja gesehen hatten. Und er, Hartmann, sah das Gleiche, was Svenja gesehen hatte.

Das war die Botschaft! Eine Kampfansage!

»Kommt doch her«, flüsterte Hartmann und hätte es am liebsten laut geschrien.

Da! Hartmann hielt inne und kniff die Augen zusammen. Im Halbdunkel der lauwarmen Nacht hatte irgendwas aufgeblinkt. Weiter drüben? Hartmann schwenkte nach links und hatte das kleine Häuschen mit der Spielecke im Garten im Visier. Erkennen konnte er nichts.

Den Schatten hatte er nicht kommen sehen. Schwarz fauchte er um Haaresbreite an Hartmann vorbei. Der duckte sich. Das Glas fiel ihm aus den Fingen. Der Schatten war keiner, sondern aus Fleisch und Blut. Hartmann blickte in das weit aufgerissene, gelbe Augenpaar einer schwarzen Katze, die ihn giftig anjaulte und dann fauchend über die Dachgaube wieder in die Nacht verschwand.

Hartmann blickte ihr nach und war froh, Luft holen zu können. Er sammelte das Fernglas vom Boden und spürte, wie sein Herzschlag sich wieder normalisierte. Genug gebotschaftet, genug Kampfansage!

Hartmann verzog sich nach drinnen, stellte das Glas zurück, zog leise hinter sich die Tür zu und verschloss sie. Dann schlich er, von den gerahmten Ahnen misstrauisch beäugt, durch die menschenleeren Flure zurück in sein Zimmer. Die Tür verschloss er, und eine der beiden Kommoden wuchtete er als zusätzliche Sicherung vor die Tür.

Hartmann knibbelte die schwarzen Klebstreifen von den Gelenken und verabschiedete sich dabei gleich streifenweise von kleinen Härchen. Schnell sprang er unter die Dusche. Ins Bett schlüpfte er nicht allein.

»Du bleibst ab jetzt immer bei mir«, flüsterte er seiner Waffe zu und schob sie unter sein Kopfkissen.

Hartmann glitt seufzend in die weichen Federn und wusste, dass er sich vor dem Einschlafen noch eine Frage zu stellen hatte. Warum? Warum hatten ihn die Kerle nicht um die Ecke gebracht? So wie die Sache stand, hatten sie Svenja ermordet. Zimperlich waren sie nicht, die Gelegenheit war günstig gewesen.

Hartmann schniefte. Okay, gut, dass sie es nicht getan hatten, aber …

»Warum lebe ich noch?«

Die Antwort bekam er nicht richtig zu packen. Er überschlug kurz die schmerzenden Stellen. Locker zweistellig. Er hätte den Kopf geschüttelt, aber der dröhnte warnend, also ließ er es.

Bevor er dann doch unerwartet schnell einschlief, fiel ihm noch auf, dass das seltsame, ungleiche Pärchen gar nicht im Club gewesen war.

6. Tag

Hartmann wachte auf und hatte Fragen. Nach der Rasur, unter der Brause und während der Zahnpflege gelang es ihm, einige von ihnen fast befriedigend zu beantworteten. Andere nicht. Aber er hatte eine Idee, wer ihm hier und da auf die Sprünge helfen könnte.

So richtig angekommen war man im Milieu, wenn es einem Namen gab. Ellers Karl, dem Schwering seine Jungs, der Rote Heinz. Oder Knacki Deuser. Für Fragen zur Düsseldorfer Rotlichtszene hatte Hartmann einen kompetenten Ansprechpartner. Huren-Heinz. Schillernd, eloquent, intellektuell-künstlerisch immer über den Tellerrand blickend, wobei zugegebenermaßen sein Teller nicht der allergrößte war.

Hartmanns Informationsbedarf führte ihn deshalb jetzt auf Düsseldorfs vornehme Prachtmeile, denn dort in einem schicken, mediterranen Bistro auf der Königsallee Ecke Steinstraße pflegte der Mann sich aufzuhalten, dem Hartmann ein paar Fragen stellen wollte. Stellen *musste*. Huren-Heinz, die knallharte Düsseldorfer Rotlichtgröße, war menschlich nicht unbedingt Hartmanns Fall, aber er war immer gut informiert und kannte sich aus. Hartmann hatte seine Dienste bereits mehrmals in Anspruch genommen und irgendwann – das war klar wie russischer Wodka – würde Heinz ihm feist grinsend die fette Rechnung präsentieren.

Obacht, Hartmann!

Er betrat das Bistro und entdeckte Huren-Heinz ganz hinten an einem Tisch beim späten Frühstück. Das weiße Rüschenhemd stand weit offen und legte eine breite, dunkel behaarte Brust mit zierender Goldkette frei. Eine teure Rolex am Handgelenk glänzte mit mehreren Ringen um die Wette.

Ein weiteres Schmuckstück saß links neben ihm. Eine Blondine, die bei *Germany's Next Top Model* wahrscheinlich unter die ersten drei gekommen wäre. Jetzt hatte Huren-Heinz sie bei den hübschen Beinen und sie würde *ganz sicher* unter die ersten drei kommen. Aber ganz anders …

»Hartmann, alter Kicker«, grüßte ihn Heinz mit knallender Stimme und deutete mit einer seiner behaarten Pranken ihm gegenüber auf einen Stuhl. »Setz dich, Junge! Wie siehst du denn wieder aus? Hast du wieder Prügel bekommen?«

»Ein Benefizfußballspiel. Zugunsten einer Kampagne gegen die Ausbeutung von Bergarbeiterkindern in Laos.«

»Ach?«

»Ging richtig zur Sache. Prominentenfußball. Ist kein lahmer Kick wie Zweite Bundesliga. Habe zwei Bälle mitten ins Gesicht bekommen. Kerl, hat der Manni Burgsmüller noch einen Schuss. Kannste dir übermorgen im Fernsehen angucken. Komplett mit Hintergrundreportage. Läuft auf ARTE.«

Heinz rümpfte die Nase. »ARTE ist nicht so mein Sender.«

»Ist nicht jedermanns Sache«, räumte Hartmann ein.

»Aber soziales Engagement ist sehr wichtig«, pflichtete Huren-Heinz ihm bei und meinte wahrscheinlich, dass er die Preise in seinen Puffs seit ein paar Jahren stabil hielt. »Gut, dass du da bist. Da fällt mir gleich eine Frage ein.«

»Soll ich meine zuerst stellen?«, kam ihm Hartmann nassforsch zuvor.

Huren-Heinz verzog das Gesicht. Er war nicht gewohnt, dass ein anderer den Takt vorgab. Schließlich entschied er sich, scheppernd zu lachen.

»Du bist gut, Hartmann. Immer frisch ran an den Speck. Genau mein Motto. Aber erst möchte ich dir meine zauberhafte Begleitung vorstellen. Christian Hartmann. Lisa Love.«

»Angenehm«, grüßte Hartmann die blondhaarige Schönheit im weißen Einteiler, die ihn an diese Fernsehmoderatorin erinnerte, die bei einem Privatsender spät abends eine Clipshow moderierte.

»Hallo«, grüßte Lisa mit interessiertem Augenaufschlag.

»Ist ein alter Fußballerfreund von mir, der jetzt als Privatdetektiv arbeitet«, erklärte Huren-Heinz und winkte einer Kellnerin zu, dass sie Kaffee bringen möge.

»Spannend«, hauchte Lisa Love in einer Stimmlage, die sofort jugendliche Röte in Hartmanns Wangen schießen ließ.

»Hartmann, ich hab mir schon gedacht, dass du nicht einfach so auf ein schnelles Hallo reinspringst, sondern wieder irgendwas willst. Aber stell mal deine Fragen.«

Hartmann grinste eine entschuldigende Geste. »Ich frag mich, ob die ganzen Sex-, Pärchen-, Swinger- und Was-weiß-ich-Clubs mit Videokameras überwacht sind.«

Huren-Heinz lachte hohl. »Sind sie.«

»Überall? Jedes Zimmer?«

»Du lässt keinen Spritzer, ohne dass das festgehalten wird. Darauf kannst du einen lassen!«

Hartmann nickte. Hatte er sich gedacht. »Du kennst doch bestimmt das *Wespennest*. Ist so ein Laden am Unterbacher See.«

»Kikweg. Kenn ich. Geiler Laden. Härtere Gangart. Hatte ich selbst mal ein Auge drauf geworfen«, erklärte Huren-Heinz interessiert.

»Gibt es dort auch Kameras?«

»Mit Sicherheit. Kameras sind übrigens ein gutes Thema. Lisa macht nämlich Filme.«

»Aha«, sah Hartmann sich bestätigt. Von wegen, unter den ersten drei …

»Filme, Hartmann. Da bin ich jetzt ganz groß beim Einsteigen. Saubere Pornos. Nichts Billiges. Mit Handlung! Also, nicht zu viel, das verwirrt nur. Alles im Rahmen. Aber ein freundliches Hallo am Anfang, wie geht es dir und am Ende ein niveauvolles Tschüss, das muss sein. Da hab ich einen Anspruch!«

Hartmann knipste Lisa ein Auge. Lisa lachte und ruckelte ein wenig am Einteiler, um ihre beiden Ansprüche besser in Szene zu setzen. Eine Kellnerin mit weißer Bluse und schwarzer Fliege stellte schweigend ein Kaffeegedeck vor Hartmann ab.

Huren-Heinz beugte sich über den Tisch. »Wo ich dich da jetzt so sehe … Das wäre doch auch was für dich, Hartmann!«

»Was? Anspruch?«

»Ein Pornofilm.«

Hartmann schluckte. »Ich hab mal welche gesehen, ist nicht mein Ding.«

Heinz lachte. »Nicht sehen. Einen machen. Mitspielen!«

Hartmann blinzelte. Lisa, die klirrend einen Löffel durch ihren Kakao drehte, hielt in der Bewegung inne und blickte erwartungsfroh.

»Äh … Da bin ich eher ungeeignet.«

»Da hab ich was anderes gehört«, behauptete Heinz. »Du hast doch soooo ein Teil!«

Hartmann wurde rot. Lisa blickte jetzt sehr erwartungsfroh.

»Wer behauptet denn so was?«

»Der eine und der andere. Männer nach dem Fußballspiel, unter der Dusche. Da wird schon mal genauer hingeguckt und verglichen. Man sagt, du bist prächtig ausgestattet.«

Hartmann nippte am Kaffee. »Äh … Also.«

Heinz nickte. »Du siehst auch gut genug aus. Ich meine, du musst natürlich aufpassen. Also, bei deinen Benefizspielen.

Dass du nicht so verschrammt daherkommst. Aber sonst kommst du bestimmt gut rüber.«

Lisa nickte. »Könnte ich mir gut vorstellen.«

»Danke«, hauchte Hartmann kurzatmig.

Huren-Heinz nickte energisch. »Die langen Haare sind ja fast schon wieder modern. Dein Körper ist auch so weit gut und du hast natürlich den Promifaktor. Der Fußballer als Pornostar. Das reißt ganz neue Käuferschichten auf. Hartmanns Lieblingsbälle, was Lisa?«

Lisa schüttelte, was gemeint war.

Hartmann nippte noch mal hastig am Kaffee. »Also, was ich da fragen wollte, wegen dem *Wespennest*. Wenn es da Kameras gibt, dann muss da doch einer sitzen, der auch guckt, ob was passiert.«

»Natürlich. Sonst macht es ja keinen Sinn«, entgegnete Huren-Heinz mit dem nachsichtigen Unterton für Doofe in der Stimme.

»Ja. Ich müsste wissen, so ganz unter uns, wer da im *Wespennest* gestern Abend so gegen 22.30 Uhr hinter der Kamera gesessen hat.«

»Hast du etwa schon ein Filmchen gedreht?«, lachte Heinz und schlug krachend eine Hand auf den Schenkel. »Du alter Schwerenöter!«

Hartmann versuchte sich zu konzentrieren. »Den Mann müsste ich mal sprechen.«

Huren-Heinz schob eine Brötchenhälfte zwischen die Zähne. Lisa leckte ihr Kakaolöffelchen ab. Gründlich. Hartmann merkte, dass seine Handflächen feucht wurden.

»Wie meinst du das, ihn mal sprechen?« Huren-Heinz schlug seine rechte Faust in die linke Handfläche. »So richtig?«

»Nein«, beeilte Hartmann sich hastig.

Kommunikation hatte bei Huren-Heinz immer viel mit chirurgischer Ambulanz zu tun.

»Ich möchte ihn nur mit ein paar Fragen überrumpeln. Auf die Schnelle. Er darf vorher nicht ahnen, dass ich mich für ihn interessiere. Ich möchte ihn am besten nach der Schicht überraschen.«

»Du willst ihn überraschen? Überraschen ist gut. Was Lisa, wie deine Szene im letzten Film, als dein Mann dich mit den beiden Klempnern überrascht hat. Mann, war das irre! Und wie tolerant der reagiert hat.«

»Ja, genau«, summte Lisa.

Konnte Hartmann sich vorstellen.

Heinz räusperte sich. »Kann ich machen, Hartmann. Kann ich. Ich kann immer, Ha. Und wie ist das bei dir?«

Lisa blickte neugierig.

»Was wird denn so erzählt? Nach der Dusche, unter Männern?«, fragte Hartmann genervt.

»Weiß nicht. Aber werden wir ja hoffentlich bald erleben. Stimmt die Kohle noch bei dir? Kann man eine Menge bei verdienen, beim Film, was Lisa?«

Lisa nickte. »Ja. Das stimmt. Ich hab mein zweites Staatsexamen ganz gut bestanden und hatte eine Stelle bei der Staatsanwaltschaft in Aussicht. Aber mehr Kohle mache ich jetzt.«

Hartmann blinzelte irritiert. Zweites Staatsexamen? Oha, da hatte er Lisa Love aber in die ganz falsche Schublade einsortiert.

»Ja«, fuhr sie fort. »Und im Grunde hat man es bei der Staatsanwaltschaft doch nur mit Gaunern und Verbrechern zu tun. Im Erotikgewerbe gibt es eindeutig die netteren Typen.« Das Filmsternchen blickte ihm jetzt direkt in die Augen. »Hat Lisa Love dich jetzt überrascht?«

»Ich hab mir schon gedacht, dass Lisa Love nicht dein richtiger Name ist«, wich Hartmann aus und grinste.

»Na, na, na, na«, frohlockte Huren-Heinz. »Da merke ich doch, wie die Chemie zwischen euch beiden stimmt. Das kommt auch im Film voll gut rüber.«

»Ich interessiere mich auch für Fußball«, zwinkerte Lisa.

»Da! Siehste, Hartmann! Bist du dabei?«

»Ich muss erst den Fall zu Ende bringen.«

»Kein Thema! Solange kann ich warten.«

Hartmann schluckte. »Ich meinte, dass ich …«

»Ich brauche sowieso zwei bis drei Tage, um ein erstklassiges Drehbuch zu schreiben. Das ist alles komplizierter, als man denkt. Aber das wird eine riesige Sache. Bumsen in der Bundesliga! Strafstoß am G-Punkt, Foul beim Fummeln! Die Manndeckerin. Tore, Punkte, Doppelstich! Herrlich!«

»Heinz …«

»Super, dass du dabei bist, Hartmann!«

»Find ich auch«, grinste die Frau mit dem Zweiten Staatsexamen frech.

Hartmann fehlten die Worte.

Huren-Heinz biss noch mal kräftig ins Brötchen und hustete kleine Krümelchen beim Sprechen. »Ich bring den Namen in Erfahrung. Ich will ja, dass du schnell mit deinem Fall fertig bist, damit wir mit dem Dreh anfangen können. Dein Kaffee geht auf mich.«

»Prima«, flüsterte Hartmann.

»Kennst du meinen Boxclub auf der Vulkanstraße? Gut. Da treffen wir uns heute Abend gegen neun!«

Hartmann stand auf.

»Ich freu mich«, hauchte Lisa Love.

»Tja«, sagte Hartmann.

* * *

Die Reifen des Golf krallten sich giftig in den unbefestigten Grund vor dem Hotel *Zur Linde*. Hartmann stieg schwungvoll aus, hielt sich die pochende Seite und schlenderte etwas vorsichtiger gen Eingang.

»Nicht übertreiben!«

Vor dem Eingang stand ein dunkelgrauer Audi A 6 mit Stuttgarter Kennzeichen und geöffneter Kofferraumhaube. Dem Kofferraum entnahm die Frau, die aussah wie Iris Berben, mit ausdruckslosem Blick schwungvoll einen gelben 10-Liter-Reservekanister, um im Heck der Limousine Platz für zwei riesige Koffer zu schaffen, die ihr Begleiter jetzt ächzend mit rotem Kopf hineinwuchtete.

Hartmann ging ins Hotel und sah, dass die unentspannte Dame aus dem Schwimmbad mit den aristokratischen Wangenknochen am Empfangstresen den Schreibkram erledigte. Heute schien großer Abreisetag zu sein.

»Ich hoffe, der Aufenthalt in unserem Haus hat Ihnen gefallen?«, erkundigte sich eine Hotelangestellte höflich.

»Überhaupt nicht«, murmelte die Schwimmerin.

Hartmann ging schnell hinter ihr vorbei, wurde aber plötzlich aufgehalten.

»Herr Hartmann?«

Die Stimme ließ ihn blitzschnell herumfahren.

»Herr Hartmann? Wenn Sie bitte eben zu mir ins Büro kommen würden?« In dem hochgewachsener Mann von Mitte dreißig im dezenten, braunen Zweireiher erkannte Hartmann den Hotelmanager.

Hartmann folgte mit gerunzelter Stirn. »Ja, bitte?«

Im Büro räusperte sich der Manager dezent. »Herr Hartmann, mein Name ist Karsten van den Bergh, ich bin der

Geschäftsführer des Hotels. Mir wurde zugetragen, dass Sie gestern Abend mit einer meiner Angestellten ein Etablissement ganz in der Nähe aufgesucht haben. Ihnen steht es natürlich frei, ein solches Haus aufzusuchen, aber unsere Angestellten haben ganz klare Anweisungen.«

»Äh, ja …«

»Die Dame hat gestern ihren Dienst quittiert, was wir sehr bedauern, aber nicht weiter hinterfragen wollen. Gleichwohl bleibt da ein Überhang, den wir hier im Hotel so lösen möchten, dass ich Sie bitte, auszuziehen.«

»Ausziehen?«, fragte Hartmann.

»Genau. Ich möchte gar nicht wissen, was im Detail vorgefallen ist, aber ich möchte nicht auf weitere Angestellte des Hotels verzichten.«

»Das ist natürlich Unsinn«, protestierte Hartmann.

»So mögen Sie das sehen. Gleichwohl meine Bitte, zügig unser Hotel zu verlassen.«

Hartmann blickte seinem Gegenüber fest in die Augen. Der rieb seine Hände und fühlte sich offensichtlich nicht wohl in seiner Haut.

»Sie sind der Hotelmanager?«, fragte Hartmann.

»Genau genommen bin ich ein bisschen mehr als nur das.«

Hartmann nickte. Zwar hatte er den Mann schon mehrmals gesehen, beim Einchecken, im Frühstückssaal, aber in seiner Gegenwart hatte der Mann noch nicht gesprochen. Also, nicht in seiner unmittelbaren Gegenwart. Gleichwohl erkannte er die Stimme, die er sofort einordnen konnte, denn die Stimme hatte er schon einmal gehört. Es war die Stimme des Mannes, der vorgestern unter Svenjas Balkon telefoniert und sich um ein Problem zu kümmern hatte. Was er offensichtlich jetzt wohl tat.

Hartmann klatschte in die Hände. »Na, dann werde ich mich mal beeilen.«

»Das ist nett«, erklärte der Mann, aber da war Hartmann schon auf der Treppe auf dem Weg nach oben.

Soso. Da war seine Anwesenheit im Hotel also unerwünscht. Auf einmal? Da glaubten die beiden Schläger gestern im *Wespennest* offensichtlich erfahren zu haben, was sie meinten, wissen zu müssen.

Interessant.

Noch interessanter und aufschlussreicher war jetzt natürlich, was sie nicht erfahren hatten, denn offensichtlich war *das dann* die richtige Spur!

Hartmann grinste und war sich außerdem sicher, dass der feiste Hotelmanager derjenige war, der Resi einen fetten Batzen Schotter für die erotische Locknummer geboten und ausgezahlt hatte.

»Na warte!«

Schnell klaubte Hartmann seine Klamotten zusammen. Der Manager würde sicher unten auf ihn warten und ihm vielleicht fünfzehn Minuten zum Packen geben. Fünfzehn Minuten. Die wollten genutzt sein.

In weniger als vier Minuten waren Hartmanns wenige Sachen in die Reisetasche gestopft.

Schnell huschte er in den Flur. Ein Blick nach links, einer nach rechts, die Luft war rein. Hartmann eilte den Flur entlang Richtung Turmzimmer und hastete die Treppe hoch. Er wollte noch einen schnellen, letzten Blick in Svenjas Zimmer werfen, das Ganze bei vernünftigem Tageslicht. Er schob knirschend sein Schlüsseldings ins Schloss, schlüpfte ins Engelchenzimmer und ließ den Blick kreisen.

Er rief sich die Überlegungen der vergangenen Nacht in Erinnerung. Hatte er etwas übersehen? War er auf der falschen Spur? Welche war dann die richtige?

Hartmann führte das Fernglas vor die Augen. Schnell fand

er das *Wespennest*, das scheinbar unschuldig mitten im Eller Forst ruhte. Ein schwerer Getränketransporter stand am Hintereingang, zwei Männer in blauen Overalls rollten Bierfässer von der Ladefläche. Ein Mann beaufsichtigte das Ganze mit in die Hüfte gestemmten Händen. Der Messerheinz war es nicht, sein Partner wahrscheinlich auch nicht, den stellte Hartmann sich hagerer vor.

Er seufzte. Das Fernglas glitt den Kikweg entlang weiter nach links. Das kleine Knusperhäuschen. Er konnte in den Garten sehen. Wieder spielte ein Kind an der Schaukel. Ein Junge. Und wieder wurde das Kind beaufsichtigt.

Hartmann stutzte.

Der Mann, also, da war er sich fast sicher, das war nicht der gleiche, wie beim letzten Mal. Auch wenn er dessen Gesicht nicht wirklich erkennen konnte. Aber … Moment. Und hatte da nicht ein Mädchen auf der Schaukel geschaukelt?

Ein Mädchen im gleichen Alter …

Zwei Kinder? Beide um die drei? Wie passte das denn?

Vielleicht war das Duo dort nur zu Besuch?

Hartmann spürte ein Kribbeln in den Fingern, setzte das Fernglas ab und überlegte. Aber würden die alleine im Garten spielen? Er legte das Gerät noch mal an. Ein Mann, ein Junge. Spielen im Garten.

Sein Blick strich über das kleine Häuschen. Und mit einem Mal wurde ihm bewusst, dass man nur von hier aus, hier aus diesem kleinen Fenster heraus, in den Garten hineinsehen konnte, denn eine hohe, dichte Hecke schirmte das kleine Gärtchen gegen neugierige Blicke ab. Okay, dafür waren Hecken da, aber in diesem Fall?

Hartmann hielt inne. Hatte da was geknarrt? Draußen auf der Treppe? Er fuhr herum. Ja! Da kam jemand die Treppe hoch!

Blitzschnell stellte Hartmann das Fernglas wieder auf die Fensterbank, hastete an die Tür und zog sie hinter sich zu. Keine Sekunde zu früh. Der Hotelbesitzer hatte ihm keine fünfzehn Minuten gegeben und erschien in diesem Moment um die Ecke.

»Was machen Sie hier?«, keifte er verärgert mit hochrotem Kopf.

Hartmann deutete auf die Tür mit dem Teufelchen. »Ich wollte nachsehen, ob Resi wirklich weg ist. Ist sie. Und ob sie vielleicht eine Nachricht an der Tür für mich hinterlassen hat. Das ist schon ein wenig enttäuschend.«

»Wie, enttäuschend?«, fragte van den Bergh misstrauisch.

»Man sagt, ich sei recht gut ausgestattet«, behauptete Hartmann und drückte sich am verdutzten Hotelmanager vorbei die Treppe runter nach unten.

Er schnappte sich seine Tasche, warf die Tür hinter sich ins Schloss und lehnte sich in der Lobby angekommen an den Tresen.

»Ich würde gerne auschecken«, erklärte er. »Was habe ich zu zahlen?«

Der Mann auf der anderen Seite sagte es ihm. Es war nicht Markus. Schön, dann würde er den Leihwagen noch einen Tag lang behalten können.

Hartmanns Blick fiel auf die rote, englische Telefonzelle. »Das Telefon dort, funktioniert das?«

»Aber sicher.«

»Dann würde ich noch schnell zwei Anrufe tätigen, geht das?«

Auch das ging!

Hartmann huschte fix in die Zelle, friemelte einen fast vergessenen Zettel aus seiner Tasche und führte ein schnelles Gespräch, um sich ganz, ganz kurzfristig etwas auszuleihen.

Das zweite Gespräch eröffnete er mit einer Frage. »Ich bin es, Hartmann. Wie viele Fernseher hast du noch, Angie?«

»Vier.«

»Nehme ich alle«, sagte Hartmann, erklärte warum und hängte ein.

Als er draußen auf dem Parkplatz des Hotels seine Reisetasche in den Golf warf, meinte er einen bohrenden Blick im Nacken zu spüren. Er drehte sich um, strich die Fenster des Hotels ab, konnte aber niemanden erkennen.

Vielleicht hatte der umtriebige Besitzer des Hotels an Engelchens Zimmertür geruckelt und festgestellt, dass Hartmann sie schon wieder nicht hatte abschließen, sondern nur schnell zuziehen können.

»Sei es drum«, frohlockte Hartmann.

Es sollten ja ruhig alle wissen, dass mit ihm noch zu rechnen war. Hartmann stieg in den VW und gab Gas.

* * *

Lena Trostic bog mit ihrem VW-Bus ab und rumpelte über die huggelige Auffahrt. Bei dem Geruckel war ernsthaft zu befürchten, dass sich das Werbeschild der *Gebäude- und Fassadenreinigung B & K Große GmbH* vom Fahrzeugdach lösen und scheppernd verabschieden würde.

»Komische Idee«, murmelte sie ein weiteres Mal.

Ihr Beifahrer zuppelte seinen dunkelblauen Gummilatz zurecht. Komische Ideen sind manchmal die besten. Okay, manchmal auch nicht. Aber Hartmann fand, dass er im von Lena geliehenen Outfit einen ganz passablen Fensterputzer abgab. Dass Lena ihn mit einem Originalwagen der Firma vorfuhr, sollte auch die letzten Zweifler überzeugen. Klasse Plan!

Der Wagen erreichte das kleine Häuschen, und Hartmann deutete auf einen unbefestigten Seitenstreifen. »Da kannst du parken.«

Der hohe Bus stand hinter einer dünnen Sträucherreihe. Vom Haus aus war einerseits das hohe Werbeschild der Firma zu erkennen und andererseits blieb das Kennzeichen des Fahrzeugs verdeckt, was eventuelle, für Lena unangenehme Fragen vermeiden würde.

»Perfekt.«

»Soll ich mitkommen?«, fragte Lena.

Gar keine schlechte Idee. Lena könnte schwungvoll und professionell ein paar Wischer platzieren, was noch authentischer wirken würde.

Aber nein, Hartmann entschied sich dagegen. »Lass mal. Ich möchte dich nirgendwo mit reinziehen. Du wartest, ich sollte nur ein paar Minuten weg bleiben.«

»Okay. Obwohl ich schon ein wenig neugierig bin«, grinste Lena.

Hartmann grinste zurück und stieg aus. Er ging ums Fahrzeug herum, zog die Seitentüre auf und schnappte sich einen der Eimer mit Wischgarnitur. Er ruckelte die blaue Schirmmütze mit dem weißen Firmenlogo gerade, warf scheppernd die Tür wieder zu und watschelte in zu großen, gelben Gummistiefeln zügig über eine mit Gehwegplatten ausgelegte Auffahrt zum Häuschen. An der Tür angekommen, stellte er den Eimer ab und reckte sich.

Neben der Tür befand sich das Klingelbrett.

»*Hasenkemper*«, las Hartmann auf einem braunen Streifen Pflaster, das über den ursprünglichen Namen geklebt war. Hartmann lüftete es an einer Seite neugierig und las, dass das Häuschen zuvor trautes Heim der Familie *U. Höhn* gewesen war. Schnell drückte er das Pflaster wieder fest, ohne die

Klingel zu betätigen. Stattdessen entnahm er dem Eimer seine Wischutensilien und breitete sich an der Gebäudefront großflächig aus.

Erst dann betätigte er die Klingel. Einmal. Zweimal. Und dreimal.

Auf der anderen Seite näherten sich schlurfende Schritte, ein Schlüssel wurde durchs Türschloss geratscht, und die Haustür öffnete sich vorsichtig einen Spaltbreit. Hinter einer rahmenlosen Lesebrille blinzelte ein kleines, schüchternes Augenpaar.

»Morgen. Da bin ich«, stellte Hartmann sich vor.

Die Tür wurde einen kleinen Spalt weiter geöffnet. »Bitteschön?«

»Ich bin es. Pünktlich wie meine Kollegen, die Maurer.«

Mit sorgenvoll gerunzelter Stirn trat ihm ein etwa vierzigjähriger Mann entgegen. Über einem pastellfarbenen, grünen Hemd mit langen Ärmeln trug er einen grauen Pullunder, der vielleicht eine Nummer zu klein war und im Bauchbereich spannte. Sein glatt rasiertes Kinn stand leicht vor, die Stirn war hoch und zusammen mit den vollen, wulstigen Lippen erinnerte die unglückliche Physiognomie des Mannes ein wenig an die Osterinseln.

»Ja?«

»Fassaden- und Gebäudereinigung Große.«

»Fensterputzer? Was möchten Sie hier?«

Hartmann zog die Blödmannsmaske über. »Fenster putzen.«

Der Mann öffnete die Türe ganz. »Hier müssen keine Fenster geputzt werden.«

Hartmann trat zwei Schritte zur Seite ans Fenster links und verzog sein Gesicht. »So haben wir aber nicht gewettet, Sportsfreund. Die Fenstersimse innen sollten alle frei geräumt sein. Ich sehe Blumentöpfe. Soll etwa *ich* die wegräumen? Das geht dann aber alles auf die Zeit drauf.«

»Äh, die Fenster sollen nicht gewischt werden.«

»Nötig haben die es aber schon.«

»Nein, nein. Die Fenster sind sauber genug. Bitte gehen Sie!«

»Wie jetzt?«

»Na ja, weggehen«, wiederholte der Mann und rang angespannt seine Hände.

Hartmann schüttelte den Kopf. »Moment, Moment. Da muss ein Missverständnis vorliegen. Hier ist doch der Kikweg 111?«

»Ja, schon.«

»Ich habe einen Auftrag.«

»Was für einen Auftrag?«

Hartmann kramte in der vorderen Tasche seiner Latzhose. »Hab ich hier irgendwo. Fenster, Rahmen, Sims. Innen und außen. Fensterbänke innen und außen sind geräumt. Haben wir heute den Sechsten?«

Der Mann wechselte unbeholfen das Standbein. »Heute ist der Sechste, ja, aber es gibt keinen Auftrag.« Er setzte an, die Tür zu schließen.

»Vielleicht sollten wir die Dame des Hauses hinzuziehen«, schlug Hartmann vor. »Vielleicht hat sie ja ohne Ihnen Bescheid zu sagen den Reinigungsservice bestellt. Das machen viele Frauen. Fensterputzen ist nicht jederfraus Sache.« Hartmann knipste ein Auge.

Der Osterinselmann blieb unbeeindruckt. »Das schließe ich aus.«

»Ich bin nämlich nicht billig«, fügte Hartmann verwegen hinzu.

Hinter der Brille blinzelte es heftig. »Darf ich den Auftrag mal sehen?«

»Natürlich.« Hartmann beugte sich verschwörerisch nach vorne. »Möglicherweise … ich meine, es gibt ja auch diese Spezialdienste, von denen der Ehemann nichts wissen darf.«

»Ich verstehe nicht?«

»Manche meiner Kollegen putzen die Fenster nackt«, flüsterte Hartmann.

»Ach?«

»Ja. Wird oft nachgefragt. Und für einen Hunni extra würde ich mich auch nicht zieren«, bot Hartmann sich mit lockend hochgezogenen Augenbrauen an.

Der Mann atmete heftig ein und aus. »Darf ich den Auftrag jetzt bitte wirklich mal sehen?«

»Natürlich. Wir sollten das auf jeden Fall abklären. Meine Mitarbeiterin hat mit der Dame des Hauses telefoniert.«

»Hier gibt es keine Dame des Hauses.«

»Nicht?«, fragte Hartmann und war ehrlich überrascht.

»Nein.«

»Das wundert mich jetzt aber. Sie leben hier allein?«

Statt einer Antwort, wurde die Tür zugezogen. Hartmann schoss eine Fußspitze zwischen Tür und Rahmen. Schnell wie ein Staubsaugervertreter. »Moment!«

Das Gesicht des Hausmanns mit dem Pazifikinselgesicht verfärbte sich rötlich und wechselte von der Mimik her in den Ärgermodus. Nervös knetete er seine fleischigen Finger. »Also bitte! Was soll das?«

Hartmann pumpte Luft in den Brustkorb. »Ich habe einen Auftrag. Ich juckle doch nicht aus Essen-Borbeck bis hierhin und lass mich dann trocken abfurzen.« Hartmann deutete hinter sich auf das Fahrzeug der Reinigungsfirma mit der großen Werbeaufschrift. »Geschissen, der Herr! Das ist meine Zeit, das sind meine Spritkosten. Ich krieg jetzt zumindest mal eine Unterschrift, dass ich hier gewesen bin. Den Rest macht mein Chef!«

Der Mann reckte sich, nahm zunächst das Firmenfahrzeug kontrollierend zur Kenntnis, stemmte dann aber energisch seine Hände in die Hüften und erinnerte nunmehr an einen trotzigen Erdkundelehrer, dessen grenzdebiler Schüler an der großen Weltkarte stand und Johannisburg im Norden Thüringens vermutete. »Ich unterschreibe an der Türe grundsätzlich gar nichts. Nehmen Sie sofort den Schuh aus dem Rahmen!«

Hartmann fischte einen Zettel aus der Hose. »Moment, Herr Präsident. Hier ist der Auftrag. Erteilt von Frau Ursula Höhn, Kikweg 111.«

Der Mann verdrehte die Augen. »Höhn? Mein Liebster, da kommen Sie ein bisschen zu spät. Die Höhns wohnen schon seit drei Monaten nicht mehr hier. Und jetzt bitte!«

Hartmann machte eine abwehrende Handbewegung. »Ist ja gut, Kollege, ist ja gut.«

Er warf einen demonstrativen Blick auf das Klingelschild, schüttelte den Kopf und zog die Fußspitze zurück. »Hasenkemper? Da ist wohl was schiefgelaufen. Wir sind ziemlich ausgebucht. Verspäteter Frühjahrsputz.«

»Ja, ja«, murmelte der Osterkopf und schloss die Tür.

Hartmann zuckte mit den Schultern und warf einen schnellen Blick durchs Fenster. Drinnen war nichts Auffälliges zu erkennen. Die Scheiben hatten es wirklich nötig, aber es gab ja keine Dame des Hauses. Wenn man nicht aufpasste, konnte ein noch so trautes Heim schon mal schnell vernuddeln. Hartmann kannte sich da aus. Auch ohne Fensterputzer zu sein.

Nachdenklich packte er seine Reinigungsklamotten in den Plastikeimer, schritt zurück Richtung Auto und verstaute die Sachen.

»Und?«, fragte Lena. »Wie ist es gelaufen?«

»Die Fenster sind immer noch dreckig«, erklärte Hartmann und kletterte auf den Beifahrersitz.

»Ist sowieso viel zu viel Sonne zum Fensterputzen«, tröstete ihn Lena und wendete den Wagen.

Hartmann war trotzdem guter Dinge, zupfte die blaue Baseballkappe vom Kopf und knautschte sie unter seinen Sitz. Wie ein Mörder hatte der langweilige Typ eher nicht ausgesehen. Eher wie einer, der Schmetterlinge jagt, fängt und aufspießt. Also … auch nicht schön.

»Und was sollte das jetzt?«, fragte Lena.

»Es hat mit Svenja zu tun. Ist nur eine Spur.«

»Und? Ist die Spur heiß?«

Hartmann dachte daran, dass es keine Dame des Hauses gab und zog die Nase hoch. »Ja. Irgendwie schon. Da vorne kannst du mich rauslassen.«

»Soll ich dich nicht zurückbringen?«, fragte Lena verwundert. »Wie kommst du nach Hause?«

»Ich werde abgeholt.«

Sie stoppte den Wagen. »Okay.«

Hartmann hatte sich der Schürze entledigt, stieg aus, pellte sich aus dem Overall und wechselte die gelben Gummistiefel der Reinigungsfirma gegen seine Turnschuhe. »Danke, Lena.«

»Gerne.« Aus den Augenwinkeln sah Hartmann, dass Lena sich mit gerunzelter Stirn fragend umblickte. Ein paar Meter weiter rostete ein leerer, altersschwacher Peugeot vor sich hin, sonst war hier keine Menschenseele zu sehen. »Du wirst wissen, was du tust.«

»Klar«, summte Hartmann und wäre nie so weit gegangen, das tatsächlich in dieser Deutlichkeit so zu formulieren. »Ich rufe dich an, wenn ich was Neues habe.«

Lena kniff ihre herbstbraunen Augen zusammen und zischte mit leiser Stimme. »Darauf verlasse ich mich. Das hast du mir versprochen!«

Der Motor des Transporters röhrte auf, Hartmann winkte, blickte ihr und dem lustigen Auto hinterher, ging ein paar Schritte und setze sich auf einen der beiden rostgelöcherten Kotflügel. Er hob das Kinn und genoss für ein paar Sekunden mit geschlossenen Augen die wärmenden Sonnenstrahlen.

Da hatte ihm also ein langweiliger Mann von den Osterinseln die Tür geöffnet. Ein bisschen hatte Hartmann gehofft, dass er auf einen der beiden Schläger getroffen wäre. Dann hätte er Gewissheit gehabt, dass es eine Verbindung zwischen dem *Wespennest*, dem Hotel *Zur Linde* und dem kleinen Häuschen gab. Aber so hatte er nur einen genetisch Benachteiligten verärgert. Noch dazu ein besonders harmlosschwammiges Exemplar, dem Hartmann noch nicht mal einen profanen Ladendiebstahl zutraute, geschweige denn einen eiskalten Mord.

Fast hätte er, so entspannt auf dem Kotflügel hockend, einen weiteren Gedanken zu fassen bekommen, als es plötzlich links neben ihm im Gebüsch raschelte. Hartmann riss die Augen auf.

Angie drückte ein paar Dornbüsche zur Seite. »Ich hasse Landschaft. Überall krabbeln Tiere mit mindestens sechs Beinen. Ich dreh durch!«

»Das ist die Natur. Ist doch schön«, behauptete Hartmann.

»Hier stinkt es«, fluchte Angie.

»Das nennt sich Frischluft.«

»E-kel-haft«, erklärte Angie und schlug eine Kippe aus der Schachtel, um das zu ändern.

»Und?«, fragte Hartmann.

Angie nahm erleichtert einen tiefen Zug auf Lunge. »Kinderspiel. Ging ruckzuck. Du klingelst, der Typ geht zur Tür, und ich mach mich an die Arbeit. Nach hinten raus gibt es zum Wald hin eine grün gestrichene Holztür. Ich hab den

Schnapper am Schloss so bearbeitet, dass man die Tür von innen nicht abschließen kann. Selbst wenn jemand meint, sie abends ordnungsgemäß verschlossen zu haben – ich geh davon aus, dass abends jemand eine Runde durchs Haus dreht und das kontrolliert –, lässt sich die Tür von außen noch aufdrücken.«

»Gut«, lobte Hartmann.

Angie kratzte sich hektisch durchs Haar. »Ich hasse dieses Landleben. Hab ich da was?«

Hartmann entdeckte eine fiese, grüne Spinne, wischte sie mit einer Hand aus Angies Frisur und sagte: »Nur ein kleines Blättchen. Ahorn, würde ich sagen.«

Angie grunzte. »Die Scharniere der Tür hab ich geölt, damit es nicht quietscht. Es macht noch nicht mal Plopp. Wann soll das Ding steigen?«

»Heute Nacht, Angie. Wenn alle schlafen.«

»Gut. Ist ein altes Häuschen, dünne Wände, knarrende Holzstufen. Hellhörig. Pass auf, Hartmann. Das ist eigentlich nichts für Anfänger!«

»Bewegungsmelder?«

»An der Hintertür jedenfalls nicht. Hunde oder Katzen habe ich auch keine gesehen. Pass trotzdem auf!«

»Mach ich.« Hartmann strich sich übers Gesicht. »Ich habe nicht vor, mich erwischen zu lassen.«

* * *

Ein paar Stadtteile später drückte Hartmann eine schwere, an den Kanten abgestoßene Holztür auf, schloss sie hinter sich und betrat eine völlig andere Welt. Es roch nach Leder, Blut, Schweiß und Testosteron. In seiner reinsten Form.

21.05 Uhr.

Hartmanns Augen gewöhnten sich blinzelnd an das dämmrige Neonlicht, sein großer Zinken entlud sich krachend mit einem lauten Niesen. Hier also prügelten sich Düsseldorfs Nachwuchsboxer die Gehirnzellen platt. Boxen: auch so eine Art Sport. Für Hartmann ähnlich prickelnd wie Rhönradfahren, filigranes Florettfechten oder Hallenschach.

Hartmann ging ein paar Schritte. Mitten in der mit Parkett ausgelegten Halle befand sich der mit drei hellbraunen Seilen umrahmte Boxring. Die Boxfläche selbst war mit blauen Turnmatten ausgelegt. Unter den müden Augen eines Trainers verprügelte im Boxring gerade Boxer eins den Boxer Nummer zwei. An den Wänden klebten mannshohe, rahmenlose Spiegel, einige blind, manche gerissen und viele mit abgeschlagenen Ecken. Dazwischen lagen in mehreren Regalen Handschuhe, Hanteln und weiteres Sportgerät. Von der hohen Decke baumelten unterschiedlich große Boxsäcke. Die kleineren von ihnen waren zum Boden hin mit einer Eisenkette in einer Schlaufe befestigt.

Im hinteren Bereich der Halle kloppten zwei schwarze Boxer mit bissigem Blick und eindrucksvollen Muskelpaketen abwechselnd einen der dickeren Säcke matschig, wobei immer einer schlug und der andere den Sack umschlungen hielt. Hartmann kannte ähnliche Szenen samstagnachts aus der Düsseldorfer Altstadt.

Direkt daneben stemmte ein Kerl schnaufend Gewichte rhythmisch in die Luft. Gewichte, die Hartmann noch nicht mal bewegt bekommen hätte, wenn drunter Rollen angeschraubt gewesen wären.

Am Ring stehend entdeckte ihn der Hausherr. Huren-Heinz grüßte ihn mit lässiger Geste. »Na? Auch 'ne Runde, Hartmann?«

»Wenn ich geboxt habe, wurde das immer abgepfiffen«, ließ Hartmann es lieber gar nicht erst zu einem Kräftemessen kommen.

Huren-Heinz lachte bleckend. »Ich gebe dir keine dreißig Sekunden.«

»Ich bin sowieso mehr für kommunikative Lösungen.«

»Langweilig«, kommentierte Huren-Heinz und stieg aus dem Ring zu ihm herunter.

Hinter ihm bezog Boxer Nummer zwei mit der weißen Hose jetzt so richtig Dresche. Unter den nach wie vor gleichgültigen Augen seines Trainers kannte Boxer Nummer eins kein Erbarmen und trommelte die Nieren seines Gegners klatschend zu Klump.

»Fallobst«, grunzte Huren-Heinz. »Der taugt noch nicht mal als Sparringspartner. So einer kostet nur Zeit, wird es nie zu was bringen. Dem prügelst du am besten so schnell und gründlich wie möglich die Lust am Boxen aus dem ranzigen Körper.«

»Genau«, nickte Hartmann, ohne auch nur ansatzweise was vom Boxen zu verstehen. Man musste Handschuhe tragen, lustige Hosen anziehen, tätowiert sein, der Ring war viereckig und am Ende ertönt der Gong. Wie bei Robert Lembke.

Huren-Heinz deutete auf Boxer Nummer eins. »Der dagegen wird ein Guter. Kannste jetzt schon sehen. Kommt aus Gambia. Die sind noch hungrig in Gambia. Immer brauchbares Material dabei.«

»Aha. Ziemlich dicke Luft hier. Nicht optimal fürs Training, oder?«

Huren-Heinz winkte ab. »Wenn das Burgwächter Castello ausverkauft ist, atmen dir zweitausend Kerle den Sauerstoff weg, da ist die Luft auch nicht besser. Wir sind hier nicht im

Boxpalast für schnöselige Möchtegern-Klopper. Das sind hier reale Bedingungen. Wer kurzatmig wird, der ist einfach zu schwach auf der Brust. Komm mit!«

Hartmann folgte seinem Informanten durch eine Tür.

Hoppla, wo war er denn hier gelandet? Ein mit früher einmal weißen Fliesen gekachelter Flur verlor sich in der muffigen Unendlichkeit. Von den Neonröhren an der Decke funktionierte nur etwa jede zweite und das auch nur flackernd. Ins Brummen der Lichtstäbe mischte sich ein harter, aggressiver Technobeat, der direkt aus der Hölle zu kommen schien. Alle paar Meter hingen an den Wänden angerissene Poster diverser Boxgrößen. Hartmann erkannte die Klitschkobrüder, Mohammed Ali, Henry Maske und Bushido. In ausnahmslos alle Türen, die vom Gang abgingen, hatte schon mal jemand reingetreten.

»Gemütlich hast du es hier«, ließ Hartmann es sich nicht nehmen, das gediegene Ambiente zu loben.

»Muss so sein. Schärft die Sinne. Keiner steht hier auf Pink.«

Das hatte Hartmann sich schon gedacht. Weitere Poster an der Wand deuteten an, dass der gemeine Boxer eher auf üppige Silikonbrüste stand. Wahlweise gerne auch in Verbindung mit Motorrädern oder Kettensägen. Puh, dachte Hartmann mit einem aufkommenden Unbehagen, jetzt hatten sie schon einige Haken geschlagen und ein paar Meter gemacht. Es stank obendrein penetrant nach Urin, als ob hier regelmäßig hingeschifft wurde. Wo führte der Kerl ihn hin?

»Da sind wir!« Huren-Heinz öffnete eine Tür, dessen abgeblätterte Aufschrift andeutungsweise verriet, dass hier mal der *Coach* gewohnt hatte.

Hartmann trat ein. Nichts erinnerte hier an das Huren-Heinz sonst umgebende Schickimicki-Flair, das die teuren Bistros und vornehmen Clubs der Königsallee ausstrahlten. Das hier war rau, hart, erdig. Hartmann beobachtete interessiert, dass Huren-Heinz eine ganz andere Körperhaltung eingenommen hatte.

Aufrecht. Angespannt. Kampfbereit.

Hartmann schluckte, denn ihm wurde plötzlich bewusst, dass er die Düsseldorfer Rotlichtgröße zum ersten Mal, seit sie sich kannten, in freier Wildbahn erlebte. Hier, hier war Heinz Blessing zu Hause. Hier hatte er sich seinen Künstlernamen erarbeitet, hier hatte er sich den Respekt verdient, der ihn zur Rotlichtgröße hatte werden lassen. Hier wirkten die dicken Goldketten nicht protzig, sondern wie Trophäen, die sich sein Träger mit Faust und Kraft erarbeitet hatte.

Hartmann fühlte sich unwohl und wollte gar nicht wissen, wie viel Blut und Tränen in diesen Räumen schon geflossen waren. Oder noch fließen würden.

Hauptsache, es wäre nicht sein Blut.

»Setz dich!«, knurrte Heinz.

Das tat Hartmann. »Und? Konntest du was in Erfahrung bringen?«

Huren-Heinz nickte. »Klar. Was ist das für eine Sache, in der du da rumrührst?«

»Ermittlungen. Ziemlich vage. Im Grunde genommen hake ich nur eine Spur ab.«

»Die wo hinführen soll?«, ließ Huren-Heinz, der immer noch stand, sich überraschenderweise nicht ablenken.

Hartmann zögerte. Das hatte jetzt plötzlich was von einer Verhörsituation. Aufpassen!

»Weiß ich selbst noch nicht genau. Ich hoffe, der Typ von den Kameras kann mir da weiterhelfen.«

Huren-Heinz strich sich schweigend übers Kinn, schritt ein wenig auf und ab und sinnierte. »Hartmann, ich bin über die Branche immer gerne gut informiert. Is wichtig, gut informiert zu sein. Wenn ich mal ein Ohr in die Gegend halte, hör ich meistens was.« Er fusselte nachdenklich eine Kippe aus der Schachtel. »Jetzt habe ich gar nichts gehört. Das ist nicht gut. Irgendwas gibt es immer zu hören.«

Dazu fiel Hartmann nichts ein.

»Sieht so aus, als wäre mit dem Laden alles in Ordnung.«

Hartmann zuckte mit den Achseln. Fand es aber gar nicht in Ordnung, dass die beiden Typen ihm gestern die Innereien taub geboxt hatten.

»Vielleicht bin ich auf dem Holzweg«, räumte Hartmann vorsichtig ein. »Aber auch wenn ich das rauskriege, bin ich klüger als vorher.«

Huren-Heinz nahm Nikotin auf Lunge und jagte einen grauen Kringel mit Karacho unter die Decke. »Das ist wohl wahr. Ich hab dir ja erzählt, dass ich mich schon mal für das Teil interessiert habe. Der Laden läuft gut, ganz bin ich damit noch nicht fertig. Ich weiß einfach gerne, was Ambach ist. Ich halte die Augen auf. Ist dann blöd, wenn man genau hinguckt und nichts sieht. Weißt du, was ich meine?«

Hartmann nickte. »Aber wo nichts is, is nix.«

»Falsch, Hartmann! Wo nix is, da kann man nur nix sehen. Irgendwas ist immer. Hab ich im Urin.«

»Okay.«

Huren-Heinz nahm einen tiefen Zug. Und musterte Hartmann auf eine Art und Weise, wie er es noch nie gemacht hatte. Mit leicht zusammengekniffenen Augen und einem düsteren Blick, den sonst Robert De Niro für ganz besondere, finstere Gelegenheiten reserviert hatte.

Hartmann öffnete noch einen Knopf oben am Hemd. Ihm war warm.

Plötzlich drehte sich Heinz schnaufend weg. »Zwei Typen wechseln sich vor den Kameras ab. Gestern Nacht hatte ein

Kerl mit Vornamen Siggi Schicht. Siggi kann auch der Nachname sein, was weiß ich. Soll ein langer Schlacks sein, der seine Karre, einen ollen Daimler Strich acht auf dem unbefestigten Parkplatz hinterm Club abstellt. Du wolltest ihn überraschen?«

»War meine Idee, ja«, flüsterte Hartmann und war froh, dass ihm die Stimme nicht versagte.

»Er hat heute gegen eins Feierabend, trinkt üblicherweise noch einen Absacker an der Theke und fährt dann alleine nach Hause.«

»Klingt wie eine gute Gelegenheit«, zeigte sich Hartmann erfreut.

»Würde ich auch sagen«, knurrte Huren-Heinz boshaft.

Hartmann nickte. »Danke, Heinz. Hast was bei mir gut.«

Huren-Heinz zögerte kurz und grinste tückisch.

Hartmann fühlte sich an einen Haifisch erinnert. An ein gemeines, hinterhältiges Exemplar. Hatte jemand die Heizung noch höher gedreht?

»Daran brauchst du mich nicht erinnern, Hartmann!«

Hartmann schluckte und wollte aufstehen. Huren-Heinz legte eine seiner Klobrillenhände auf seine Schulter. Auf Huren-Heinz' Oberarmmuskel prangte wie in Stein gemeißelt der tätowierte Schriftzug *Ibiza Forever*. Im angespannten Zustand sah das kein bisschen witzig aus.

»Hartmann, wenn da was läuft, dann will ich das wissen«, flüsterte Heinz. »Haben wir uns verstanden?«

»Haben wir.«

Sein Gesicht entspannte sich. »Gut. Ansonsten kann ich dir sagen, dass ich gut vorankomme.«

»Wobei?«, fragte Hartmann irritiert.

»Mit dem Drehbuch. Dreierpack wäre auch so ein Titel. Oder: Der Strafstoßspezialist.«

»Super«, knirschte Hartmann und war drei Minuten später froh, die muffige Boxbude wieder zu verlassen. Erleichtert pumpte er frische Luft in seine Lungen.

»Verdammt, was war das denn?«, murmelte Hartmann und fühlte sich nachhaltig daran erinnert, dass Huren-Heinz kein alberner Kasper, sondern ein knallharter Zuhälter war. Ein Verbrecher. Mochte er auch meistens wie eine Karikatur daherkommen, Huren-Heinz war mit allen Wassern gewaschen. Das Leben eines Kaspers war im Rotlichtdschungel keinen müden Furz wert.

Hartmann fröstelte. Denn ihm war klar, dass es Huren-Heinz war, der entschied, wann hier jemand einen fahren ließ und wann nicht.

Und, dass es ein großer, lebensgefährlicher Fehler war, sich mit was auch immer auf Huren-Heinz eingelassen zu haben. Hartmann spuckte bitter in den Rinnstein. Nicht gut. Gar nicht gut!

Huren-Heinz war ein Killer.

Wenn er nicht gerade mit Lisa Love Filme drehte …

* * *

Siggi Jacobs, oder wie ihn seine Freunde nannten Siggi Jackson, machte Feierabend. Endlich. Er war müde und wollte ins Bett. Den ganzen Abend Männer und Frauen beim Vögeln zuzusehen war auf die Dauer wirklich ermüdend. Highlights waren da selten. Echt. Sollte man nicht meinen, war aber so!

Sein schleppender, schlurfender Gang erinnerte überhaupt nicht an den genialen Moonwalk seines amerikanischen Idols. Siggi Jackson rieb sich ärgerlich schniefend die Augen. Im VIP-Bereich des Clubs hatten sie einen neuen Whirlpool mit Gigamegasuperbrause eingebaut, aber er hockte immer noch vor den alten Schwarz-weiß-Monitoren mit der groben Körnung, die ihm die Augen verdarb.

Scheißjob. Eigentlich.

Er bog auf den Parkplatz ein. Pflastern könnten die hier auch mal. Oder noch mal die ein oder andere Funzel aufstellen, saudunkel, wie das hier immer war!

Schwül war es. Auch das noch. Würde er heute Nacht wieder nicht vernünftig pennen können. Seine Hucke war in der Feuerbachstraße, gleich neben den Gleisen der S-Bahn Richtung Hauptbahnhof. Im Sommer immer Kacke. Wenn er ein Fenster auf Kipp hakte, würden ihn die vorbeiröhrenden Bahnen wach halten. Täte er es nicht, würde er eingehen.

Ärgerlich kickte er einen Stein ins dichte Gebüsch.

Gelangweilt wühlte er sich durch allerlei Krimskrams, bis er ganz unten in seiner Jackentasche endlich die verfickten Fahrzeugschlüssel aufspürte. Seinen alten Daimler hatte er schon erreicht. Siggi seufzte. Da war bald eine neue Lichtmaschine fällig. Hoffentlich sprang die Karre an. Die Kiste war sowieso eher was für die Schrottpresse. Und wieder ärgerte er sich, dass ihm damals die Abwrackprämie durch die Lappen gegangen war. Aber da war er einfach nicht zum Straßenverkehrsamt gekommen. Weil ja seine Gefängniszelle von außen abgeschlossen war.

»Scheißspiel.«

Im Gesträuch raschelte es. Die Füchse wurden auch immer dreister.

Er beugte sich an die Fahrertür, um den Schlüssel ins Schloss zu stecken.

Siggi fuhr herum. Den Schatten hatte er nicht gesehen. Er wollte schreien, aber der Schrei blieb ihm im Halse stecken. Ein Monster! Ein gottverdammtes Monster! Wie konnte ein Vieh sich nur so lautlos bewegen?

Siggi schnappte nach Luft. Das Blut gefror in seinen Adern. Das riesige, zähnefletschende Viech stürzte auf ihn zu. Ein Albtraum!

Er hätte wirklich geschrien, aber das Grauen schnürte ihm die Kehle zu. Unartikuliert würgend drückte er sich mit dem Rücken gegen die Tür seines Fahrzeugs. Die Hände riss er hoch. Um sich zu schützen. Bevor die Bestie seine Hauer in seinen bebenden Körper schlagen würde.

Siggi schloss die Augen, wartete darauf, dass das Monster ihm ein Stück Fleisch aus dem Körper reißen würde. Was … es aber nicht tat.

»Gott …«, kam es knirschend über Siggis Lippen.

Vorsichtig öffnete er die Augen. Nur wenige Zentimeter vor seinem Körper hing das Tier gurgelnd in einem Halsband. Es war ein Hund. Ein angeleinter Hund, dem der Sabber in langen, schleimigen Fäden gierig aus dem Maul hing.

Siggi folgte der Leine und entdeckte den ganz in Schwarz gekleideten Mann, der die Leine stramm mit beiden Händen festhielt. Sein Gesicht verbarg eine schwarze Wollmütze mit Sehschlitzen.

»Keine Bewegung«, zischte der Mann in Schwarz.

Siggi deutete vorsichtig ein Nicken an.

»Bewegungen mag er nämlich nicht«, erklärte der Mann.

Siggi wagte kaum zu atmen und hätte nicht mal die Spitze seines kleinen Fingers gerührt.

Mit einem kräftigen Ruck riss der Mann den Hund plötzlich auf seine vier Pfoten. Gleichwohl blieben die blutrot unterlaufenen Augen des Tieres starr auf den reglosen Körper gerichtet. Genau genommen eine Stelle zwischen den beiden hageren Beinen genau fixierend.

»Keine Angst. Er beißt nicht. Wenn ich ihn festhalte.«

»Aha«, hauchte der Mann.

»Wir sind hier schneller fertig, als du denken kannst. Ich habe nur ein paar Fragen.«

»Ein paar Fragen?«

Der Schwarze ruckelte am Halsband und gab dem Rottweiler ein paar Zentimeter mehr Leine.

»Ich! Ich stelle die Fragen. Du hast den Part mit den Antworten. Klar?«

»K-klar«, stotterte Jackson.

»Du arbeitest im *Wespennest*?«

»Ja.«

»Du hockst vor den Kameras und beobachtest, was in den Zimmern vor sich geht?«

»Richtig.«

»Das hast du gestern auch gemacht?«

Siggi Jacksons Blick flackerte. Er mochte mit seinem schlurfenden Gang ein wenig dämlich daherkommen, aber anscheinend fielen ein paar Groschen.

»Ich habe mit der Sache nichts zu tun.«

»Welcher Sache?«

»Na, das mit ... Ich weiß nicht. Was willst du von mir?«

»In einem der Zimmer wurde gestern ein Mann von zwei Typen zusammengeschlagen. Richtig?«

Der Mann nickte.

Okay, dachte Hartmann, der unter der Wollmütze übel schwitzte. »Hast du die Show gesehen?«

»Nein«, beeilte sich Siggi Jackson mit der Antwort.

Der Hund knurrte. Irgendwie dumpf. Aus dem Bauch heraus.

»Nein, ich hab vor der Tür eine Kippe geraucht. Oder zwei. Ich sollte kurz Pause machen«

»Sagte dir wer?«

»Keine Ahnung.«

Hartmann gab dem Hund zehn Zentimeter. Langsam wurde es eng. Für Siggi. Und seine Eier.

»Verdammt, ich kannte die beiden Kerle nicht!«

»Gehörten die nicht zum *Wespennest*?«

»Verdammt, nein. Dann hätte ich sie ja gekannt. Ich habe die beiden Typen nie vorher gesehen.«

Über diese Antwort hätte Hartmann gerne einen Moment nachgedacht, aber er hatte keine Zeit.

»Zwei Männer spazieren in dein Kabuff, grüßen freundlich, bitten dich rauszugehen und du bist dann so nett.«

»250 Euro. 250 Euro hab ich dafür bekommen, dass ich weggucke. Und dafür sorge, dass niemand von der Security da aufkreuzt. Verdammt, ich verdiene in dem Bums doch fast nichts.«

Hartmann schnaufte. Der Rottweiler zu seinen Füßen schnaufte auch.

»Die haben mir versprochen, dass ich keinen Ärger kriege.«

»Das hat ja geklappt«, zischte Hartmann boshaft.

Der Rottweiler ließ spaßeshalber seine beiden Zahnreihen locker aufeinanderklatschen. Das Geräusch jagte eine Gänsehaut selbst über Hartmanns Rücken. Bei Siggi zitterten zusätzlich die Beine.

»Der Hund? Wieso bedrohst du mich mit dem Hund, Mann?«

»Weil ich nicht ständig mit einer Waffe rumrennen kann, was denkst du denn, du Trottel. Wäre dir das lieber?«

Siggi verkniff sich schlotternd eine Antwort. In seinem Blick stand ein dickes, fettes Ja.

»Beschreib die beiden Kerle!«

»Beide deutsch. Der eine groß, kurze Haare. Der andere klein mit einem schwarzen Pferdeschwanz, so hinten zusammengebunden. Der Große war schlank, der kleine untersetzt. Der hatte ein Tattoo auf dem Arm. Was Selbstgestochenes. Irgendein Tier. Schlecht gemacht. Kann auch ein Teufel gewesen sein. So mit Hörner.«

»Namen!«

»Oh Gott!«

»Wohl kaum«, zischte Hartmann.

»Ich weiß keine Namen, ich hab doch nur das Geld genommen und gut ist. Ich will doch keine Schwierigkeiten, Mensch.«

Hartmann dachte kurz nach. Siggi schien die Wahrheit zu sagen, denn zumindest das mit dem Pferdeschwanz stimmte. Hm, vielleicht …

Aber der Hund zu seinen Füßen unterbrach jäh seine Überlegungen, denn plötzlich schoss das Tier, warum auch immer, am anderen Ende der Leine nach vorne. Hartmann stemmte sich dagegen, aber so schnell konnte er die Lederleine nicht auf Spannung bringen. Und so schnell gucken konnte er auch nicht, wie der braunhaarige Bursche einen Fetzen Stoff aus Siggis Jeanshose herausgebissen hatte.

Siggi schrie auf.

Aha. Offensichtlich nicht nur Stoff.

»Schnauze!«, brüllte Hartmann und zog mit beiden Amen den Rottweiler ein paar Zentimeter zurück. Die Jeans verfärbte sich blutrot.

Siggi bibberte. In seinen Fingern hielt er immer noch den Autoschlüssel, der im fahlen Mondlicht funkelte.

»Den Autoschlüssel. Wirf ihn in den Wald, aber mit Schwung!«

Siggi nickte, gab sich wirklich Mühe und der Schlüsselbund landete hinter den ersten Sträuchern im Dunkel.

»Ich hoffe, du hast mich nicht angelogen«, zischte Hartmann.

»Hab ich nicht, ehrlich.«

»Sonst werde ich dich bei nächster Gelegenheit an meinen vierbeinigen Freund verfüttern.«

Siggi schluckte.

»Für heute war es das. Der Typ, der da gestern vermacht worden ist, wird sich irgendwann bei dir melden. Das kann dauern. Aber irgendwann ist er da, klar?«

»Er wird sich irgendwann melden … K-klar.«

»Dann wird er dir Fragen stellen, die du ihm beantworten wirst. Sei nett zu ihm!«

»Sicher.«

»Dieses Gespräch bleibt unter uns. Nur du, ich und mein vierbeiniger, immer hungriger Freund, verstanden?«

»Verstanden!«

»Ich werde gehen. Du zählst bis zweihundert. Kannst du das?«

»Ja.«

»Dann darfst du den Schlüssel suchen, heimfahren und den Vorfall erst mal vergessen.«

Siggi nickte sichtbar erleichtert. Das klang nach am Leben bleiben.

Hartmann ruckte an der Leine und widerwillig ließ sich der Hund aus dem Maul sabbernd wegziehen. Hartmann behielt Siggi sicherheitshalber im Auge, aber mit seinen schlotternden Knien wäre der kaum in der Lage gewesen, ihnen zu folgen.

Tat Siggi auch nicht. Er sackte rückwärts gegen den Daimler und schien erleichtert ein schnelles Dankgebet gen Himmel zu seufzen.

Den dicken, silberfarbenen Jeep sah er vermutlich erst, als dieser zügig und ohne Licht um die Ecke kurvte. Hartmann ließ den Hund hinten rein und hüpfte flink auf den Beifahrersitz.

»Ab!«

Der Wagen rauschte los und bog vom Parkplatz.

Hartmann riss sich die Mütze vom Kopf. »Mann, ist das warm da drunter.«

Die Fahrerin schaltete das Fernlicht ein. Silke Evert, die hinter dem Lenkrad saß, grinste. »Der hatte aber die Hosen voll.«

Hartmann nickte. Buchstäblich, hätte seine Nase ergänzen können.

»Und?«

»Gut geklappt. Ich meine …« Hartmann strich sich durchs verschwitzte Haar. »Ich bin im Grunde genommen keinen Schritt weiter, aber … war schon okay.«

»Und Ozzy?«

Hartmann beugte sich nach hinten, hielt Ozzy die Hand hin und ließ sich die Finger abschlecken. »Ein braver Hund.«

»Ich hab ja gesagt, dass er dich mag.«

Silke wich mit einem Schlenker einem Jogger aus, der mit Lampen an Kopf, Rücken und Trainingshose leuchtete wie ein Weihnachtsbaum. »Mir hat es auch Spaß gemacht. Wenn Matze seine Runden dreht und die Leute bedroht und erpresst, darf ich nie mitkommen. Geil.«

Hartmann runzelte die Stirn. So wurde seine Arbeit also eingeordnet. Wie die eines erpresserischen Rockers. Nun gut, er wollte nicht meckern und wischte sich die tropfnass vollgeschleimte Hand an seiner schwarzen Jeans trocken.

»Da hinten rechts kannst du mich rauslassen.«

»Du hast noch was vor?«, fragte Silke überrascht.

»Die Nacht ist jung. Geschlafen wird am Ende des Monats.«

Silke grinste lüstern. »Ach so. Ich verstehe. Christian …. Aber das geht nicht im Auto, wenn Ozzy dabei ist. Da wird er eifersüchtig.«

Hartmann blinzelte irritiert. »Ach so. Nein, äh … ich muss noch was erledigen.«

»Ah«, bemerkte Silke spitz. Aber auch eisig. Und schürzte die Lippen.

»Ist dringend«, stammelte Hartmann. »Ich komme gerne drauf zurück, also, ich meine, ich find es natürlich toll, dass du mir so spontan geholfen hast.«

»Nichts ist umsonst«, erklärte sie mit frostigem Seitenblick.

»Das, äh, dachte ich mir. Hier … kannst du dann auf den Parkplatz fahren.«

Silke ratterte auf den Parkplatz, bremste eine Spur heftiger ab, als es vielleicht nötig gewesen wäre und brachte den Jeep neben dem rostigen Peugeot zum Stehen. Ozzy blinzelte erschreckt mit den Hundeaugen.

Silke blickte sich um. »Hier? Was hast du denn vor?«

»Pilze sammeln«, schelmte Hartmann.

Sie lachte nicht, sondern warf einen langsamen, vielsagenden Blick nach hinten auf Ozzy.

Hartmann schluckte. »Äh, nichts Legales. Möchte ich dich gerne raushalten. Ist vielleicht besser, wenn du nicht Bescheid weißt.«

Silke hob die Augenbrauen. »Illegaler als deine Nummer gerade mit dem Kerl am Auto?«, fragte sie spitz.

Hartmann fuhr sich mit der Zunge über die Lippen. »Es wird in der Summe einiges zusammenkommen, ja.«

Sie nickte. Und beugte sich weit zu ihm rüber. Ihre Nasenspitzen berührten sich fast. »Hartmann, du bist eigentlich nicht mein Typ, ein bisschen soft. Aber ich steh auf dich. Du machst mich total an! Ich will dich!«

»Du hattest mich doch schon«, gab Hartmann hellhörig zu bedenken.

Silke warf lachend ihre langen, schwarzen Haare nach hinten. »Du meinst neulich, nach unserer Sauforgie? Hartmann, du hast das Bett kaum gesehen, da lagst du schon drin und hast geschlafen. Ich hatte dich *noch nicht*! Aber ich will dich! Verstanden?«

Hartmann zuckte mit den Achseln. »Okay. Ich bin ja auch ein ganz netter Kerl.«

»Genau«, zischte sie. »Ich hab ja gesagt, dass du mich schwer beeindruckt hast. Übrigens: Ich kriege immer, was ich will. Und jetzt raus! Ich meld mich bei dir!«

»Tu das«, rief Hartmann ihr hinterher, aber da war sie schon zehn Meter weit weg und machte auf dem Waldweg einen Schlenker, als müsste sie einer weiteren Person am Fahrbahnrand ausweichen.

Hartmann schrubbelte sich durchs Haar. Na sieh mal an! Dann hatte er die Silke gar nicht ... Der ganze Zank und Stress mit Matze Kusch und seinen Motorradfreunden: für nichts. Fast. Kein Sex! Ließ sich kein Sex eigentlich nachweisen? Hartmann blies Luft ins Haar. »Später.«

Er blickte an der Rostlaube vorbei ins Gebüsch und dann auf seine Armbanduhr. Halb zwei. Zeit satt. Langsam ging er los und ließ sich vom Laub des Waldes verschlucken. Nach wenigen Metern lehnte er sich gegen einen Baumstamm und versuchte ein paar der neuen Informationen auf die Kette zu kriegen.

Siggi hatte die beiden Männer nicht gekannt. Das nahm er ihm ab. Dann hatten die Schläger nichts mit dem *Wespennest* zu tun, sondern gehörten irgendwo anders hin. Deshalb, genau deshalb hatten sie ihn auch am Leben gelassen. Weil es schien, als habe er das *Wespennest* als Brutherd des Grauens ausgemacht, als er ihnen aufschwatzte, dass sich die Spur zur Person, die er suchte, dort im Club verlor. Damit hatten sich seine Folterknechte zufrieden gegeben. Was hatten die denn befürchtet? Auf welcher Spur hatten sie ihn vermutet?

Sein Blick fiel durch die Sträucher in die Richtung, wo er das kleine, einsame Häuschen vermutete.

»Dort«, flüsterte Hartmann.

Dort würde er die Lösung finden. Dort gab es etwas, für das die beiden Schläger getötet hätten. Ihn getötet hätten. Dort gab es etwas, dass sie Svenja Suceava hatte töten lassen, die mit ihrem Feldstecher irgendwas beobachtet hatte. Nicht im *Wespennest*, sondern beim kleinen Häuschen mit dem Garten und den spielenden Kindern und den sie fürsorglich beobachtenden Eltern.

Fast hoffte Hartmann, dass er sich irrte.

Es schnürte ihm die Kehle zu.

* * *

Hartmann blickte auf die beleuchteten Zeiger seiner Armbanduhr. Viertel nach drei. Er zog den langen Ärmel seines Sweatshirts über die Uhr und rümpfte die Nase. Gute zehn Minuten hatte er vom Parkplatz durch den Eller Forst bis hierhin an das kleine Häuschen gebraucht. Nicht die angenehmsten zehn Minuten seines Lebens.

Der sumpfig-feuchte Boden hatte mehrmals unter seinen Turnschuhen nachgegeben. Dunkelbraune Brühe war ihm in die Schuhe geschwappt. Dornen hatten sein schwarzes Sweatshirt perforiert. Einen fetten Umweg musste er stolpern, weil sich mitten durch den Forst ein verschisselter Bach schlängelte.

Jetzt hockte Hartmann im Gestrüpp direkt am Waldrand. Das Gebäude lag gleich vor ihm im dämmrigen Licht eines müden Halbmondes, der nur in unregelmäßigen Abständen hinter dunklen Wolken hervorlugte. Schlechtes Büchsenlicht. Gut. Falls mal jemand hinter ihm herschießen sollte …

Erst vor einer guten Stunde war das letzte Licht oben rechts hinter einem der Gaubenfenster des Häuschens erloschen. Hartmann schnaufte und schluckte ein mulmiges Gefühl die Kehle runter. Vorsichtig richtete er sich auf und ertastete seine Knarre, die hinten im Hosenbund steckte. Dann schlug er sich auf die hintere linke Hosentasche, wo sein Allzweckbündel Dietriche steckte.

Okay, lange genug gewartet. Los.

Geduckt schritt Hartmann voran. Von links und rechts griffen die Äste alter Bäume nach ihm, schienen ihn zurückhalten zu wollen.

Ein Knacken! Hartmann ruckte herum. War da jemand? Er pfiff Luft über seine Stirn. Um ihn herum blieb es still. Er schüttelte den Kopf. Schon seit einiger Zeit hatte er den unangenehmen Eindruck, dass ihm jemand folgte, dass er beobachtet wurde. Sehen konnte er aber nichts, wahrscheinlich die Nerven.

Plötzlich brach direkt über ihm eine riesige, dunkle Eule durch das Geäst. Hartmann duckte sich und strich sich die Gänsehaut von den Armen. »Verdammte Axt«, murmelte er leise. Waren die Viecher nicht längst ausgestorben?

Um das kleine Häuschen herum hatte der Besitzer vom Kikweg ausgehend einen schmalen, unbefestigten Weg gezogen. Nach rechts ging es Richtung *Wespennest* und zur *Linde,* nach links an einem schwach beleuchteten Parkplatz vorbei zur Rothenbergstraße. Im Licht einer einzelnen, schlappen Laterne erkannte Hartmann auf dem Stellplatz drei größere Fahrzeuge, die alle hintereinander in einer Reihe standen.

Hartmann blickte prüfend nach links, nach rechts, spurtete über den Weg und drückte sich neben der von Angie beschriebenen, grünen Seitentür mit dem Rücken gegen die

Häuserwand. Er atmete ein paar Mal tief durch und brachte seinen Herzschlag unter Kontrolle.

Dann legte er die Fingerspitzen gegen das Holz und drückte. Leicht. Vorsichtig. Dann kräftiger. Und mit einem Ruck gab die Tür nach und schwang geräuschlos nach innen. Schnell bekam Hartmann die Türkante zu fassen, bevor sie auf der anderen Seite gegen was auch immer klatschen konnte. Hartmann schlüpfte hinein.

Die Tür ließ er angelehnt. Falls es zurück etwas schneller gehen musste.

Er knipste die Taschenlampe an, schirmte den Lichtkegel mit der Hand ab und ließ das gedimmte Licht durch den Raum streichen. Hartmann befand sich in einer Art Waschküche. Langsam schob er über quadratische, klein gemusterte, diagonal verlegte Fliesen einen Fuß vor den nächsten. Es roch muffig nach feuchten, verschmutzten Kleidungsstücken, von denen einige in einer Ecke zu einem stattlichen Waschberg herangewachsen waren, der eine Hausfrau in die nackte Verzweifelung getrieben hätte.

Konnte hier ja nicht passieren, erinnerte sich Hartmann, da es in diesem Haushalt ja keine Dame des Hauses gab.

Er erreichte die Zimmertür, drückte eine eiserne Klinke herunter, stupste sie vorsichtig auf und gelangte in einen Flur. Links war nichts und nach rechts schätzte Hartmann den Gang auf zehn Meter Länge, bevor er am Kopfende an einer Wand mit Tür endete. Rechts ging eine Tür, links gingen vier Türen ab.

Hartmann strich sich angespannt durchs Haar. Er lauschte. Nichts.

Die Tür rechts führte in einen Toilettenbereich. Leer.

Er wechselte auf die andere Seite des Flurs. Und wählte die erste Türe aus. Vorsichtig drückte er die Klinke runter. Abgeschlossen. Das fing ja gut an …

Normales Zimmertürschloss. Mittelgroß. Könnte klappen! Hartmann ruckelte seinen Schlüsselbund aus der Hose und führte einen der groben Rohlinge ins Schloss. Einmal schnaufen, die Schlitze sich klickernd in Position bringen lassen und dann vorsichtig drehen. Der Schlüsselbart hakte. Hartmann erhöhte den Druck und knarrend ließ er sich tatsächlich drehen. Verdammt, war das laut.

War es eigentlich nicht, aber hier hörte sich das Schleifen des Bartes an wie ein Presslufthammer im Morgengrauen. Aber immerhin ließ sich das Teil komplett drehen, die erste Tür war aufgeschlossen.

Hartmann versenkte den Bund in der Hose und öffnete die Tür. Eine fulminante Schweißwolke wehte ihm entgegen. So eine, die er aus den Fußballinternaten und den Schlafräumen dort kannte. Richtig. Nachdem sich seine Augen an die Dunkelheit gewöhnt hatten, entdeckte er im fahlen Licht seiner Taschenfunzel auf der gegenüberliegenden Seite des Raums, nebeneinander aufgereiht, vier kleine Bettchen. In den Bettchen erkannte er gefüllte Deckenhügel.

Eins, zwei, drei … Das Laken des vierten Betts war zurückgeschlagen, die Koje leer. Hartmann traute sich einen Schritt weiter hinein ins Zimmer und musterte die Kinder. Alles Jungs. Und alle schliefen sie friedlich, atmeten gleichmäßig.

Das sah gut aus. Hartmann beugte sich nach vorne. Eines der Kinder wies asiatische Gesichtszüge auf. Und das zweite? War schwarz. Das Gesicht geschnitten wie bei einem Kind aus Afrika, seinem Kumpel Jonny gar nicht unähnlich. Er trat übers dritte Bettchen und entdeckte ein Kind mit europäischer Physiognomie. Alle Jungs schätzte er auf etwa drei bis vier Jahre.

Mann, Hartmann überkam es heißkalt. War er hier in eine harmlose Ferienfreizeit geraten? Betreutes Wohnen im Abenteuerwald?

Hartmann sah sich plötzlich aber so was von auf der falschen Spur und wischte sich fahrig eine Schweißperle vom Haaransatz. Spontan fielen ihm einige unangenehme Paragrafen aus dem Strafgesetzbuch ein, die ganz gut passen könnten. Definitiv ein Grund mehr, sich nicht erwischen zu lassen.

Hartmann trat den Rückzug an.

Oder doch weiter? Ob das hier alles seine Ordnung hatte, also … sicher war er sich noch nicht.

Vier Bettchen, aber nur drei Jungs und eine zurückgeschlagene Decke?

Weiter! Auf jeden Fall.

Er legte die Hand auf die nächste Klinke und drückte sie runter. Auch abgeschlossen. Der Schlüsselbund mit den kompetenten Rohlingen brannte auffordernd in der Jeans. Er ließ die Klinke vorsichtig wieder los, die schnarrend in die Ausgangsposition glitt. Hartmanns Nackenhaare paradierten in die Senkrechte.

Er konnte sich kaum vorstellen, dass niemand das Geräusch gehört hatte. Schien aber so, denn nichts regte sich.

Hartmann entschied, zuerst in den Zimmern nachzusehen, die unverschlossen waren, um die knarrenden Schließgeräusche zu vermeiden, und schlich weiter.

Auch die nächste Tür war verschlossen. Weiter, die vierte Tür. Hartmanns Zungenspitze schob sich angespannt zwischen die Lippen. Er hatte die Klinke schon runter und die Tür einen Spalt weit aufgedrückt, als er von drinnen ein Summen hörte. Ein Rauschen.

Hartmann hielt den Atem an. Und lugte hinein.

Wieder der typische Schlafzimmergeruch. Das Summen rührte von einem Radio, das in geringer Lautstärke einen Klassiker nudelte. Und es hatte einem Mann als Einschlafhilfe gedient, der – wenig im Takt – jetzt in einem Bett schnörkelte. Dessen Kleider hingen ordentlich gefaltet über einem Stuhl. Sehr ordentlich. Vorbildlich. Mutter hätte ihre Freude gehabt. Hartmann erkannte den Osterinselmann, zog die Tür leise wieder zu und widmete sich der letzten, die sich problemlos öffnen ließ.

Dann …

Ein Geräusch wie ein Hammerschlag. Ein Krachen! Hartmann stockte der Atem. Einer der Jungs hatte in seinem Zimmer gehustet. Laut, hart, kehlig, trocken und wenig gesund.

Okay. Weiter.

Die letzte Tür führte in einen zweiten, kleineren Flur. Rechts erkannte er die Haupteingangstür, links schlängelten sich breite Stufen nach oben. Eine Holztreppe. Ganz schlecht! Holztreppen knarrten. Aber wo knarrten die Stufen am lautesten? In der Mitte!

Hartmann grinste. Er hatte inzwischen als Detektiv seine Erfahrungen gemacht. Sie waren nicht immer gut, aber …. von wegen Anfänger!

Er trat auf die zweite Stufe, um gleich eine zu überspringen. Vorsichtig, ganz an den Rand. Die Stufe knarrte nach allen Regeln der Kunst. Sie weckte Tote auf! Soviel zum Erfahrungsschatz. Wäre umzudrehen jetzt eine Alternative? Drei Jungs, vier Bettchen …

Hartmann schlich weiter. Und erreichte die obere Etage. Der Flur war genau so geschnitten wie unten. Nur ging in einem Meter Höhe das Dach schräg nach oben ab. Die Decke selbst war so niedrig, dass er sich beinahe ducken musste. Vorsichtig ging er weiter.

Er hörte ein Knacken. Von draußen! Weiß der Geier, welches Raubtier da ums Haus strich.

Hartmann trat an die erste Tür und drückte die Klinke runter. Im grünen Licht eines Radioweckers erkannte er ein weißes

Bettlaken, das sich gleichmäßig hob und senkte. Ein weit geöffneter Mund produzierte gurgelnde Schnarchgeräusch, die ein kurz bevorstehendes Ertrinken befürchten lassen mussten.

Oh Gott, hätte Hartman gemurmelt, aber das ging natürlich nicht.

Er drehte sich um … und blieb alarmiert stehen. Vorsichtig trat er ein wenig näher ans Bett. Kein Zweifel. Das kantige Gesicht aus der Werbung für Nassrasierer, der Bahnhofsmann aus Stuttgart, für den Frauen ohne Abitur kein Problem waren. Der Sägenmann aus dem Hotel mit der Frau, die aussah wie Iris Berben. Und der heute abgereist war. Was machte der hier?

In Hartmanns Hirn schlugen die Gedanken Kapriolen.

Das Gurgeln erstarb. Plötzlich. Stattdessen schnappte der Mund nach Luft und japste. Hartmann zog den Kopf ein. Aber ohne die Augen zu öffnen, drehte der Mann sich ächzend auf die Seite.

Das Bett wippte nach, und Hartman trat lautlos den Rückzug an. Bis hierhin war alles glatt gelaufen. Jetzt musste ihm was einfallen. Der Kerl …

Immer wieder kam ihm das vierte, leere Bettchen in den Sinn. Hartmann spürte Wut, die ihm zornig die Kehle hochkroch. Schnell verließ er den Raum.

Die nächste Tür war verschlossen. Hartmann zog vorsichtig die Rohlinge aus der Tasche. Nichts würde ihn jetzt davon abhalten, nachzuschauen, was hinter den abgeschlossenen Türen verborgen bleiben sollte. Er hatte da seine eigenen, ekelhaften, abstoßenden Befürchtungen, die sein Hirn einfach nicht in Worte kleiden wollte.

Mehrmals musste er den Bart kräftig vor- und zurückkratzen, bis der Mechanismus endlich griff und die Tür sich öffnen ließ.

Rein! Aber nur einen Schritt weit. Er erstarrte. Im gedämmten Schein seiner Taschenlampe erkannte Hartmann ein Bett. Und eine Person, einen Mann. Der Lichtkegel strich über den Körper, der an Hand- und Fußgelenken gefesselt war. Im Mund des Mannes steckte ein roter Knebelball, wie er ihn aus *Pulp Fiction* kannte. Der Mann schlief oder war bewusstlos, regte sich nicht. Wie gebannt starrte Hartmann auf den sich dann doch langsam, aber gleichmäßig hebenden und senkenden Brustkorb.

Hartmann hatte genug gesehen! Das hier war definitiv keine Freizeiterholung für Kinder, kein Abenteuer. Das hier war alles andere als das.

In diesem Moment riss der Mann seine Augen auf, Hartmann fuhr zusammen. Der Kerl war augenblicklich hellwach, krampfte zitternd seinen Oberkörper hoch und starrte ihn direkt an.

Hartmanns Herzschlag setzte aus. Das war härter als in einem Horrorfilm. Instinktiv machte Hartmann einen Schritt nach vorne, um ihm die Fesseln abzustreifen, den Knebel aus dem Mund zu zerren und ihn …

Halt! Halt, Halt, Halt! Nein. Was sollte das bringen? Jetzt? Hier und sofort?

Der Mann starrte ihn an. Stumm, aber flehend.

Raus. Hartmann entschied sich für den Rückzug. Er würde wiederkommen, klar, aber dann hätte er die Kavallerie dabei, um dieses Horrorhaus hochgehen zu lassen.

Der Mann wand sich jetzt in seinen Fesseln.

»Ich komme wieder«, zischte Hartmann, ohne dem Gefesselten in die Augen zu sehen, glitt schnell nach draußen in den Flur und schloss die Tür.

»Mein Gott.«

Hastig schritt er Richtung Treppe. Er hatte sie noch nicht erreicht, als die Tür ganz am anderen Ende des Raums geöffnet wurde. Licht schlug in den dunklen Flur. Ein breiter Rücken, in einem Fußballtrikot vom 1. FC Köln, über das sich ein dicker, fettiger, schwarzer Haarzopf ergoss. Den Zopf hätte Hartmann unter Tausenden wiedererkannt.

Hartmanns Blick schoss hektisch zur Treppe. Zu weit weg, um unbemerkt abhauen zu können.

Der Typ hantierte immer noch mit dem Rücken zu ihm am Türschloss und hatte ihn noch nicht entdeckt.

Schnell hechtete Hartmann in das Zimmer mit dem gurgelnden Kerl aus dem Hotel, zog die Tür hinter sich zu und drückte sich gegen die kalte Wand.

Augen zu! Wie ein kleines Kind. Sehe ich dich nicht, siehst du mich auch nicht!

Auf der anderen Seite der Tür keuchte der Köln-Fan mit schlurfenden Schritten heiser den Flur entlang Richtung Treppe. Hartmann erlauschte knarrende Holzstufen. Wahrscheinlich trat er in der Mitte auf, dachte Hartmann und öffnete seine Augen. Gerade früh genug um zu sehen, wie sich das Rasierwassermodell in seinem Bett mit einem Ruck aufrichtete.

»Was …?«, keuchte der Mann und boxte mit einer seiner Pranken den Lichtschalter an.

Hartmann blinzelte. Der Kerl grabschte mit aufgerissenen Augen nach einer Brille, die auf dem Nachttisch lag.

»Wer …? Was machen Sie in meinem Zimmer? Im Dunkeln!«

Hartmann trat schnell ans Bett. »Ein Notfall!«

Der Mann war offensichtlich blind wie ein Maulwurf, hatte im Hotel Kontaktlinsen getragen und jetzt Schwierigkeiten, seine Brille im Gesicht zu platzieren. Er war es scheinbar nicht gewöhnt, dass wildfremde Männer nachts im Dunkeln an seinem Bettchen standen.

Hartmann zischte ihn an. »Psssssst! Sonst werden alle wach!«

»Das ist mir doch scheißegal! Was machen Sie hier?«, brüllte der Kerl.

Hartmann strich sich durchs Haar. Scheiße. Das lief hier jetzt ganz schlecht. »Sie wecken die Kinder auf!«

»Was interessieren mich die scheiß Kinder, verdammt.«

Fast hatte er die Brille mit klobigem Griff auf die Nase geruckelt. Hartmann entschied, dass nichts besser würde, wenn der gelackte Idiot ihn hier im Dunkeln erkannte. Das Licht musste aus! Auf die harte Tour!

Hartmann holte aus und jagte dem Kerl einen Schwinger unters Kinn. Dessen Kopf ruckte nach hinten. Der Oberkörper schlug rückwärts, der Hinterkopf krachte auf die Kante des Holzbettes. Nach innen kippende Augen ließen erkennen, dass Hartmann beides ausgeschaltet hatte. Licht *und* Gehirn.

Hartmann rieb sich die Faust. Das tat weh! Kinnhaken waren auf Dauer keine Lösung!

Er sprang an die Tür. Laut genug gebrüllt hatte der Kerl, um alle aufzuwecken. Und richtig, Schritte auf der Treppe. Sie kamen näher.

In den schmalen, hellen Spalt zwischen Zimmertür und Fußboden schlug in diesem Moment ein breiter Schatten, was bedeutete, dass jemand genau vor der Tür stand.

Hartmann rutschte hinter die Tür und ertastete seinen Colt. Er konnte jetzt natürlich das Schießeisen ziehen und durch die geschlossene Tür ballern, aber andererseits hielt er ja auch eine massive Taschenlampe in der Hand.

Die Entscheidung wurde ihm abgenommen, denn mit einem klatschenden Ruck senkte sich die Klinke und wurde die Tür kraftvoll aufgestoßen.

Ein breiter Oberkörper beugte sich ins Zimmer. »He? Is was?«

Nein, antwortete Hartmann, indem er seine Taschenlampe mit Wucht oberhalb des Zopfes auf seinen Hinterkopf krachen ließ. Wie vom Blitz geschlagen fiel der Sandsack im Kölntrikot in sich zusammen.

»Verdammt«, fluchte Hartmann, der entsetzt erkannte, dass ihm eine Pistole vor die Füße fiel. Verflucht, der Kölner hatte eine Knarre dabei.

Keine Zeit, kein weiterer Blick.

Wo der steckte, war sein etwas größer gewachsener Kollege mit dem schlechten Atem aus dem *Wespennest* sicher nicht weit. Und bei dem Gepolter war es nur eine Frage von Sekunden, bis der nächste Typ mit Ballermann hier auftauchte.

Hartmann kletterte über den Bewusstlosen, sprang Richtung Treppe und hastete – auf keine Geräusche mehr achtend – die Stufen runter ins Erdgeschoss. Richtig. Um ihn herum war alles wach, was wach werden konnte.

»Die Tür vom Waschraum steht offen!«, brüllte ein Mann.

Die Stimme kam genau von dort, sein Rückweg war abgeschnitten.

»Hier stimmt was nicht!«

Hartmanns Blick fegte durch den Flur. Wohin? Das Kinderzimmer! Und dann durchs Fenster nach draußen! Hartmann sprang nach vorn, riss die Tür auf, hechtete ins Zimmer und zog die Tür hinter sich zu.

Die drei Jungs waren auch schon wach und schreckten hoch.

»Ich bin euer Freund«, zischte Hartmann und bemerkte erst jetzt, dass die Fenster des Zimmers vergittert waren.

Das zum Thema Ferienausflug. Das hätte ihm vorhin schon auffallen müssen!

»Anfänger«, schimpfte Hartmann.

Oben war der Kerl aus dem Hotel wieder zu sich gekommen, denn er brüllte. »Hilfe! Hier war einer! Überfall! Einbrecher!«

Was ja nur teilweise stimmte.

Eine Frauenstimme schrie spitz.

Hartmann nickte den Jungs zu, die ihn schlaftrunken und verschreckt anstarrten und bemühte sich um einen freundlichen, aufmunternden Gesichtsausdruck. »Ich komme wieder und hole euch raus.«

Die Kids sahen ihn mit großen Augen ängstlich an.

»Geh nach draußen gucken, ob wer abhaut«, befahl eine heisere Stimme von oben.

»Ja«, quittierte der Mann aus dem Waschraum.

Hartmann hörte über sich mehrere Stiefel durch die Räume trampelten. Er zählte schnell durch. Das waren hier im Haus der Kölner, der aus dem Waschraum, der Osterinselkopf, mindestens noch einer oben, der Gillettemann und eine Frau.

»Da war einer bei dem Gefangenen, die Tür nach draußen ist offen, verdammt!«

Hartmann nutzte die Chance, wenn es denn eine war, und riss die Zimmertür einen Spalt weit auf. Durch die Fenster im Flur erkannte Hartmann, dass der Mann aus dem Waschraum draußen eine Außenlampe eingeschaltet und den Kikweg zur Waldkante hin in helles Licht getaucht hatte.

»Was ist hier los?«, rief die Frau von oben.

Stiefel näherten sich oben wieder der Treppe. Hartmann musste hier weg. Wenn nicht durch den Seitenausgang, dann vorne durch die Eingangstür! Er spurtete los, zurück in den zweiten Flur. Die Treppe ließ er links liegen, bekam die Klinke zu packen. Abgeschlossen!

»Scheiße, da ist einer an der Haustür!«, brüllte jemand aus der ersten Etage.

Hartmann fluchte. Aber der Schlüssel steckte. Er drehte ihn rum …

Und fuhr zusammen. Da hatte ihn wer angepackt. Hartmanns Hand fuhr hinten in den Gürtel. Er bekam den Pistolenknauf zu packen und … hielt inne.

Da unten vor ihm stand einer der drei Jungs aus dem Kinderschlafzimmer und blickte ihn mit großen Augen flehend an. »Nimm mich mit!«

Hartmann raubte es die Luft. Polternde Stiefel auf der Treppe. Hartmann beugte sich zum Jungen runter. Verdammt, wie sollte er denn mit dem Kurzen wegrennen? Da hatte er doch gar keine Chance!

»Ich komme gleich wieder, ich bin gleich wieder …?«

Der Junge hatte die Gelegenheit genutzt und blitzschnell beide Arme fest um Hartmanns Hals geschlungen. Hartmann knirschte einen Fluch und hob den Kleinen hoch. Mit der Linken riss er die Haustüre auf und zog den Schlüssel von innen ab. Draußen drückte er ihn wieder ins Schloss und drehte ihn rum. Keine Sekunde zu früh, denn auf der anderen Seite schlug ein Körper krachend gegen das Holz. Gleichzeitig tauchte ein Bewegungsmelder ihn, den Jungen und den ganzen Eingangsbereich in helles Licht.

»Der ist draußen!«, schrie ein Mann auf der anderen Seite der Tür.

Hartmann wuchtete den Jungen über die Schulter und rannte los. Von rechts sah er einen Schatten auf sich zurennen. Das musste der aus dem Waschraum sein.

»Bleib stehen!« Die weinerliche Stimme vom Osterinselmann.

Stehen bleiben? Schlechte Idee, entschied Hartmann und spurtete in den Wald. Der Ast eines Baumes empfing ihn mit heftig ins Gesicht klatschender Geste. Beinahe hätte er das

Gleichgewicht verloren. Hartmann stolperte vorwärts, hielt sich aufrecht. Die grelle Beleuchtung verlor von Blättern, Zweigen, Bäumen und Sträuchern gefiltert immer mehr an Kraft.

Hartmann schlug einen Haken. Zwar lagen Parkplatz und Auto genau vor ihm, aber ohne Kurven und Tricks würden sie ihn schnell eingeholt haben.

Eine Wurzel holte ihn von den Füßen. Hartmann und der Junge klatschten in eine braungrüne Pfütze. Hartmann nutzte den Moment, legte einen Finger auf seine Lippen. Der Junge nickte und gemeinsam horchten sie in den Wald.

Stimmen.

Hartmann erkannte die Stimme des Kölners, und wenn ihn nicht alles täuschte, auch die des zweiten Schlägers aus dem *Wespennest*. Die Stimmen waren weit weg, aber … sie kamen näher.

Hartmann strich seinem Partner über den Kopf und knipste ihm aufmunternd ein Auge. »Okay. Weiter geht's! Du musst ein Stück selbst laufen!«

Sein neuer Freund nickte.

Hartmann hatte vor ihnen nämlich den kleinen Bachlauf entdeckt. »Wir müssen jetzt springen!«

Hartmann ergriff die Hand des Kurzen. Sie nahmen Anlauf und sprangen gemeinsam ab. Sie schafften es knapp, landeten im morastigen Uferstreifen und sanken bis über die Knöchel im glitschigen Morast ein.

»Da vorne!«, rief ein Mann und verlieh den beiden neue Kraft.

Gute fünfzig Meter weit entfernt, schätzte Hartmann, schulterte seinen Freund und steuerte drei dicht beieinander stehende, dicke Bäume an, in deren Flucht er unentdeckt weiterrennen wollte. Mechanisch setzte er einen Fuß vor den nächsten. In Gedanken ging er den Stadtplan durch. Häuschen rechts, Parkplatz mit Golf links, den Unterbacher See im Rücken. Dann steuerte er jetzt den Sportplatz von Eller 04 an. Den Gedanken kaum zu Ende gedacht, schlug es ihn wieder der Länge nach hin.

Der Kleine schrie laut auf.

Hartmann kniff die Lippen zusammen, schwang den Kleinen wieder über die Schulter und hastete los. Sein rechtes Knie schmerzte. Seine Pumpe rasselte. Die brauchten keine Bluthunde, um ihnen zu folgen, die mussten einfach nur ab und zu in ihre Richtung horchen, mit so viel Lärm hechelte er durch die dunkle Juninacht.

War das da vorne Licht?

Hartmann erkannte etwa hundert Meter vor sich einen hellen Lichtschein. Und waren da Stimmen? Am liebsten hätte er laut gejubelt, ja, da waren Menschen. Er stolperte weiter. Das Licht wurde heller.

»Stehen bleiben!«

Hinter ihnen.

»Stehen bleiben. Oder ich schieße!«

Direkt hinter ihnen. Nur noch ein paar Schritte, dann hatte Hartmann den Waldrand erreicht.

Ein Krachen. Laut. Ein Knall. Hartmann zog den Kopf ein. Aber das war kein Schuss. Das kam von vorne.

Hartmann platzte auf eine freie Rasenfläche. Vor ihm ragte ein Heißluftballon in den dunklen, nächtlichen Himmel. Wieder fauchte es vor ihnen. Ein Mann stand im Korb und drehte den Brenner auf. Ein anderer Mann im Overall stand draußen am Bastkorb und löste Schlaufen.

Himmel, das Ding war dabei zu starten!

Hartmann holte das Letzte aus sich raus und erreichte den Korb.

»Was machen Sie denn hier?«, fauchte der Mann an den Schlaufen ihn an und richtete sich erschreckt auf.

Hartmann erkannte im Korb mehrere Personen. Darunter das Pärchen, das beim Frühstück im Hotel am Nebentisch von einer Fahrt mit dem Heißluftballon geschwärmt hatte.

»He, Mann, wegbleiben, das ist gefährlich. Der Ballon startet gerade.«

Hartmann hievte den Jungen in Richtung Korb. »Der muss noch mit!«

»Was soll der Quatsch?«, herrschte ihn ein Mann im Ballon an.

»Wir werden verfolgt! Bringen Sie den Jungen in Sicherheit! Dann rufen Sie die Polizei!«

»Sind Sie bekloppt? Nehmen Sie den Jungen runter!«

Hartmann ließ sich nicht beirren. Seine Verfolger hatten den Landeplatz jetzt ebenfalls erreicht. Und wenn er sich aus dem Augenwinkel heraus nicht ganz schwer verguckt hatte, dann hielt mindestens einer der Männer eine Flinte in seinen Händen.

»Nimm den Jungen. Der Mann ist doch wahnsinnig!«, mischte sich die Frau des Pärchens ein.

Auch egal, dachte Hartmann. Sollten sie ihn doch alle für übergeschnappt halten, Hauptsache, der Junge war in Sicherheit.

»Mach die Schlaufe los!«, herrschte Hartmann den Mann im Overall an, während er mit Schwung den Jungen in den Korb über sich hob.

Vier Hände zerrten den Jungen in den Korb, der sich jetzt schreiend und strampelnd wehrte.

»Auf keinen Fall«, erklärte der Schlaufentyp.

Hartmann stieß ihn grob zur Seite, der Mann landete im Gras. Das Seil, das schon mächtig unter Spannung gestanden hatte, peitschte sirrend durch die Luft, als Hartmann es aus seinem Karabinerhaken löste und den Ballon freigab, der in Sekundenbruchteilen rasant seine ersten Höhenmeter machte.

Fassungslos starrte ihn der Mann am Boden sitzend an. »Sind Sie verrückt?«

Hartmann blickte über seine Schulter auf die beiden heranstürmenden Männer, dann wieder auf ihn. »Die einen sagen so, die anderen sagen so. Bringen Sie sich in Sicherheit! Rufen Sie die Polizei an! Kikweg 111. Kikweg. Eins, eins, eins! Schnell!«

»Stehen bleiben!«, brüllte der Kölner mit dem Pferdeschwanz.

Hartmann fuhr herum und flüchtete.

Aber nicht nach vorne Richtung Sportplatz weg, wie es seine Verfolger vermutet hatten, die um den Landeplatz des Ballons herumgelaufen waren, um ihm den Weg abzuschneiden, sondern zurück in den Wald.

Hartmann war noch nicht fertig! Noch lange nicht!

Das herrliche Adrenalin pumpte immer neue Ideen in sein Hirn. Bevor ihn das Gebüsch des dichten Waldes wieder verschluckte, warf er einen letzten Blick nach oben. Friedlich und mit fetter Gasflamme schraubte der blau-gelbe Ballon sich hoch und fuhr Richtung Unterbach.

Immerhin das hatte geklappt!

Hartmann gab Vollgas. Zweige schlugen ihm ins Gesicht, mehrmals drohte beim Laufen sein Fuß umzuknicken, aber Hartmann fing sich immer wieder ab, rannte keuchend weiter, holte alles heraus. Die Lunge brannte, sein Puls krachte bis tief in den Hals. Hartmann sprang über eine Wurzel und wäre fast mit dem alten Peugeot zusammengekracht.

»Ja«, jubelte Hartmann, er hatte den Parkplatz erreicht.

Jetzt die Schlüssel. Die Schlüssel …

»Die Schlüssel!«

Scheiße! Hysterisch klopfte Hartmann seine Hose ab. Aber er hatte auf der Flucht alles verloren. Die Schlüsselrohlinge, die Taschenlampe, seinen Autoschlüssel. Er fuhr hinten in den Gürtel.

»Die Knarre!«

Auch weg! Panik würgte ihn.

Aber nur kurz! Weiter. Hartmanns Blick hastete über den Boden. Viel konnte er im Dunkel nicht erkennen, aber was er suchte, brauchte eine gewisse Größe.

Da! Hartmann hob den großen, kantigen Stein auf, trat an seinen Golf und warf ansatzlos und mit aller Wucht den Stein durch die Seitenscheibe seines Leihwagens. Das klirrende Scheibenplatzen war durch den Wald sicher meilenweit zu hören und würde seine Verfolger auf ihn aufmerksam machen, aber Hartmann hatte nicht vor, auf dem Parkplatz Wurzeln zu schlagen. Schnell war die Tür geöffnet. Hartmann warf sich in den Fußraum und ruckelte die Kabel hinter dem Lenkrad frei.

»Danke, Lukas«, murmelte Hartmann, denn es war Lukas Podolski gewesen, der ihm und Bastian Schweinsteiger seinerzeit auf einem Lehrgang der deutschen U18-Nationalmannschaft heimlich gezeigt hatte, wie man in Sekundenschnelle ein Auto kurzschloss.

Funken sprühten, der Motor sprang an, Hartmann hinein und der Wagen mit einem mächtigen Satz nach vorne auf die Fahrbahn. Im Rückspiegel sah er schemenhaft, dass ein Verfolger jetzt ebenfalls den Parkplatz erreicht hatte und eine Pistole hochriss.

Der Golf schoss um die Ecke.

Hartmann schniefte, freute sich, dass keine Kugel durchs Heckfenster einschlug und wusste ganz genau, wem er jetzt ein paar schnelle Fragen zu stellen hatte.

* * *

Knirschend schmirgelten die Reifen des Golf braune Streifen in den Kies. Hartmann krallte den Wagen direkt vor dem Haupteingang des Hotels in den Stand, sprang aus dem Fahrzeug und spurtete durch die Glastür ins Foyer. Kumpel Markus hatte Nachtdienst und fuhr hinterm Tresen erschreckt zusammen. »Was …?«

»Hallo Markus, super, dass du da bist. Große Scheiße passiert!«

»Hallo Christian, was ist dir denn passiert?«, zollte der Hotelangestellte entsetzt Hartmanns ramponiertem Aussehen Respekt.

Der winkte ab. »Halb so wild, Nebensache. Wo hat dein Chef sein Zimmer?«

»Erdgeschoss, da den Flur runter, ganz am Ende links. Zimmer 17.«

»Gut. Ruf die Polizei an! Sie müssen hierherkommen. Sofort! Großes Aufgebot. Mach es dringend, denn: es ist Ernst!«

Hartmann schien den richtigen Ton getroffen zu haben, denn Markus stürzte sich gleich auf das Telefon.

Hartmann rannte los, erreichte die Nummer 17 und drückte die Klinke.

»Verschlossen. Auch gut«, murmelte er ungerührt, trat einen Schritt zurück, winkelte das Knie an und trat krachend die Tür ein. Die Holztür flog aus dem Rahmen und schepperte nach innen.

Hartmann stieg über die Tür und wäre fast über drei Koffer und Reisetaschen gestolpert, die frisch gepackt in der Mitte des Raums standen. Deren Besitzer zuckte zusammen und starrte den überraschenden Besucher mit weit aufgerissenen

Augen an. Karsten van den Bergh reagierte schnell, wirbelte herum und schoss Richtung Terrassentür. Er brauchte nur zwei große Schritte, legte die Hand auf den metallenen Kippgriff, um die Tür zu öffnen und nach draußen zu flüchten. Hartmann brauchte ebenfalls nur zwei Schritte, um genau das zu verhindern.

»Hiergeblieben!« Er packte den Kerl an der Schulter und zog ihn kräftig zurück ins Zimmer.

Van den Bergh torkelte herum und riss die Hände hoch. Ein schwerer Fehler, den Hartmann sofort korrigierte. Er holte kurz aus und setzte ansatzlos einen Schwinger von unten in dessen linke Gesichtshälfte. Van den Berghs Kopf ruckte nach hinten, seine Pupillen purzelten nach innen, die Knie gaben nach. Van den Bergh sackte kraftlos in sich zusammen.

Mann, sollte Hartmanns Abenteuer jemals als Kriminalroman zwischen zwei Buchdeckel geschrieben werden, wünschte er sich diesen Hammer vorne aufs Cover …

Hartmann fing den schlaffen Körper auf und stützte ihn Richtung Schreibtisch. Langsam kam van den Bergh wieder zu sich. Hartmann pflanzte ihn mit dem Hintern auf den Schreibtisch und beschleunigte dessen tranige Rückkehr ins Diesseits mit ein paar kräftigen Ohrfeigen.

»Was …?«, versuchte van den Bergh zu protestieren.

»Ich sag es gleich«, knurrte Hartmann bösartig. Ihre Nasenspitzen berührten sich. »Ich bin verdammt schlecht drauf, und ich habe es verdammt eilig. Ich werde ein paar Fragen stellen, die du mir verdammt schnell beantworten wirst!«

»Ich weiß doch nichts«, murmelte van den Bergh.

»Aufpassen, mein Freund. Für Lügen habe ich keine Zeit!«, zischte Hartmann gefährlich.

Der Hotelmann blinzelte.

»Was geht da in dem kleinen Häuschen vor?«

»Welches Häuschen?«

Hartmann erinnerte sein Gegenüber daran, wer hier die Fragen stellte. Klatsch.

»Da sind … Da werden Kinder zur Adoption angeboten.«

»Illegal!«

»Nicht offiziell. Aber ich habe damit nichts zu tun.«

Hartmann glaubte ihm nicht. Klatsch.

»Das ist eine Organisation. Ich weiß nicht … Paare kommen und verbringen einen Tag mit Kindern, um sich dann zu entscheiden, welches Kind am besten zu ihnen passt. Das klingt doch gut.«

Klang es nicht, dachte Hartmann und packte van den Bergh vorne fest beim Kragen. »Wer gehört alles zur Bande?«

»Ich kenne die nicht. Nicht schlagen!«, flehte van den Bergh. »Ich gebe ja alles zu. Ich erzähl, was ich weiß. Ein Mann hat das Häuschen vor ein paar Monaten angemietet. Er kam auf mich zu, hat mir sein … Geschäft erklärt. Er hat mir Geld angeboten. Viel Geld.« Van den Bergh hustete und lief leicht rötlich an.

»Was war das für ein Mann?«

»Ich kenne keinen Namen, ehrlich! Er sprach mit Akzent. Später haben zwei andere Männer von einem Belgier geredet. Damit meinten sie wohl ihn, aber ich weiß keine Namen. Bitte nicht schlagen!«

Das wollte Hartmann nicht versprechen. Konnte er auch gar nicht, denn blinde Wut hatte den Teil seines Verstandes, der für Hemmungen zuständig war, mit grobem Griff fest an die Hirnwand gedrückt. »Weiter!«

»Die Kunden buchen sich hier im Hotel ein, bis ein Termin frei ist. Das ist unauffällig, weil hier doch sowieso wegen dem *Wespennest* so viele Paare absteigen. Und weil hier alles so anonym ist. Auswärtige Gäste, auswärtige Kennzeichen, es werden keine Fragen gestellt.«

Durch van den Berghs Gewinsel konnte Hartmann hören, wie das Hotel erwachte. Stühle wurden geschoben, Stimmen, Schritte, Türen wurden geöffnet. Publikum konnte Hartmann nicht gebrauchen, er musste sich beeilen. »Was war deine Aufgabe?«

»Ich habe sonst keine Aufgabe.«

Hartmann packte härter zu. Van den Bergh Gesichtsfarbe wechselte ins Dunkelrote.

»Ich habe ein Telefonat mitbekommen. Du solltest dich um mich kümmern!«

»Das war doch nur, weil die irgendwie erfahren haben, dass Sie ein Privatdetektiv sind und hier rumschnüffeln. Die wollten wissen, auf welcher Spur Sie sind, was Sie herausgefunden haben. Ich sollte dafür sorgen, dass Sie wieder verschwinden.«

»Was war Resis Rolle?«

»Ich wusste, dass sie dringend Geld brauchte und ansonsten am liebsten sofort gekündigt hätte. Ich habe erfahren, dass Resi mit Ihnen zusammen ins *Wespennest* wollte. Da habe ich ihr Geld geboten, damit Sie in der Nacht in einem ganz bestimmten Raum landen. Gefesselt und mit Augenbinde. Resi sollte dann verschwinden und die Tür offen lassen, damit man sich um Sie … Also, Resi konnte danach sofort abhauen. Hat sie ja auch gemacht.«

Hartmann hörte, wie sich Martinshörner jaulend näherten. Gut so. Er schob van den Bergh Richtung Bett, warf ihn drauf und drehte ihn auf den Bauch, Gesicht nach unten. Oben auf der Reisetasche hatte ein langer, weißer Seidenschal gelegen, den sich Hartmann jetzt ranangelte, um van den Berghs Handgelenke zu fesseln. »Kommen wir jetzt zu Svenja Suceava«, ging Hartmann, einen festen Knoten ziehend, ans Eingemachte.

»Mit Svenja habe ich doch nichts zu tun«, kreischte van den Bergh.

Hartmann musste sich beeilen. Jeden Moment konnte ein erster, neugieriger Gast erscheinen und seine Nase ins Zimmer hängen. Er griff in die Fessel und ruckte die Arme nach oben. Van den Bergh schrie auf.

Hartmann zischte. »Svenja ist tot.«

»Svenja haben doch nicht … wir ermordet. Oder die. Die bringen doch keinen um. Das macht doch gar keinen Sinn. Das ist doch viel zu viel Aufsehen. Sie hätten doch damit rechnen müssen, dass die Bullen rauskriegen, wo Svenja arbeitet. Dann hätte die Kripo hier vor Ort ermittelt. Nein, das waren nicht die!«

Hartmann ließ ein wenig lockerer, denn die letzten Worte hatte der Hotelmann nur noch schlapp in die Matratze röcheln können. Farblich war er von Rot ins Bläuliche gewechselt, gleich würde der ihm wegkippen. Dabei hatte er noch ein paar Fragen. »Was ist mit dem gefesselten Mann, drüben im Bett?«

»Ich weiß von keinem Mann«, stöhnte van den Bergh.

»Die Polizei wusste schon Bescheid … Was ist denn hier los?«, rief Markus entsetzt, der hinter ihnen das Zimmer 17 betreten hatte.

»Dein Chef steckt knietief in einer verdammten Schweinerei. Wir übergeben ihn der Polizei. Er ist geständig, nicht wahr?«

»Ja«, zischte van den Bergh.

Übergeben und Geständnis, das klang für den ängstlichen Hotelmann wie am Leben bleiben und daher wie eine gute Alternative.

In diesem Moment fiel Hartmann auf, dass die heulenden Martinshörner das Hotel passiert hatten. Ohne anzuhalten. Hatten die sich verfahren?

»Wieso hatten die bei der Polizei schon Kenntnis?«, fragte Hartmann verunsichert.

»Keine Ahnung. Ich nehme an, wegen des Feuers?«, mutmaßte Markus.

»Des Feuers? Welches Feuer?«, fragte Hartmann entsetzt.

* * *

Ein dicker, grau-brauner Schlauch lag quer über dem Kikweg und blockierte die Fahrbahn. Zwei uniformierte Polizisten mit gelben Leuchtwesten passten auf, dass niemand drüberfuhr. Hartmann lenkte seinen Wagen weit genug von ihnen entfernt an den linken Fahrbahnrand, damit sie die eingeschlagene Seitenscheibe nicht erkennen konnten. Licht aus. Dann verließ er das Auto und verschwand in den Wald. Schnell schlich er durchs dichte Gestrüpp, um so die Absperrung zu umgehen.

Noch bevor er die Waldkante erreicht hatte, konnte er das Feuer sehen und hören. Das Dach des kleinen Hauses stand im hinteren Bereich in hellen Flammen. Gierige, rote Zungen reckten sich wild zuckend in den Junihimmel. Aus jeder Ritze des Daches fauchten giftgraue Qualmschlieren. Es pfiff und zischte.

Feuerwehrleute standen breitbeinig, hatten ein C-Rohr in Stellung gebracht und riefen sich Befehle zu. Der Wind wehte ätzenden Rauch zu ihnen rüber. Schwere Dieselmotore röhrten, Blaulicht flackerte.

Hartmann trat unauffällig aus dem Wald in den eigentlich abgesperrten Fahrbahnbereich und entdeckte ein Stück weiter rechts, etwas abseits stehend, zwei Feuerwehrmänner. Beide trugen blau-gelbe Uniformen und einen Helm. Der Ältere von ihnen sprach in eine Sprechgarnitur, der Jüngere trug ein Klemmbrett. Beide sahen wichtig aus.

Hartmann stellte sich schniefend neben sie. »Hallo!«

»Wer bist du denn?«, fragte der Ältere.

»Polizei, Zivilstreife. Von der Polizeiwache Wersten. Mein Kollege steht hinten am Auto«, nickte Hartmann unbestimmt nach hinten. »Und? Wie sieht es aus?«

»Nicht gut. Diese alten Hütten brennen wie Sau.«

Hartmann nickte. »Sind die Kinder schon draußen?«

»Ja. Alle drei. Jungs, circa drei Jahre alt. Die Sanitäter kümmern sich um die Burschen.«

Der Jüngere deutete mit dem Klemmbrett nach links. Im Verlauf der Straße sorgten sich mehrere Sanitäter um hustende Personen, legten ihnen Wolldecken um und reichten Trinkbecher. Ein Mann wurde an einen Rettungswagen geführt. Hartmann erkannte den Osterinselmann und drehte sich schnell wieder in eine andere Richtung.

In diesem Moment krachte plötzlich der hintere Teil des Dachstuhls ächzend in sich zusammen, Fensterscheiben splitterten. Eine dunkle Rauchwolke wurde gen Himmel geatmet und verlor sich in der schwarzen Dunkelheit. Ein greller Funkenregen prasselte auf die Feuerwehrleute herab, eine heiße Luftwelle überrollte Hartmann, der sein Gesicht abwendete und erschrocken die Luft anhielt.

»Fang dir keine Funken ein«, mahnte der Jüngere.

»Passt mir auf den Wald auf, nicht, dass es übergreift. Das ist trocken wie Zunder!«, brüllte der Ältere in den Pyker.

Dann fiel es Hartmann siedend heiß ein. »In der ersten Etage lag ein Mann, an ein Bett gefesselt. Ist der auch draußen?«

»Ein gefesselter Mann?« Der ältere Feuerwehrmann zuckte mit den Schultern. »Weiß ich nichts von, oder?«

Der Jüngere flog übers Klemmbrett. »Nee, hab ich hier nicht auf der Liste.«

Ein weiteres Teil des Dachs gab auf und sackte dumpf in sich zusammen. Lodernde Flämmchen leckten gierig durch die Luft, Rauch brauste tosend.

»Dann ist da noch einer drin!«, rief Hartmann.

Der Ältere schüttelte mit verkniffenen Lippen bitter den Kopf. »Wenn da noch einer drin ist, sieht das ganz böse aus. Das ist zu spät. Ich kann keinen meiner Männer mehr in die Hölle reinschicken. Tut mir leid.«

Hartmann nickte. Tat ihm auch leid.

* * *

Hektisch ruckelte er an seinen Fesseln. Seine Augenlider flackerten. Was war hier los? Verdammt! Was war das für ein Kerl? Der mit der Taschenlampe. Was hatte der Typ in seinem Zimmer gewollt? Wie er ihn angestarrt hatte … War er gekommen, um ihn zu befreien, ihn hier rauszuholen?

Er war sich sicher. Der Mann gehörte nicht zu ihnen. Der gehörte … nicht … zu ihnen. Aber warum hatte er ihm nicht die Fesseln abgenommen, ihn nicht befreit, verflucht noch mal?

Verflucht … ja.

Ich komme wieder!

Ich komme wieder, hatte er verstanden.

Ver-flucht!

Wie gerne würde er sich um den Verstand fluchen. Ausschreien, ausspucken, Gift und Galle rausrotzen, wenn das dicke Schwein mit dem schwarzen Zopf ihm nicht diesen dreckigen Knebel in den Mund gestopft hätte, wie würde er dann fluchen. Alle würde er verfluchen, alle Heiligen dieser Welt, alle Seelen auf Erden, alle, alle, alle!

Er spürte, wie ihm das Blut durch den Kopf schoss und bremste sich. Langsam, langsam. Er stand kurz vorm Durchdrehen.

Er versuchte, sich auf irgendetwas zu konzentrieren, sich abzulenken. Wie lange lag er jetzt schon hier in diesem verfickten Bett? Drei Tage? Vier? An Füßen und Händen gefesselt. Mit einem Knebel zwischen den Zähnen, der ihm den Rachen trocken und die Mundwinkel blutig geritzt hatte? In dieser Mischung aus grauer Dämmerung und Dunkelheit, aus Bewusstlosigkeit und trübem Halbschlaf hatte er total die zeitliche Orientierung verloren.

Aber jetzt. Dieser Mann.

Ich komme wieder.

Er lauschte. Etwas war anders. Jetzt. Im Moment. Etwas hatte sich verändert.

Schritte, Stimmen. Lautes Rufen, Befehle.

Er blinzelte und hob den Kopf, reckte ihn so weit wie möglich in die Höhe. Es schmerzte in seinem Nacken, aber er konnte ihn sehen: den grellen, scharfkantigen Spalt zwischen der Tür und dem Holzboden seines Zimmers. Licht. Draußen im Flur brannte das Licht. Das bedeutete, dass es Nacht war.

Nacht? Nachts war es sonst immer ruhig. Still. Aber jetzt war es laut.

Die Stimmen. Und dazwischen wieder diese ängstlichen, weinenden Kinderstimmen. Eine Frau. Er hörte die hohe Stimme einer Frau, einer hysterisch schreienden Frau. Und die geblafften Befehle von diesem hageren Typen, der ihn zusammen mit dem Schwein anfangs, in der ersten Nacht verhört hatte. Dem er nichts hatte sagen können.

Der Mann, den er, Wolfgang C. Arnolds, als den Boss dieser Bande ausgemacht hatte.

Arnolds stutzte. Und wusste erst nicht, welcher seiner Sinne ihm den nächsten Streich spielen wollte. Wieder hatte sich irgendwas geändert. Geräusche? Ein neues Geräusch hatte sich unter die Stimmen gelegt.

Noch fern. Aber immer lauter werdend.

Arnolds … spitzte die Ohren und schloss die Augen.

Schritte hasteten die Holztreppe herunter. Die Kinder waren nicht mehr zu hören. Befehle gingen hin und her.

Er hörte …

Oh Gott! Ja!

Er erkannte das Dröhnen, die Sirenen. Er hörte ein Martinshorn. Immer näher kommend, immer lauter!

Ja, die Bullen.

Oh Gott, ja. Das bedeutete … das Ende! Das Ende seines elenden Martyriums. Sie kamen, um ihn zu befreien. Sie würden ihn finden, ihm diese verfluchten Fesseln abnehmen, ihm den Knebel aus dem Mund rupfen und ja, ihn befreien.

Er zerrte vor Anspannung an seinen Fesseln. Die Klebestreifen gruben sich in das wunde Fleisch seiner Handgelenke, aber es tat nicht weh, sondern es tat gut. Es war so gut etwas zu … spüren, das Leben zu spüren. Gleich, gleich war alles vorbei!

Das Dröhnen der Martinshörner war ohrenbetäubend. Oh nein, sie waren nicht am Gebäude vorbeigefahren, wie er es eine Sekunde lang entsetzt befürchtet hatte, nein, die Sirenen schienen gleich neben seinem Bett zu röhren. Im Stand. Das dazugehörige Fahrzeug bewegte sich nicht mehr.

Er horchte. Waren das Tritte auf der Treppe? Kamen sie schon die Treppe hoch?

In der Ferne näherten sich weitere Hörner. Sie schienen aus allen Richtungen zu kommen.

Gut, das war so gut!

Arnolds spürte eine Träne, die ihm aus dem Augenwinkel heiß über die Wange rollte. Das war zu viel. Das war alles zu viel. Gleich war es vorbei. Endlich. Die Emotionen entluden sich in einem heftigen Zittern, wie Schüttelfrost.

Wolfgang Arnolds hustete. Beruhig dich. Beruhig dich! Gleich ist es vorbei. Gleich, gleich.

Er horchte. Keine Schritte auf der Treppe. Immer noch die Sirenen. Einzelne Stimmen, laute Kommandos.

Er hustete.

Arnolds hielt inne. Und konzentrierte sich. Wieder so ein Sinnesstreich. Oder?

Er hustete.

Vorsichtig reckte er noch mal den Hals, suchte den Spalt. Der normalerweise scharf im Licht gekantete Spalt wirkte schlierig. Schien vor seinen Augen zu verschwimmen. Verschwimmen?

Arnolds blinzelte. Warum brannten seine Augen auf einmal.

Tränen … ja, aber, warum …

Er schloss die Augen und konzentrierte sich. Nur ein paar Sekunden noch, nur ein paar kurze Sekunden.

Er riss die Augen entsetzt auf, starrte auf den immer dunkler werdenden Spalt und konzentrierte sich diesmal auf den Geruch.

Feuer, schrie er in den Knebel hinein. Feuer, Feuer, Feuer!

Arnolds brach aus in ein heftiges, hässliches Husten, und er merkte entsetzt, dass er am Knebel vorbei Qualm einatmete. Wenig zunächst, aber schon der nächste Atemzug fiel ihm deutlich schwerer.

Das Hintergrundgeräusch war lauter geworden. Das war das Knistern und Lodern von Flammen, die sich gierig durch das alte Häuschen fraßen.

Und mit einem Mal wurde ihm klar, dass er, Wolfgang C. Arnolds, hier in diesem Bett verrecken würde. Er würde elendig ersticken und verbrennen.

Arnolds schrie. Schrie, wie er noch nie im Leben geschrien hatte. Ohne, dass ein Laut an seinem Knebel vorbeidrang. Er spürte, wie er langsam das Bewusstsein verlor. Und es war für ihn irgendwie tröstlich zu bemerken, dass er, bevor er ersticken würde, schon lange wahnsinnig war.

Was für ein Ende …

Keine Bullen. Das waren Feuerwehrleute, begriff er, bevor die Nacht ihn mit festem Griff packte. Oder war es gar keine Nacht, die sich seiner bemächtigen wollte, sondern war es schon … der Tod.

Eine Detonation grollte durch das Haus. Irgendwo war etwas explodiert. Es war ihm egal. Es war ihm so was von scheißegal.

Arnolds schloss die Augen. Schrie auch nicht mehr in den Knebel hinein. Und er schloss den Mund. Er atmete nicht mehr. Denn da war nur noch schwarzer, giftiger Qualm, den er hätte einatmen können. Und wo, verdammt noch mal, wäre da der Sinn.

Da ließ er es doch besser gleich ganz sein.

* * *

Mit der Taschenlampe war die Fensterscheibe ruckzuck eingeschlagen. Heiße Luft schlug ihm entgegen und schubste ihn fast rückwärts von der Leiter.

Hartmann war ums Haus gerannt. Er musste etwas tun, schließlich hatte er den Mann vor weniger als einer Stunde hilflos in seinem Bett gefesselt zurückgelassen. Er hatte sich an die lange, marineblaue Holzleiter erinnert, die er beim ersten Blick mit dem Fernglas aus Svenjas Engelchenzimmer hinterm Haus an einem Baum angelegt entdeckt hatte.

Umsichtige Feuerwehrleute, die ihn möglicherweise hätten zurückhalten können, standen nicht auf der Rückseite des Gebäudes, sondern löschten ausschließlich von der Vorderseite des Hauses aus, weil der Wind Funken und Feuer in diese Richtung blies.

Schnell war die Holzleiter gegen die Häuserwand gelegt, Sprosse um Sprosse erklommen. Mit einem kräftigen Ruck riss er jetzt ein von innen angebrachtes, schwarzes Verdunklungsrollo aus der Befestigung und schepperte sich mit abgewendetem Gesicht ein ausreichend großes Loch in die Scheibe, um hindurchschlüpfen zu können. Mann, war das heiß.

»Wenn das mal gut geht«, unkte es ganz weit hinten in seinem Hirn.

Kleine Glaszacken blieben spitz im Rahmen stecken, aber das hatte jetzt zu genügen, denn es musste schnell gehen. Nur ein paar Meter weiter rechts über ihm toste das Feuer, und es war eine Frage der Zeit, wann auch der Teil des Dachstuhls direkt über ihm in sich zusammenkrachen und die kleine Gaube, in der sich das Fenster befand, mit sich ziehen würde.

Er hatte nur einen Versuch. Drinnen war alles schlierig. Hartmann leckte sich nervös die Lippen und pumpte seine Lunge randvoll mit Sauerstoff.

»Okay.«

Mit Schwung hebelte Hartmann sich über die oberste Sprosse der Leiter durch den Fensterrahmen nach drinnen und landete im Zimmer. Augenblicklich legte sich der heiße Rauch um seinen Körper wie eine dicke Wolldecke. Qualm schoss ihm ätzend in die Augen, raubte ihm die Sicht, aber Hartmann wusste ja, wo er hin musste, wo das Bett stand.

Schnell hatte er die Metallpritsche erreicht. Gleichzeitig zückte er das Taschenmesser. Schemenhaft erkannte er mit tränenden Augen im trüben Licht seiner Taschenlampe den leblosen Körper. Blitzschnell durchtrennte er die vier Fesseln.

Arme und Beine sackten schlaff auf die Metallmatratze. Verdammt, das wurde eng.

Obwohl er den Mund geschlossen hielt, zerkratzte Rauch seine Luftröhre. Hartmann unterdrückte mühsam den Hustenreiz und den Wunsch, zu atmen.

Er versenkte das Messer wieder in der Jeans, klappte mit einem Ruck den Oberkörper des Mannes hoch, ging in die Hocke, zog ihn auf seine rechte Schulter und richtete sich auf. In dieser verfluchten Höllenhitze war der Kerl doppelt schwer.

Drei Schritte bis zum Fenster, bis zum unendlich weit entfernt liegenden Fenster.

Er schaffte es nicht.

Er spürte wie der tödliche Qualm eine fleischige Hand formte, die sich wie ein Schraubstock heiß um seine Kehle legte und immer stärker werdend zudrückte. Der Rauch war wie Gelee, sein Körper watete durch sumpfigen Dunst. Mit allerletzter Kraft erreichte er den Fensterrahmen.

Luft, Luft.

Hartmann riss sich zusammen. Nein! Noch nicht! Jetzt noch nicht atmen! Seine Lunge brannte, seine Brust schmerzte, drohte zu platzen. Aber noch stand er direkt im Qualm, würde er keine Luft, sondern tödlichen Rauch einatmen, der ihn in Sekundenschnelle zu Boden ringen würde.

Mit einem Ruck wuchtete er den Mann über den Fensterrahmen mit dem Kopf voran nach draußen. Dann reckte Hartmann selbst den Schädel weit nach vorne, weit nach draußen, weit nach links und schnappte nach Luft.

Hustenanfall. Zu viel Qualm, und ja, möglicherweise zerschoss es seine Lunge in blutige Fetzen, aber zusammen mit Ruß und Rauch kam irgendwie auch genug Sauerstoff in seinen halbtoten Kreislauf.

Im Gebälk hinter ihm knirschte es bedrohlich.

Weiter! Schnell! Er griff den Mann und langte in etwas Klebriges, Rutschiges. Mist, der Kerl hatte sich am Fensterrahmen die Stirn blutig geschlagen.

»He«, hörte er von unten plötzlich einen Feuerwehrmann brüllen.

Hartmann blinzelte herab und erkannte, dass einer der Feuertruppe ihn oben im Fenster entdeckt hatte. Noch ein zweiter war ebenfalls auf diese Seite des Gebäudes gewechselt und stand sogar schon fast direkt vor ihm auf der alten Holzleiter. Jetzt pflückte er mit festem Griff den leblosen Körper aus dem Fensterrahmen und hievte ihn sich auf die Schulter.

Alles wird gut, dachte Hartmann. Und merkte, dass seine Knie nachgaben, dass sie wie aus Pudding vor und zurück wackelten. Jeden Moment würde er schlaff nach hinten kippen. Sein Oberkörper torkelte trunken, seine Wirbelsäule verlor die Spannung.

Raus!

Er musste raus! Sofort.

Mit allerletzter Kraft legte er ein Bein über den Fensterrahmen, spürte kaum, dass sich der spitze Rest einer scharfen Glasscherbe durch seine Jeanshose ratschte. Mit taubem Fuß ertastete er eine Sprosse, verlagerte das Gewicht und rutschte ab. Für Sekundenbruchteile drohte er, zurück nach drinnen zu schwanken.

Weiter! Nicht aufgeben!

Er brachte seinen Oberkörper nach draußen, möglichst weit über die Leiter. Dass er mit seinem Schuh eine der ausgetretenen Holzsprossen treffen würde, daran war nicht mehr zu denken. War auch egal. Hauptsache es ging raus.

Ging es auch. Und zwar kopfüber. Na gut, besser als zu ersticken. Wahrscheinlich würde er sich die Knochen brechen. Hartmann stürzte nach unten …

In die Hände des Feuerwehrmannes, der seine leblose Fracht dem Kollegen am Boden übergeben hatte, wieder direkt unter Hartmann auf der Leiter stand und ihn jetzt mit ausgebreiteten Armen auffing. Irgendwie schaffte er es, Hartmann die Leiter runterzubalancieren und ihn über den Weg vom Brandobjekt fort ein paar Meter weit in den Wald hineinzuzerren.

Hartmann versuchte, ein Wort zu formulieren, was nicht ganz klappen wollte, ein Wort wie *Danke*. Aber der fette Rauch hatte seine Stimmbänder verklebt.

Hören konnte er auch nicht richtig. Nur einzelne Worte, die ihm der Feuerwehrmann zubrüllte. Hartmann verstand nur »Idiot« und »lebensmüde«.

Als sein Retter Hartmann mit dem Rücken gegen den Stamm eines Baumes setzte, seufzte Hartmann tief. Jetzt bot sich endlich die schnelle Gelegenheit, für ein paar Sekunden ohnmächtig zu werden …

Hartmann schüttelte den Kopf, atmete vorsichtig tief ein und spürte, wie wilde, unvernünftige Lebensgeister wieder in seinen geschundenen Körper zurückkehrten und auffordernd *Hallo* riefen.

Keine Zeit!

»Alles klar?«, rief ihm der Feuerwehrmann zu.

Hartmann nickte.

»Ich muss rüber zu meinem Kollegen. Ich hole einen Sanitäter. Du bleibst hier liegen, verstanden?«

Hartmann nickte. Nicken ging schon wieder ganz gut. Er checkte die Knochen.

»Alle noch ganz«, ließ es sich auch schon wieder krächzen.

Der Feuerwehrmann stand auf und verschwand.

Hartmann ächzte sich vorsichtig in die Senkrechte. Mit Pudding in den Knien bekämpfte er torkelnd eine Schwindelattacke. Schlimmer waren das ungesunde Rasseln in seinem Brustkorb und der pelzige Bezug auf seiner Zunge. Ekelhaft. Hartmann ertastete an der Stirn eine kleine, harmlose Beule und fand, dass der blutkrustige Glasscherbencut am Oberschenkel zwar leider seine Jeans ruiniert hatte, aber ansonsten keiner vorrangigen Aufmerksamkeit bedurfte. Leicht schwankend zupfte er ein Taschentuch aus der Hose und trötete sich die große Nase frei.

»Nun denn.«

Er hatte noch was zu erledigen. Einmal im Schritt, taten es die Beine auch wieder überraschend ordentlich.

Vom Haus hielt er sich sicherheitshalber ein paar Meter fern. Einmal, weil der Dachstuhl inzwischen auf gesamter Länge in die erste Etage gekracht war und es im Haus immer wieder laut knallte, weil irgendwas explodierte. Zum anderen befürchtete er, dass ihn fürsorgliche Feuerwehrleute oder Polizisten direkt wegpflücken und in ein Krankenhaus transportieren würden. Sicher würden sie ihn nicht die Dinge tun lassen, die er sich noch vorgenommen hatte, zu erledigen. Kerl, und das war einiges!

Er hustete und spuckte schwarzen Schleim in den Waldboden zu seinen Füßen.

Aber er musste sich keine Sorgen machen. Die Feuerwehrleute hatten alle Hände voll zu tun. Der Wind hatte einzelne Funken bis in den Eller Forst getragen und dort mehrere Brandnester entzündet, die schnell erwachsen wurden. Aus mehreren Rohren spritzte Wasser, Dutzende Feuerwehrmänner rannten wie an der Schnur gezogen im Laufschritt durcheinander. Alles ging eingeübt Hand in Hand, aber die Gefährlichkeit der ganzen Situation war mit den Fingern greifbar.

Ohne angesprochen zu werden, gelangte Hartmann über den unbefestigten Rundweg an mehren Lösch- und Einsatzfahrzeugen vorbei bis auf den kleinen Parkplatz des Gebäudes. Ein fetter Strahler, der an einem Lichtmast hing, tauchte den ganzen Ort in helles Licht.

Um nicht erkannt zu werden, legte Hartmann eine Hand vors Gesicht und musterte die anwesenden Personen. In den Armen einer jungen Polizistin erkannte er den kleinen, schwarzafrikanischen Jungen. Hartmann trat einen Schritt zurück, denn ein gelbroter Krankentransportwagen wendete schwungvoll und schoss mit eingeschaltetem Blaulicht an ihm vorbei.

Am Ende des Platzes mühten sich zwei uniformierte Polizisten angenervt mit einem Reporter ab, der seine riesige Kamera auf der Schulter trug und hartnäckig Grundrechte zitierend versuchte, direkt bis an die gesperrte Unglücksstelle vorzudringen.

Hartmann spähte durch die kleine Heckscheibe in einen weiteren Notarztwagen. Dort wurde dem asiatischen Jungen ein Tropf angehängt. Der Junge weinte mit geschlossenen Augen bitterlich, aber immerhin: Er war wohlauf.

Hartmann ging um die Ecke und wich zurück. Verdammt. Fast wäre er mit den beiden Männern zusammengestoßen, die sich dort beratschlagten. Den einen kannte er, das war der ältere der beiden Feuerwehrleute. Den anderen kannte er auch. Das war Kriminalhauptkommissar Dircks, der als Mordermittler auch für Brandstiftung zuständig war und dem er mit Sicherheit aber überhaupt nicht über den Weg laufen durfte.

Trotzdem blieb Hartmann lang genug stehen, um ein paar kurze Wortfetzen aufzuschnappen, die der Feuerwehrmann in seinen Pyker sprach.

»Ja … Welche Farbe der halb verkokelte Benzinkanister hatte, den ihr gefunden habt … Gelb? … Wie groß sagst du, zehn Liter? … Richtig. Sicherstellen! Als Spurenträger, unbedingt!«

Auch Dirks hatte ein Handy am Ohr und befahl, gegen den tosenden Lärm um ihn herum anschreiend: »Der Heißluftballon soll so schnell wie möglich landen. Die sollen dann sagen, wo sie sind und ich schicke sofort ein Team dahin, die müssen vernommen werden!«

Hartmann drückte sich vorsichtig wieder zurück hinter den KTW, ging zur Polizistin mit dem schwarzafrikanischen Kind und beugte sich über die beiden.

»Hallo, mein Name ist Tappert. Horst-Erwin Tappert, ich bin von der Jugendschutzstelle und soll mich um die Jungs kümmern.«

»Hallo«, grüßte ihn die Kollegin.

Der kleine Junge sagte nichts und drückte sich enger an die Polizistin.

»Dem geht's soweit gut?«

»Soweit ja. Die Personalien stehen immer noch nicht fest. Für diese beiden, kleinen Männer hat sich noch niemand gemeldet.« Sie nickte besorgt in Richtung des brennenden Hauses. »Hoffentlich sind die Eltern nicht noch da drin.«

Hartmann nickte und hätte ihr nur zu gerne gesagt, dass er das nicht glaubte.

»Wird schon gut gehen. Und, äh …, das dritte Kind?«

»Den haben seine Eltern gerade abgeholt.«

Hartmanns Herz setzte aus. »Seine Eltern?«

»Ja. Weil hier schon so viele Krankenwagen im Einsatz sind, wollten sie den Kleinen schnell selbst ins Gerresheimer Krankenhaus fahren. Die müssten dir eigentlich gerade entgegengekommen sein.«

Hartmann fuhr sich fahrig mit der Zunge über die Lippen. Seine Eltern …

Die Kollegin nickte in seine Richtung. »Warst du auch in dem Haus? Ich meine, so wie du aussiehst, solltest du am besten auch im Gerresheimer vorsprechen.«

Hartmann winkte ab. Die Gehirnzellen, die ihm trotz Rauch und Feuer geblieben waren, arbeiteten auf Hochtouren.

»Die Eltern, sehr gut«, erklärte Hartmann. »Er ist so ein sportlicher Kerl, um die Dreißig, Nassrasiererwerbung. Sie ist ein wenig älter als er, ausgesprochen gutaussehend?«

Die Beamtin nickte. Und Hartmann sah entsetzt seine schlimmsten Befürchtungen bestätigt. Eltern! Das waren die beiden aus dem Hotel!

Und den gelben Reservekanister, von dem der Feuerwehrmann gerade gesprochen hatte, den hatte Hartmann auch schon mal gesehen. Den hielt die Mutter in spe nämlich in ihren Händen, als ihr adonisgleicher Göttergatte am Hotel *Zur Linde* den Koffer in einen dunkelgrauen Audi geladen hatte.

Dunkelgrauer Audi.

Hartmann spannte sich an. Vielleicht … »Ich muss die beiden noch sprechen und fahr ihnen schnell hinterher ins Krankenhaus«, wendete Hartmann sich zum Gehen weg.

»Und was mache ich mit dem Kleinen hier?«

»Der fühlt sich pudelwohl bei dir. Ich schick dir gleich meine Kollegin!«

Hartmann rannte los und freute sich, dass seine Beine schon wieder mitmachten. Parkplatz, Parkplatz, Parkplatz. Drei Kisten hatten dort heute Abend gestanden und ja, ein grauer Audi hatte dort auch geparkt. Hartmann hastete die Straße entlang.

»Ja!«

Da stand der Wagen noch. Sicher, das war er. Zwanzig Meter vor ihm. Die Innenbeleuchtung war noch an. Hartmann erkannte drei Köpfe. Einer auf dem Fahrersitz und … genau, zwei hinten auf der Rückbank. Und jetzt …

»Verflucht!«

Der Wagen wurde gerade in diesem Moment gestartet. Hartmann beschleunigte, aber der Wagen ruckte los. Hartmann hämmerte eine Faust in die Handinnenfläche. Er versuchte sich das Stuttgarter Kennzeichen zu merken, das er gerade noch so hatte ablesen können, aber er bezweifelte, dass dieses Kennzeichen wirklich weiterhelfen würde. Jemand, der illegal ein Kind adoptieren wollte und bereit war, ein Haus abzufackeln, der hatte nicht die korrekten Kennzeichen am Fahrzeug.

Hartmanns Blick schoss hektisch über den Platz. Sein eigenes Auto stand auf der anderen Seite des Kikwegs, dazwischen der Einsatzort samt Feuer. Keine Chance, die Kiste rechtzeitig zu erreichen. Die Podolski-Variante …

Hundert Meter weiter bog ein rotes Paar Rückleuchten nach links auf die Rothenbergstraße.

Hartmanns Blick fiel auf einen schrammeligen VW-Passat-Kastenwagen, der ganz am Rand des Parkplatzes stand. Hartmann nutzte die einzige Chance und rannte los. *»Blaulichtkamera«*, las Hartmann in abblätternden Lettern auf der verbeulten Fahrertür. Hartmann jaulte auf, der Schlüssel steckte. Er schwang sich hinein und startete den Wagen. Aus den Augenwinkeln heraus sah er vom Einsatzort kommend drei Personen sich in seine Richtung bewegen. Zwei Polizisten schubsten einen heftig gestikulierenden Pressemann mit Kamera vor sich her. Hartmann pflückte ein Fernglas unterm Hintern hervor, auf das er sich gesetzt hatte und gab Vollgas. Mit durchdrehenden Reifen nahm er die Verfolgung des Audi auf.

Im Rückspiegel sah er, dass der Kameratyp immer noch wild gestikulierte. Jetzt nicht mehr beleidigend gegen die Polizisten, sondern hektisch in seine Richtung.

Die Cops würden sich kaputtlachen.

Als ein weiteres Fahrzeug zwischen ihnen auf den Kikweg bog, verlagerte Hartmann seine Aufmerksamkeit nach vorne. Die Kiste klapperte in allen Teilen und zeigte sich sofort für eine längere Verfolgungsfahrt denkbar ungeeignet, aber vielleicht hatte Hartmann Glück und die Fahrt war schnell zu Ende. Die Tanknadel war defekt. Dafür brannte die Innenbeleuchtung ununterbrochen.

Hartmann bog links ab und drehte das Radio aus. Die *Ärzte* waren gut, aber er wollte rechtzeitig mitbekommen, wenn die alterschwache Schrottkarre sterbend erste Teile auf die Fahrbahn spuckte.

Ein Streifenwagen mit eingeschaltetem Blaulicht heulte ihm entgegen, und endlich erkannte Hartmann die Rücklichter des Audi, der brav an der Ampelanlage Richtung Unterbach bei Rotlicht gewartet hatte und gerade losfuhr, weiter in Richtung Gerresheim.

Jetzt hatte Hartmann endlich Zeit, durchzuatmen. Das Radio war doch aus? Was quäkte denn da?

»Düssel 13/22, ich wiederhole Ihre Durchsage. Der Ballon ist gerade an der Gerresheimer Landstraße gelandet, die Insassen sind wohlauf?«

»Richtig, Düssel. Vier Personen, zwei Männer, eine Frau und ein kleiner Junge.«

Hartmann verdrehte sich den Hals nach hinten und entdeckte auf dem Rücksitz einen blinkenden Kasten. Der Kameratyp hörte den Polizeifunk ab!

»Gut. Stellen Sie die weitere Erreichbarkeit der Personen sicher, die Kripo schickt einen Beamten zur Vernehmung. Und erfragen Sie eine Beschreibung der Person, die den Jungen in den Korb gesetzt hat.«

Hartmann schniefte. Die Beschreibung hätte er geben können. Er müsste nur in den Rückspiegel schauen. Tat er auch und erschreckte sich. Aus der Beule an der Stirn war ein blau schimmerndes Hühnerei geworden, um das er sich bei Gelegenheit doch noch würde kümmern müssen.

Vor ihm hatte der Audi die Rampenstraße hinter sich gelassen. Es ging im moderaten Tempo über die Heyestraße Richtung Stadtmitte Gerresheim.

Hartmann strich nachdenklich über die Delle. Sie fuhren grob Richtung Krankenhaus. Tat er den beiden unrecht? Waren die wirklich unterwegs Richtung Krankenhaus? Selbst mit dieser maroden Klapperkiste konnte er den beiden mühelos folgen. Die fuhren nicht so, als seien sie auf der Flucht.

»Düssel für 94/11?«

Die Stimme ließ Hartmann zusammenzucken. Es war die von Granny.

»Kommen!«

»Der D 13/41 hat jetzt die festgenommene Person aus dem Hotel an Bord und bringt sie zur weiteren Sachbearbeitung ins Präsidium. Der Name lautet Karsten van den Bergh. Bergh hinten mit Gustav Heinrich. Bei der Person, die die Person vorläufig festgenommen hat, soll es sich um den ehemaligen Fußballer Christian Hartmann handeln. Beschreibung dürfte allen Kollegen bekannt sein, auch wenn er schon lange kein Fußball mehr spielt, sondern nur noch Scheiße baut!«

»Verstanden«, gluckste der Mann am Funk.

»Aha«, knurrte Hartmann und schniefte.

Hatte er es doch geahnt! Der graue Audi ließ am Ende der Gräulinger Straße das Gerresheimer Krankenhaus links liegen und bog nach rechts auf die Bergische Landstraße.

»Nicht gut«, murmelte Hartmann, denn das konnte bedeuten, dass es Richtung Autobahn ging. Das war schlecht.

Sowieso, aber auch, weil er in einer Schrabbelkarre mit defekter Tankanzeige saß. Ohne einen Pfennig Geld im Übrigen.

Konnte man mit einem Polizeifunkabhörgerät eigentlich auch funken? Zügig ging es nun in weiten Schleifen durch die Serpentinen.

Wieder meldete sich hinter ihm der Funk. Diesmal war es Grannys Kollege Dircks. »Von Düssel 94/11 an alle. Hartmann ist mit einem VW-Passat-Kombi unterwegs.« Dircks teilte allen das Kennzeichen mit. »Das hat er dem Pressemann von der *Blaulichtkamera* geklaut. *Blaulichtkamera* steht auch auf der Fahrertür. Es ist davon auszugehen, dass er über einen Scanner den 4-Meter-Funk mithört. Bitte beachten. Und für dich, Hartmann, falls du mithörst … Wenn ich dich in die Finger kriege, reiße ich dir den Arsch auf. Aber so richtig.«

Hartmann lachte hysterisch. Den Arsch. Ausgerechnet. Das war nahezu sein einziges Körperteil, dass noch nicht in Mitleidenschaft gezogen war.

Der graue A 6 bog plötzlich vor ihm nach rechts in eine kleine Seitenstraße ab. Hartmann hatte noch gutes Tempo drauf und musste hart abbremsen. Kerl, das Fahrzeug hinter ihm wäre fast hinten draufgeknallt.

»Wo …?«

Hartmanns Blick flog hektisch über die Straßen. Er war in einem reinen Wohngebiet. Mehrere schmale, grau gepflasterte Fahrbahnen gingen in rechten Winkeln kurz hintereinander von der Hauptstraße ab. Neubaugebiet. Hier war er noch nie vorher in seinem Leben gewesen. Kein Problem eigentlich, denn er brauchte ja nur den roten Rückleuchten hinterherzufahren. Nur … er konnte nirgendwo rote Leuchten erkennen.

»Mist.«

Hartmann hämmerte eine Faust auf Lenkrad. Wo war die Karre hin?

Hartmann bremste, bog in eine Auffahrt, wendete quietschend und fuhr zurück. Auf gut Glück musste er jetzt in jede Auffahrt gucken, ob dort der dunkelgraue Audi stand. Hoffentlich hatte der Fahrer sein Auto nicht direkt in eine Garage gefahren. Dann würde er hier lange suchen können. Ohne Ergebnis obendrein.

Wild lenkte Hartmann seine Karre durch die kleinen Straßen des Wohngebiets. Sein Fahrzeug fand das Gekurbele nicht so doll, ächzte in jeder Kurve und maulte laut, als Hartmann hintereinander mehrere Bodenschweller ignorierte, ohne das Tempo zu verringern.

War er hier schon mal? Hartmann fluchte. Die engen Straßen, die weiß gestrichenen Einfamilienhäuser und die langweiligen Vorgärten sahen alle gleich aus. Der einzige Unterschied da vorne war ein in der Auffahrt abgestellter grauer Audi mit Stuttgarter Kennzeichen.

»Ha!«

Hartmann schob den Wagen rechts an den Fahrbahnrand, der Motor seufzte erleichtert. Der Audi war leer, dafür brannte im Haus Licht. Hartmann sprang raus und rannte neben das Haus unter einen Car-Port. In Augenhöhe hing ein Schild: *Zu vermieten.* Darunter eine Telefonnummer.

»Cool«, murmelte Hartmann.

Da hatten die beiden gleich ein ganzes Haus angemietet, damit sich ihre Spur schnell verlor. Geduckt rannte er durch den Car-Port ums Haus herum. Über ein halbhohes Eisentörchen war er schnell gestiegen, Hartmann gelangte in einen Garten. Durch ein großes Glasfenster fiel Licht auf eine Terrasse.

Da stand eine Schiebetür offen.

Hartmann schlich vorsichtig heran und schluckte, als er mehrere Stimmen hörte. Hätte er ein Handy dabei, hätte er die Polizei anrufen können. Auch mit Knarre würde er sich sicherer fühlen. So ein bisschen Jonny in seiner Gesellschaft, oder wenigstens Angie, wäre auch nicht schlecht.

»Hätte, hätte, Fahrradkette.«

Das musste jetzt auch so gehen! Hartmann linste vorsichtig um die Ecke. Er hielt die Luft an. Im Wohnzimmer vor ihm erkannte er das Pärchen aus dem Hotel. Die Frau hielt einen Jungen an der Hand, circa drei Jahre alt.

»Hast du den Wagen in die Garage gefahren?«

»Nein, ich …«

»Dann tu es endlich«, kommandierte die Frau. »Warum hast du die Schiebetür aufgemacht?«

»Weil es hier drinnen stinkt.«

»Fahr den Wagen in die Garage! Ich bring den Kleinen nach oben in sein Zimmer.«

Alle drei verließen den Raum. Hartmann schnellte nach vorne. Jetzt musste es flott gehen. Mal wieder. Bevor einer der beiden auf die Idee kam, die Schiebetür zum Garten wieder zu schließen. Schnell schlüpfte Hartmann ins Haus und schlich auf Zehenspitzen durch das mit teuren Holzdielen ausgelegte Wohnzimmer in den Flur.

Draußen wurde ein Fahrzeug gestartet.

Hartmann blickte sich um. Er hatte keinen Plan, ihm musste etwas einfallen. An einer Wand stand ein Klavier, sah teuer aus. Obendrauf Beethoven, grimmig. Daneben ein Sekretär. Gut! Hartmann öffnete die oberste Schublade. Ein Brieföffner aus Metall. Fast so gut wie ein Messer!

Er stutzte. Ein Telefon. Okay, die stationären, schnurlosen Dinger in ihren Ladestationen gab es ja auch noch. Er entnahm es der Box. Nur drei schnelle Zahlen musste er drücken.

»Was machen Sie da?«, bellte der Mann hinter ihm.

Kerl, konnte der fix einparken.

»Ich möchte telefonieren«, blieb Hartmann bei der Wahrheit, hob das Telefon in die Höhe und stellte fest, dass der Gillettetyp ausnahmsweise mal einer ohne Knarre war.

Sein Pech!

Hartmann sprang sofort auf ihn zu. Der Mann machte einen Ausfallschritt. Hartmann glitt ins Leere. Kampfsport, durchfuhr es Hartmann. Der Kerl machte irgendeinen Kampfsport.

Hartmann rappelte sich auf.

Tänzelnd stand der Mann mit erhobenen Fäusten vor Hartmann. »Und was jetzt?«

»Telefonjoker«, erklärte Hartmann und warf ihm das Handy zu.

Der Mann fing es reflexartig mit einer Hand auf. Hartmann trat ansatzlos zu. Und traf ihn genau zwischen den Beinen. Schnell treten, das konnte er!

Der Kerl hatte nicht mal Luft zum Schreien, sondern fiel stöhnend nach vorne auf die Knie. Hartmann überlegte nur ganz kurz, ob er einen zweiten Tritt setzen sollte, aber …

»Keine Bewegung! Hände hoch!«

Hartmann wirbelte herum. Die Frau! Und sie hatte auch wieder einen Ballermann in ihren Fingern.

»Alles klar«, beschwichtigte Hartmann beschwörend. »Immer mit der Ruhe! Ich bin …«

»Quatsch nicht rum, Hände hoch!«, befahl sie und ruckte mit der Pistole, das fiese Ende genau auf Hartmanns Brust gerichtet.

Hartmann tat, wie geheißen.

Vor ihm rappelte sich der Mann ächzend auf. »Du Sau, dir werd ich …«

»Sven, lass das!«

Aber Sven ließ es sich nicht nehmen, Hartmann eine verpassen zu wollen. Darauf hatte Hartmann gesetzt. Er wartete den Schwinger ab, der seinen Gegner zwischen sich und die Knarre bringen würde, um dann …

Der Schuss ließ den Mann mitten in der Bewegung inne halten. Hinter Hartmann schlug eine Kugel scheppernd ins Klavier ein. Dem Schussgeräusch folgte ein dumpf klingender Nachhall. Tiefe Note, stellte Hartmann fest. Beethoven zeigte sich unbeeindruckt.

»Keine Bewegung! Das gilt auch für dich, Sven!«

»Was soll das?«

»Das soll bedeuten, dass du verdammt noch mal jetzt tust, was ich dir sage! Den Schuss hat sicher jeder in der Nachbarschaft gehört. Gleich werden hier die Bullen auftauchen.«

»Wir müssen abhauen!«

»Richtig! Hol den Jungen!«

Sven griff sich noch mal ans schmerzende Gemächt, warf Hartmann einen vernichtenden Blick zu und verschwand durchs Wohnzimmer in die obere Etage.

Hartmann schniefte. »Und das alles, um ein Kind zu adoptieren?«

»Alles um ein Kind zu adoptieren, richtig«, antwortete sie mit überzeugter Stimme.

»Und das ist es wert?«, fragte Hartmann.

»Haben Sie Kinder?«

»Nein.«

»Ich denke schon, dass es das wert ist.«

Hartmann wunderte sich, wie fest und sicher ihre Stimme klang. Überhaupt, wie sie dort regungslos stand und die Pistole auf ihn richtete. Da war nichts Irres in ihrem Blick. Nichts deutete darauf hin, dass diese Frau offensichtlich psychisch vollkommen gestört war. »Warum auf diese Art und Weise?«

Sie grinste. »Es geht Sie nichts an, aber es gab Phasen in meinem Leben, die andere Menschen heute immer noch glauben lassen, dass ich als alleinerziehende Mutter ungeeignet bin.«

»Sven ist nicht Ihr Mann?«

Sie lachte kalt. »Dieser Trottel? Ich bitte Sie. Sven ist eine Art Callboy. Ich habe ihn engagiert, ich bezahle ihn. Die Kinder-Agentur vermittelt nicht an Einzelpersonen, sondern nur an Paare.«

Hartmann ätzte ironisch. »Das klingt ja fast seriös. Warum musste Svenja Suceava sterben?«

»Das Mädchen aus dem Hotel? Ich habe mitbekommen, dass sie aus ihrem Zimmer heraus die Vorgänge bei der Agentur beobachtet hat. Sie hat herumgeschnüffelt. Sie hat die falschen, weil richtigen Schlüsse gezogen. Sie wollte zur Polizei gehen. Ich habe sie nicht sofort getötet, sondern schon Tage vorher ein intensives Gespräch mit ihr geführt. Von Frau zu Frau. Das Mädchen war sehr einsam. Ein fremdes Land, eine fremde Sprache, keine Freundinnen. Sie ließ sich nicht von ihrem Vorhaben abbringen. Sie war bei Ihnen und hat schließlich einen Kollegen von Ihnen aufgesucht.«

»Arnolds.«

»Keine Ahnung.«

»Deshalb musste sie sterben?«, fragte Hartmann, dem zum Verrecken keine Idee kam, wie er die verrückt-sachliche Frau vor sich würde stoppen können.

»Ich habe das ganze Leben lang unter meiner Kinderlosigkeit gelitten. Dann habe ich die Agentur entdeckt. Ich habe bezahlt. Ich kriege ein Kind, ich werde Mutter! Und dann soll mir eine neugierige, osteuropäische Schlampe in letzter

Sekunde einen Strich durch die Rechnung machen? So kurz vor dem Ziel? Nein, ich musste sie zum Schweigen bringen. Ich bin ihr nachgefahren, habe ihr aufgelauert und sie in dem Hinterhof erschossen. Ich bereue nichts, ich würde es sofort wieder tun!«

Hartmann lief es eiskalt den Rücken runter. Die Frau redete sich in Rage, verlor jetzt doch langsam die Fassung. Ihre Wangenknochen waren inzwischen ständig in Bewegung, weiße Schaumbläschen hatten sich in ihren Mundwinkel gebildet. Und Hartmann war sich sicher, dass die Behörden verdammt berechtigte Gründe gehabt hatten, dieser Wahnsinnigen ein Kind vorzuenthalten.

»Und der Detektiv …«

»Ach, der. Den hätte ich auch umgelegt, aber da waren die Männer von der Agentur schneller. Wenn es nach mir gegangen wäre … Aber nein, keine Toten haben sie gesagt und ihn in dem Haus an ein Bett gefesselt, um ihn später laufen zu lassen. Viel zu riskant. Und überhaupt, was ist jetzt? Jetzt ist der arme Kerl elendig in den Flammen verreckt. Ich frage Sie: Wer ist denn jetzt human? Oder irr?«

Hartmann deutete das als rhetorische Frage, um sie nicht beantworten zu müssen. »Sie haben die Hütte angezündet.«

Sie legte den Kopf schräg. Interessiert. »Wie kommen Sie darauf?«

»Als Sie ausgecheckt haben, habe ich Sie mit einem gelben Reservekanister in der Hand gesehen. Das war ein außergewöhnlich großer Zehnliterkanister. Sieht man selten. Führt man aber mit, wenn man plant, später nachts ein ganzes Haus abzufackeln, um Spuren zu vernichten.«

»Chapeau, Herr Detektiv. Sie haben ein bisschen mehr Grips im Kopf als die Weicheier von der Agentur und mein Modell. Schade, dass dies Ihr letzter Fall sein wird.«

»Sie hinterlassen nicht gerne Spuren«, schlussfolgerte Hartmann und ignorierte ihre hoffentlich etwas voreilige Behauptung.

»Auf keinen Fall.«

»Hm, dann werden Sie Sven töten.«

Ihr Blick blieb starr und kalt, ihre Stimme ruhig und fest. »Sicher, aber das werden Sie nicht mehr erleben. Sie sterben zuerst. Das ist Ihr letzter Fall!«

Kampfsport. Diese Kampfsporttypen hatten ihre Körper unter Kontrolle. Auch Hartmann hatte Sven nicht die Treppe runterkommen hören. Lautlos war er durchs Wohnzimmer geschlichen und hatte zweifellos die letzten Worte seiner Komplizin mit angehört. Hartmann sah, wie Modell Sven zum geraden Fußstoß abhob, um seinem Opfer das Leben aus dem Leib zu treten.

Und es hätte geklappt …

Hätte der Holzboden nicht mit einem letzten Knarzen den Absprung begleitet. Die Frau riss ihre Pistole herum, zielte nicht, sondern drückte gleich ab. Sie schoss definitiv nicht zum ersten Mal, sonst hätte sie ihr Ziel nicht so genau getroffen.

Und nicht so oft.

Gleich an drei Stellen zerfetzten Kugeln Svens weißes Hemd. Als er direkt vor ihr schlaff zu Boden stürzte, drehte sie sich wieder Hartmann zu. Der blitzschnell den Brieföffner nach vorne gerissen hatte und sich auf die Frau stürzte, um ihr das metallene Teil in den Bauch zu stoßen.

Es knallte, aber Hartmann erreichte die Frau und spürte den fleischigen Widerstand, als er ihr das spitze Teil in den Körper rammte. Jetzt noch ein Kinnhaken und die Sache war geritzt.

Aber … sein rechter Arm ließ sich nicht nach oben ziehen, das mit dem Kinnhaken wollte einfach nicht klappen. Hartmann stellte entsetzt fest, dass überhaupt nicht mehr viel klappen wollte.

Das Aufrechtstehenbleiben zum Beispiel.

Seine Hand rutschte schlapp vom Messergriff nach unten, Hartmann blickte verwirrt an sich runter. Das hing bestimmt mit dem roten Fleck zusammen, der sich in seiner Seite rasch ausbreitete. Hartmann drückte müde seine linke Hand auf die Wunde, aber das Blut quoll zwischen seinen Fingern hervor.

Eine Menge Blut.

Was hatte die durchgeknallte Alte gesagt? Hartmanns letzter Fall?

Und dann machte auch noch jemand zu allem Überfluss das Licht aus. Ganz, ganz langsam wurde es dunkel. Zuerst ins leicht Schattig-Gräuliche wechselnd, dann immer schwärzer werdend.

Erstaunt stellte Hartmann fest, dass die Dame über ihm kein zweites Mal auf ihn feuerte. Das schien ja noch mal gutzugehen …

Er hörte eine Stimme. Und sah einen Schatten, der über ihn hinwegsprang.

Über ihn hinwegsprang?

Richtig. Hartmann war zu Boden gesunken.

Kurz bevor es richtig dunkel wurde, und gerade in dem Moment, als ihm auffiel, dass die Schusswunde gar nicht schmerzte, hatte er auf einmal diese Melodie im Ohr. Louis Armstrong sang *What a wonderful world.*

Komisch.

Dieses Lied, so hatte er sich das in einem depressiv-trüben Moment einmal ausgemalt, wünschte er sich zum Abschied auf seiner Beerdigung.

Seltsam, dass ihm dieses Lied gerade jetzt einfiel …

7. Tag

Kriminalhauptkommissar Jürgen Dircks drückte den Summer, die Tür zur Station 4a surrte auf. Es gab Tage, an denen liebte er seinen Job.

Heute war keiner davon.

Krankenhäuser waren sowieso nicht seine Sache. Dieser fiese Geruch, dieses unangenehme Gemisch aus ätzenden Desinfektionsmitteln und schleichender Krankheit. Dircks schnüfte und lockerte mit dem Zeigefinger seine viel zu enge Krawatte. Die Kunden, mit denen er es beruflich als Ermittler bei der Düsseldorfer Mordkommission sonst zu tun hatte, ruhten üblicherweise in einem anderen Gebäude und dort auch nicht in der vierten Etage, sondern im gekühlten Keller.

In der Tasche seiner Jeanshose ertastete er den zerknitterten Zettel. Hartmann, Zimmer 440. Den Wisch hatte ihm Granny vorhin zugesteckt, der sich schon gestern in die Düsseldorfer Universitätsklinik aufgemacht hatte, um mit Hartmann zu sprechen.

Gestern Vormittag war Hartmann nicht vernehmungsfähig gewesen.

Dircks' Blick fiel auf das leere Bett im Gang der Station mit dem zurückgeschlagenen Laken unter der Klarsichtfolie, das Bett, das gestern noch im Zimmer 440 gestanden hatte.

Eine angenehm in sich ruhende Stationsärztin aus dem Irak hatte ihn informiert.

Gestern war Hartmann nicht vernehmungsfähig gewesen.

»Heute war Hartmann einen Schritt weiter«, murmelte Dircks, sparte sich jeden weiteren Blick auf das trostlose, leere Bett und öffnete die Tür des Krankenzimmers.

Er war nicht allein. Dircks grüßte leise und erkannte Hartmanns Kumpel Angie, den massigen Jonny und Regenrinnen-Rita, eine Düsseldorfer Prostituierte, die ihn mit rot verheulten Augen ansah.

Rechts im Zimmer die leere Stelle, an der das Bett gestanden hatte, daneben ein einsamer Nachttisch, noch nicht abgeräumt.

Dircks schluckte und deutete mit dem Finger auf die leere Stelle im Raum, wo das Bett gestanden hatte.

»Heute Nacht gestorben«, knurrte Angie.

Jonny senkte den Blick.

Regenrinnen-Rita schluchzte. »Er war … so nett.«

Dircks sammelte sich. »Wenn diese Geschichte mal niedergeschrieben wird, wird man sie Hartmanns letzten Fall nennen.«

Jonny schwieg, Rita schluchzte, Angie sah weg.

»Wieso das denn?«, fragte Hartmann schnippisch und richtete sich trotzig in seinem Krankenbett auf. Er hatte das Bett auf der Fensterseite mit unverbautem Blick über die riesige Klinikanlage.

Dircks schüttelte den Kopf. »Du bist noch mal davongekommen. Um Sackhaaresbreite!«

»So knapp war das gar nicht«, protestierte Hartmann.

Angie verdrehte stumm die Augen.

»Doch, doch«, blieb Hartmann bei seiner Einschätzung. »Die Stationsärztin sagt, sie hätte noch nie so einen glatten Durchschuss gesehen. Ganz toll. Ist fast nichts kaputtgegangen.«

»Mensch, Hartmann«, maulte Dircks und deutete in die rechte Hälfte des Zimmers. »Dein Zimmernachbar ist tot, und du machst dir um dein Leben noch nicht mal Gedanken?«

Hartmann runzelte die Stirn. »Also, der Herrmann war 87. Und hat bis dato noch nie im Krankenhaus gelegen. Gestern Abend haben wir noch *Stromberg* zusammen geguckt und uns totgelacht. Äh … fast.«

»Und gibt dir das nicht zu denken?«, fragte Dircks.

»Hätten wir nicht *Stromberg* gucken sollen?«

»Du weißt genau, was ich meine!«

Hartmann zuckte mit den Achseln. »Herrmann ist friedlich in seinem Bett eingeschlafen. So was kann man sich mit 87 Jahren doch nicht besser wünschen.«

Regenrinnen-Rita drückte sich ein weißes Stofftaschentuch unter die Nase und schluchzte.

Dircks verlor langsam die Geduld. »Genau davon rede ich. Wenn du so weitermachst und alle Nase lang auf dich geschossen wird, dann wirst du ganz bestimmt keine 87 Jahre alt. Hör mit dem Scheiß auf, Hartmann!«

Regenrinnen-Rita nickte stürmisch und mit heftigem Vorwurf im Blick.

»Ich war doch ziemlich erfolgreich«, murmelte Hartmann widerborstig.

Angie räusperte sich. Dircks war ein Bulle. Bullen waren nicht seine bevorzugte Gesellschaft. Er fühlte sich in deren Gesellschaft so wohl wie eine Mastgans kurz vor Weihnachten, wenn Bauer Bernhard mit geschliffenem Schlachtermesser den Stall betritt. Er lüftete sein in einer knautschigen Lederhose steckendes Hinterteil von der Heizung. »Ich muss dann auch mal wieder weg. Alles Gute, Hartmann. Kommt selten vor, aber ich bin übrigens absolut der gleichen Meinung wie der junge Mann dort.«

Dircks grinste schief.

»Ich fahr dich«, erklärte Jonny und klatschte in die riesigen Hände. »Gute Besserung!«

Regenrinnen-Rita beugte sich über Hartmann, schluchzte und drückte ihm einen Kuss auf die Wange. »Werd schnell wieder gesund, Chrissie. Und endlich vernünftig!«

»Danke.« Hartmann wurde tatsächlich ein bisschen rot.

Somit waren Hartmann und Dircks kurz darauf plötzlich allein im Zimmer. Hartmann zupfte Unangenehmes ahnend an seiner Bettdecke.

Dirks baute sich am Fußende breitbeinig auf und legte beide Hände auf die metallene Stange. »Die Stationsärztin rief mich an, um mitzuteilen, dass du vernehmungsfähig bist.«

»Was heißt schon vernehmungsfähig«, stöhnte Hartmann leise und strich sich über den Verband an der Stirn.

»Vernehmungsfähig heißt, dass ich dir Fragen stelle, die du mir umfassend und vor allen Dingen wahrheitsgemäß beantworten wirst!«

»Ach so«, verstand Hartmann und brauchte dann zehn Minuten, um seinen »letzten« Fall vorzutragen. Umfassend und wahrheitsgemäß.

Manche Details natürlich weglassend.

So blieben Ozzy, Silke S., Matze K. und die ganze Motorradgangscheiße unerwähnt, das hätte nur verwirrt. Resis Beitrag beschränkte sich auf ein nichterotisches Mindestmaß, Nora Schuster und Lena Trostic ließ er raus.

Anderes erzählte er gerne.

Dircks schüttelte den Kopf. »Du in einem Pornofilm?«

»Fast. Huren-Heinz hat sich heute Vormittag nach mir erkundigt und mir gesagt, dass das Projekt verschoben wird. Ihm ist die weibliche Hauptdarstellerin abhandengekommen. Sie hat was mit einem CDU-Politiker aus Mettmann, da wäre der Film jetzt ungünstig.«

»Glaub es mir, den Film hätte ich mir angeguckt«, gluckste der Polizist.

»Glaub mir, den Film wird es niemals geben!«
Dircks lachte. »Abwarten!«
Hartmann kratzte sich umständlich unter der Decke am Bein. Der Glasscherbencut im Oberschenkel juckte. »Äh, was anderes. Wegen der beiden von mir kurzfristig benutzten Fahrzeuge, äh, kommt da in Sachen Sachbeschädigung oder Diebstahl was auf mich zu? Wo ich ja auch momentan aus Versehen gar keinen Führerschein habe?«
Der Kripomann schüttelte den Kopf. »Rechtfertigender Notstand. Unser Mann in der Rechtsabteilung wird da was vorbereiten.«
»Das ist gut.«
Dircks zog einen braunen DIN-A4-Umschlag aus dem Jackett und reichte Hartmann die drei darin enthaltenen Portraitfotos. »Erkennst du die?«
Hartmann machte einen langen Arm. Seine Reichweite war begrenzt. Wegen des Schlauchs mit Tropf in seinem Unterarm. Seine Ernährung wurde flüssig unterstützt. Er warf einen Blick auf die Bilder und nickte.
»Der Erste ist ein ehemaliger Sozialarbeiter aus Krefeld. Spielschulden«, erklärte Dircks. »Bisher nicht vorbestraft, er hat umfassend gestanden.«
Der Osterinselmann.
»Foto Nummer zwei zeigt eine ehemalige Rotlichtgröße. Ist bei einem Revierkampf in Ludwigshafen Zweiter geworden und hat versucht, sich eine zweite Existenz aufzubauen. Was ja nicht gelungen ist, er sitzt ein.«
»Riecht er schlecht aus dem Mund?«
»Und wie!«
Hartmann nickte. »Der Hagere aus dem *Wespennest*.«
»Von dem hier haben wir nur die Fingerabdrücke«, zeigte ihm Dircks einen muskulösen Mann, der seine Haare auf

dem Polizeifoto noch nicht zu einem Pferdeschwanz gebunden hatte.

»Den müsst ihr kriegen«, forderte Hartmann energisch. »Ein Drecksack! Ist ein Fußballfan und hasst Düsseldorf und Gladbach. In dieser Kombination kommt nur der Fan einer einzigen Mannschaft in Frage. Der Sack ist Supporter vom 1. FC Köln. Ist gut mit dem Messer zu Fuß und hat ein Geißbock-Tattoo.«

»Woher weißt du das alles?«, fragte Dircks.

»Ich halt meine Augen offen. Hat sich bewährt, solltest du auch tun. Fragt euch durch die Düsseldorfer Hooligan-Szene, dort kennen sie den bestimmt und liefern ihn sicher sehr gerne ans Messer. Wo er doch selbst so gerne mit welchen rumspielt.« Das war mal eine Vernehmung, die Hartmann Spaß machte.

»Mir gegenüber wurde ein Belgier erwähnt«, fuhr der Kripomann fort.

»Hat den Karsten van den Bergh ins Spiel gebracht?«

»Richtig, der gastiert übrigens auch fürs Erste auf Staatskosten. Die Kollegen in Belgien ermitteln. Der Belgier ist dort eine Größe, die Personalien sind bisher unbekannt. Mit Fingerabdrücken können wir nicht dienen, und die Beschreibung vom Hotelmanager war dürftig. Auf Fotos hat er niemanden erkannt.«

Schade, dachte Hartmann. Aber wie hieß es doch gleich: Man sieht sich immer zweimal.

»Das Wichtigste: Was ist mit den Kindern?«, fragte Hartmann.

»Drei Kinder konnten wir schon am nächsten Tag ihren Eltern übergeben, bei dem asiatischen Jungen ermitteln wir noch. Ich behalte das persönlich im Auge.«

Gut, dachte Hartmann. Dircks mochte ihm manchmal übel querkommen, aber der Cop war in Ordnung. »Und Arnolds?«

»Dein Kollege liegt immer noch auf der Intensivstation. Innen drin ist bei ihm einiges kaputtgegangen, aber er wird überleben und wenn alles gut geht wieder richtig auf die Beine kommen.« Nun räusperte sich der Polizist. »Dir fällt auf, dass ich sehr offen gewesen bin.«

Jetzt kommt es, dachte Hartmann und stöhnte. »Die Schmerzen werden wieder stärker.«

Dircks blieb spaßlos. »Zum Schlussakt haben wir noch Fragen. Sven Wagner ist tot. Er ist eine Art Gigolo, kommt aus Stuttgart und hatte unter seinem Namen den Audi angemietet, den wir in der Garage gefunden haben. Seine Begleiterin ist verschwunden. Blut hat sie reichlich zurückgelassen. Wir fragen uns, und ich frage jetzt dich: Wo ist sie geblieben?«

»Das weiß ich doch nicht. Ich wäre da auf den Holzdielen fast gestorben.«

»Die Ärztin hat selten einen so schönen Durchschuss gesehen.«

Hartmann zog eine Grimasse. Nie kam die Visite, wenn man sie brauchte. »Ich kann mich daran erinnern, dass ich ihr einen Brieföffner in den Bauch gerammt habe. Dabei hat sie auf mich geschossen, anschließend gingen bei mir die Lichter aus.«

Dircks ging ums Bett herum und beugte sich über Hartmann. »Zu Fuß kann sie bei dem Blutverlust nicht weggegangen sein. Ein Taxi hat sie nicht genommen, Busse fahren dort nachts nicht. Nur drei Minuten später traf der erste Streifenwagen ein, den die Nachbarn informiert hatten, nachdem sie den Schuss gehört und bei der Einsatzleitstelle angerufen hatten. Hartmann, da muss noch jemand im Haus gewesen sein, der sich um die Alte gekümmert und sie beiseite gebracht hat.«

Hartmann nickte. Genau. Das hatte er sich auch schon überlegt. Und hatte er nicht, kurz vorm endgültigen Wegtauchen in die erlösende Ohnmacht, einen Schatten über sich hinwegspringen gesehen oder gespürt oder wie auch immer?

»Ich habe keine Ahnung.«

»Das kann der Belgier gewesen sein«, blieb Dircks hartnäckig.

»Der dreijährige Junge war es sicher nicht.«

»Hör auf, mich zu verscheißern, sonst reiß ich dir die Kanüle aus dem Arm!«

»Dann ruf ich die Schwester!«, erboste sich Hartmann.

»Dann behaupte ich, dass du im Bett geraucht hast! Hartmann, was ist los? Da muss noch jemand gewesen sein.«

Hartmann strich sich über den Verband. »Genau. Jetzt, wo ich überlege. Da ist mir ein Auto gefolgt. Ich habe das nicht direkt beachtet, aber jetzt ist das klar. Bevor ich vom Kikweg auf die Rothenbergstraße abgebogen bin, hab ich im Rückspiegel den Blaulichtkameramann gesehen. Und dann gesehen, wie ein Wagen ebenfalls losfährt. Verdammt, der Wagen muss mir hinterher gefahren sein!«

»Typ? Kennzeichen?«

»Keine Ahnung, aber der schöne Sven ist später von der Bergischen Landstraße ziemlich plötzlich nach rechts in das Wohngebiet abgebogen. Als ich deshalb stark abbremsen musste, wäre mir ein Wagen fast hinten reingefahren. Ich wette, das war immer noch die gleiche Kiste und der Typ ist mir dann bis ins Haus gefolgt.«

»Das kann sein«, murmelte Dircks.

»Und der hat sich dann um die Frau gekümmert.«

Dircks verzog das Gesicht. »Mist, dass uns ausgerechnet die Frau durch die Lappen geht!«

16. Tag

Boris Matschulla grabbelte den Fahrzeugschlüssel seines kleinen Opel aus den Taschen seiner Jeans. Schwankend brachte er ihn vorm Türschloss in Position und rammte den Bart Richtung Fahrzeug. Dreimal schlug der Schlüssel krachend gegen das graue Schutzblech, ehe er ratschend im Schlitz verschwand.

»Na also.«

Vielleicht hatte er im Geißbockheim seines Vereins doch ein Kölsch zu viel getrunken. Aber es galt immer noch, den verfickten Kölner Abstieg in die verfickte Zweite Fußballbundesliga zu betrauern. Bei den ganzen Niederlagen in der vergangenen Saison hatte ja insgesamt irgendwie die Gelegenheit zum fröhlichen Feiern gefehlt. Immerhin, er hatte jetzt sein Auto auf dem großen Parkplatz gefunden, und er würde es nun auch bis nach Hause schaffen.

Schwungvoll warf er seinen langen, schwarzen Pferdeschwanz nach hinten.

»Hoppla.«

Er geriet leicht aus dem Gleichgewicht, fing sich am Fahrzeugdach auf und schaffte es schließlich doch, ohne umzukippen die Türe taumelnd aufzureißen. Ächzend ließ er sich in den durchgewetzten Fahrersitz fallen und zog die Tür hinter sich zu.

»Komm schon«, maulte er, als er vier Versuche brauchte, um den Schlüssel ins Lenkradschloss zu schieben.

»Geht doch«, nuschelte er, als der Wagen ansprang.

Sein CD-Player brüllte laut auf. Aber was war das? Entsetzt erkannte er das Lied …

Meine Heimat, meine Liebe. In den Faaaaaarben rot und weiß. Deutscher Meister, die Fortuna. Nur damit es jeder weiß!

»Was?«

Angeekelt verzog er sein Gesicht. Das war niemals seine Scheibe! Jemand hatte in seiner Abwesenheit die Karre geknackt und eine verkackte *Fortuna-Düsseldorf-CD* in seinen Player geschoben.

»Scheiße!«

Im Fußraum des Beifahrersitzes funkelte es silbern. Richtig. Dort lag seine *Höhner-CD*, die der gleiche Idiot offensichtlich dort hingeworfen hatte. Schnell würgte er mit energischem Griff die Fortuna-Hymne ab.

»W-Widerlich!«

Dann stützte er sich schnaufend auf dem Beifahrersitz ab, um den Silberling vom Boden zu pflücken. Wäre er nüchtern gewesen, hätte er vielleicht den feinen, fast durchsichtigen Faden entdeckt, der unter ihm durch den Fußraum führte, von innen an der Fahrertür befestigt war und der vor wenigen Sekunden unter dem Beifahrersitz den Deckel einer Tupperdose zur Seite gezogen hatte. Dass er im Fahrzeug nicht alleine war, bemerkte er daher erst, als eine gelbbraune Wespe summend unterm Sitz hervorschoss.

»Was ist das?«, rief Matschulla. Wo kam das Viech denn her? Ein zweites Insekt schoss auf ihn zu, ein drittes. Ein viertes titschte ihm gegen die Stirn, ein fünftes setzte sich auf seinen Unterarm.

»Verdammt«, fluchte er. Was war hier los? Wie viele von den Viechern waren das? Panisch wollte er nach draußen flüchten, aber … Die Tür ließ sich von innen nicht öffnen. Jemand hatte den Öffner manipuliert.

Entsetzt fragte er sich jetzt, welcher miese Dreckskerl das gewesen sein könnte. Und was war das für eine schwarze Augenbinde, die vor ihm am Rückspiegel baumelte und ihn auslachte?

Als das erste, giftige Insekt einen spitzen Stachel durch seine Haut jagte, kam ihm der böse Gedanke, dass vielleicht dieser verrückte Privatdetektiv aus Düsseldorf in Frage käme …

Dazu passte das Taxi mit Düsseldorfer Kennzeichen, das in diesem Moment schräg gegenüber aus einer Box ausgeparkt wurde.

Matschulla erkannte verstört den Beifahrer mit der zu groß geratenen Nase, der grinsend winkte und ihm zuzurufen schien, dass ihm niemand ungestraft in den Hintern trat.

Als es Boris Matschulla endlich gelang, die Beifahrertüre zu öffnen und herauszukriechen, hatten gefühlte zwei Dutzend der wütenden Insekten ihm die Haut buckelig gestochen.

* * *

Ah, Hartmann freute sich und setzte die Sonnenbrille auf. Prima, dass er aus dem Hospital raus war. Und, dass die Polizei den langhaarigen Hooligan aus Köln während seines Krankenhausaufenthalts noch nicht hatte festnehmen können. Das hatte ihm, mit Hilfe einiger guter Bekannter aus der Düsseldorfer Fankurve, die entzückend spaßige Gelegenheit gegeben, dem Assi persönlich einen gelb-braun gestreiften Sportsgruß zukommen zu lassen. Bevor er der Kölner Polizei den entscheidenden Tipp für eine unkomplizierte Festnahme gab.

»Klasse.«

Jonny hatte ihn gefahren und vor wenigen Minuten am GAP 15 rausgelassen, wo es noch ein abschließendes Gespräch mit Lena Trostic zu führen galt.

Sicher nicht in der 17. Etage.

In sämtlichen Braunschattierungen funkelte Lenas frecher Kurzhaarschnitt im Licht der strahlenden Mittagssonne.

Hartmann fand, dass die Rumänin auch im weiten, unförmigen Overall der *Gebäude- und Fassadenreinigung B & K Große GmbH* ausgesprochen sehr gut aussah. Überhaupt wirkte sie deutlich frischer als bei ihrer gemeinsamen Aktion vor ein paar Tagen am Kikweg.

Hartmann war nicht gekommen, um das zu ändern, und brachte sie schnell auf den neusten Stand der polizeilichen Ermittlungen, den ihm Dircks am Vormittag zur Kenntnis gegeben hatte, kurz bevor Hartmann zum lustigen Ausflug nach Köln aufgebrochen war. Das hatte er Lena schließlich versprechen müssen und warum sollte er das nicht einhalten?

»Schön, dass du so schnell wieder raus bist aus dem Krankenhaus«, freute sie sich dann aufrichtig.

Hartmann grinste. »Genau genommen kann ich froh sein, überhaupt reingekommen zu sein. Ich habe eine Menge Blut verloren und kann glücklich sein, dass jemand so schnell einen Notarztwagen informiert hat. Die Bullen waren drei Minuten später vor Ort, aber das wäre zu spät gewesen.«

Lena lächelte. »Da hast du Glück gehabt.«

Hartmann schüttelte den Kopf. »Das war kein Glück. Das war ein Schutzengel.«

»Gibt es die?«, fragte Lena mit aufmerksamem Blick in den Kastanienaugen.

»Auf jeden Fall«, erklärte Hartmann. »Mein Schutzengel hat übrigens kurze, braune Haare.«

Lena strich sich durchs Haar. »Ach?«

»Ja. Danke.«

»Wofür?«, fragte die Rumänin.

Hartmann erklärte es ihr. »Ich hatte mehrmals den Eindruck, dass mir jemand folgt, dass mir jemand über die Schulter guckt. Im Krankenhaus hatte ich viel Zeit zu überlegen und bin ziemlich schnell drauf gekommen, dass du es warst, die mir am Hacken klebte. Spätestens seit dem Moment, als du mir mit deinem Gebäudereinigerauto ausgeholfen hast.«

»Vielleicht hatte ich Angst, dass du mich dann doch nicht so über deine Ermittlungen informierst, wie du es mir versprochen hast.«

»Du solltest wissen, dass du mir vertrauen kannst.«

»Sagen wir doch so, ich wollte dich sichernd unterstützen.«

»Du bist mir an dem Abend mit einem Fahrzeug vom Parkplatz aus gefolgt und mir später ins Haus nachgeschlichen. Du hast mitbekommen, dass auf mich geschossen wurde. Und dann?«

Lena Trostic schlug eine Kippe aus der Zigarettenschachtel und steckte sie an. Schwungvoll blies sie Rauch in den Himmel.

»Du hast sie mit dem Messer ganz gut getroffen. Ich hab mich um sie gekümmert, für dich einen Notarztwagen bestellt und dich schnell versorgt, damit du nicht stirbst. Ich kann dich gut leiden.«

Hartmann lachte. »Da hab ich ja Glück.«

»Dann habe ich die Frau in mein Auto geladen und bin gefahren.«

»Warum hast du die Frau nicht liegen gelassen oder sie der Polizei übergeben?«

Lena nahm einen tiefen Zug auf Lunge. »Die Frau war noch nicht tot. Ich wollte sicher gehen.«

Hartmann schluckte. Lenas braune Augen hatten sich wieder in kohlrabenschwarze Kohlestücke verwandelt.

Hartmann fröstelte. »Das ist Mord, Lena.«

»Das ist Gerechtigkeit«, widersprach Lena leise.

Hartmann schüttelte den Kopf. »Da bin ich absolut anderer Meinung.«

»Das dachte ich mir. Deshalb bin ich dir ja auch nachgeschlichen und hab dir auf die Finger geguckt. Du bist immer noch zu weich, Hartmann.«

»Ich arbeite dran. Dir ist klar, dass die Cops dich kriegen werden? Sie haben deine Stimme aufgezeichnet, als du den Notarzt angefordert hast. Das Band haben sie mir vorgespielt.«

»Hast du meine Stimme erkannt?«

»Noch nicht. Es ist eine Frage der Zeit, wann sie bei dir auf der Matte stehen.«

Lena zerquetschte die Kippe am GAP 15. »Sie werden meine Matte nicht finden.«

Hartmann verstand. »Du willst abhauen?«

»Willst du mich daran hindern?«

»Ich will, dass du dich freiwillig stellst!«

»Gib mir vierundzwanzig Stunden Vorsprung!«

Hartmann rang mit sich. Einerseits war das natürlich eine grundsätzliche Sache, Lena hatte keinesfalls das Recht, finale Fakten zu schaffen! Andererseits: die durchgeknallte Psychotante hatte es nicht verdient, davonzukommen. Verrückt wie sie war, war sie nicht schuldfähig. So hätte das so genannte Strafverfahren zu einem Aufenthalt in einer Psychiatrie geführt, aus der sie irgendwann als geheilt entlassen worden wäre.

Hartmann schnaufte.

Lenas harte Tour war da natürlich zielführender!

»Ich kann dich verstehen, Lena«, entschied sich Hartmann. Was hatte Jonny gesagt? ›Du veränderst dich Hartmann, du wirst härter! Das gefällt mir nicht!‹ Hartmann seufzte. »Aber das geht natürlich nicht. Ich muss dich der Polizei übergeben.«

Lena seufzte auch. »Das hab ich mir gedacht, dass du so reagierst, Christian.«

Hartmann sah, dass sie eine Schusswaffe aus ihrem Overall zog. Durch den weiten Schnitt des Kleidungsstücks vor Blicken geschützt, wies die Mündung der Pistole drohend in seine Richtung. Aus dieser geringen Distanz konnte man gar nicht vorbeischießen …

»Ich hab damit gerechnet, dass du irgendwann vor mir stehst. Du bist als Detektiv gar nicht so schlecht.«

Lena ruckelte mit der Plempe, Hartmann erstarrte.

»Das ist ihre Pistole. Ich hab sie ihr abgenommen und sie behalten. Es wäre doch wirklich furchtbar, wenn du ausgerechnet mit dieser Waffe doch noch erschossen werden würdest.«

»Du wirst mich nicht umbringen!«

Lena senkte die Pistole und zielte auf Hartmanns Bein. »Sicher nicht. Aber ins Bein schießen würde ich dir. Ich gehe jetzt, du wirst mir nicht folgen! Danke, Christian, für alles. Ich werde mich bald bei dir melden. Sei nicht sauer! Ich verdanke dir mein Leben, alles. Das werde ich nie vergessen! Aber manchmal muss eine Frau tun, was eine Frau tun muss. So sagt ihr doch, oder?«

»So ähnlich«, flüsterte Hartmann. »Passt schon.«

* * *

Eine halbe Stunde später hatte Hartmann sich bei *Palatini* auf der Graf-Adolf-Straße einen beruhigenden sowie gleichzeitig erfrischenden Rieseneisbecher mit Sahne gegönnt und ihn schlendernden Schrittes leergelöffelt.

Im Grunde genommen war er mit seinem Fall zufrieden. Lena zu überführen und festzunehmen, war Aufgabe der Cops, sollten die auch mal was tun!

War doch alles ganz gut gelaufen. Er hatte kräftig eingesteckt, aber auch prima ausgeteilt.

Silke Evert hatte ihn ein paar Mal zu Hause angerufen und seinen Anrufbeantworter besprochen. Hartmann war nicht rangegangen. Das Thema Silke … bei allem Respekt und natürlich sah sie klasse aus, aber nein, sie war eine Spur *zu* heiß. Ich steh auf dich. Ich will dich. Ich kriege immer, was ich will, hatte sie zu Hartmann gesagt und es hatte sich wie eine Drohung angehört. Hartmann schniefte. Nein, nein, so funktioniert das nicht immer. Man kriegt nicht immer das, was man möchte. Da hatten die Rolling Stones mal einen super Song draus gemacht. Um nicht in Versuchung zu geraten, hatte er seine Mailbox auch gar nicht erst abgehört.

Er schnippte die leere Pappe in einen Abfalleimer und blinzelte nach oben in den blauen Junihimmel. Der Fall war gelöst, ein neuer lag nicht an, er hatte nichts zu tun. Genau das richtige Wetter, die richtige Gelegenheit, sich im Hafen an der Bremer Straße ins Gras ans Rheinufer zu legen und den Wellen zuzusehen, wie sie sich müde und lässig ans Ufer wälzten.

In Gesellschaft natürlich.

Hartmann seufzte. »Mit Gina, zum Beispiel.«

Aber die weilte ja am anderen Ende der Welt in Sydney. Hartmann erinnerte sich an ihr letztes Aufeinandertreffen, damals, in seiner Wohnung. Er mit einem blonden Haar in der einen und einem roten BH in der anderen Hand. Der Moment, als sie ihren Wohnungsschlüssel auf seinen Schreibtisch legte und sich launig von ihm verabschiedete.

Bitter.

Hartmann fasste einen Entschluss. Er fischte sein Handy aus der Gesäßtasche seiner Jeans. Schnell hackte er Ginas Telefonnummer ins Gerät. Es knickte und knackte und tutete viermal, fünfmal, sechsmal, dann meldete sich Ginas Mailbox.

Hartmann räusperte sich. »Hallo Gina, ich bin es, Christian. Ich wollte dir nur sagen, dass ich es gar nicht schlimm fände, wenn du plötzlich und unerwartet in meiner Wohnung stehen würdest. Im Gegenteil.«

Hartmann legte auf, verstaute das Telefon wieder in der Hose und bog mit einem offenen Strahlen in die Charlottenstraße ein. Erst jetzt hatte er diesen Fall an ein rundes Ende gebracht, jetzt waren alle losen Fäden ordentlich ineinander geführt.

Die lässige Melodie eines sonnigen Jamiroquai-Hits im Ohr schloss Hartmann für einen Moment seine Augen und war mit sich und der Welt vollkommen im Reinen.

Dann … hörte er das Motorrad. Direkt vor sich.

Hartmann riss die Augen auf.

Der Rocker knallte seine Karre krachend vor ihm auf den Gehweg. Hartmann fuhr herum. Und entdeckte einen zweiten Motorradfahrer, der quer auf dem Gehweg stand und ihm den Rückweg auf die Graf-Adolf-Straße abschnitt. Der Motorradfahrer hatte einen ausladenden Oberlippenbart, wie Mexikaner ihn tragen. Seine Motorradkutte zierte das Emblem der Black Mambas.

Ein drittes Motorrad stoppte auf der Fahrbahn gleich neben ihm. Der Fahrer schob einen natogrünen Halbschalenhelm in den Nacken und schaltete den Motor aus.

Hartmann schluckte und schnappte nach Luft. Da hatte er doch *einen* Faden übersehen …

»Hallo, Hartmann! Du hast mich doch nicht vergessen?«, fragte Matze Kusch mit einer tiefen Stimme, die entschlossener nicht klingen konnte.

Soundtrack des Krimis

Rosetta Hightower – *Big Bird*

Etta James – *Tell Mama*

Aretha Franklin – *Think*

Kiss – *Shout It Out Loud*

Otis Redding – *Hard To Handle*

Brand New Heavies – *Dream On Dreamer*

AC/DC – *Hell ain't a bad place to be*

Deep Purple – *Woman from Tokyo*

Ike & Tina Turner – *The Game of Love*

Sade – *Smooth Operator*

Yvonne Baker – *You Didn't Say a Word*

Jimmy Bo Horne – *Spank*

Chaka Khan – *Ain't Nobody*

En Vogue – Giving Him Something He Can Feel

Die Ärzte – *Wie es geht*

Louis Armstrong – *What a wonderful World*

Rolling Stones – *You can't always get what you want*

Jamiroquai – *Seven Sunny Days in June*

Danksagung

Ein erstes Dankeschön geht an meinen Krimi-Cops-Kollegen Carsten »Casi« Vollmer, bei dem ich mir die Figur des *Siggi Jackson* ausleihen durfte. Mit bestem Dank bekommst du sie unversehrt zurück. Also … Fast unversehrt!

Jörn Biedka hat mich wie immer mit sensationellen, alten Soulperlen versorgt, von denen es gleich mehrere in den Soundtrack des Krimis geschafft haben.

Ein weiteres Dankeschön geht an Andreas »Puschel« Herzberg, der mit mir auf Hartmanns Spuren durch den Eller Forst gestreift ist. Ohne ihn hätte es diesen rasanten Showdown mit seinen spektakulären Wendungen so nicht gegeben. Geht ein Heißluftballon, fragt der verunsicherte Autor. Klar! Siehste doch! Klar geht ein Heißluftballon! Danke dafür.

Ganz, ganz herzlich bedanke ich mich bei meinem Deutsch-, Sport- und Klassenlehrer, Herrn Hellebrandt, der mich mit vielen spannenden Texten, die in grellem Gelb gecovert daherkamen, fürs exzessive Lesen gewinnen konnte. Und so ans Schreiben ranführte. Und der mir auch den Felgaufschwung beibrachte, der Hartmann in Silkes Garten vor Ozzy rettet. Danke.

Ich danke Resi für die siebzehn Piercings!

Annika, Nick und Tim. Wie gehabt, euch danke ich sowieso für alles!

KBV KRIMINALROMAN

Klaus Stickelbroeck
FISCHFUTTER

Taschenbuch, 273 Seiten
ISBN 978-3-940077-83-7
9,50 EURO

Wasser war nie Hartmanns Element. Sein neuer Fall aber führt den Privatdetektiv in den Düsseldorfer Hafen. Und da gibt es jede Menge Wasser!

Mitten in der Nacht steht unerwartet Egon Budde, die Düsseldorfer Fußballlegende, vor seiner Wohnungstür. Hartmanns ehemaliger Trainer ist mächtig unter die Räder gekommen und wohnt im Pfeiler der alten Hammer Eisenbahnbrücke. Jetzt ist er auf der Flucht, denn er hat einen Mord beobachtet, den ausgerechnet Polizisten begangen haben sollen.
Hartmann glaubt ihm nicht, aber dann wird bei der Fähre in Kaiserswerth eine männliche Leiche aus dem Rhein gefischt, und er beginnt nachzuforschen.
Er merkt sehr schnell, dass der Hafen eine kleine, fremde Welt für sich ist. Das tiefe, trübe Wasser in den Hafenbecken ist dabei nicht einmal das Schlimmste …

»… da immer für ausreichend Spannung und gelegentlich sogar ein schier atemloses Tempo für viel gute Unterhaltung sorgen, macht die Lektüre Spaß und begeistert. Ein packender, mitreißender Roman, der zwar unter anderem vom Lokalkolorit lebt, aber nicht nur Leser aus Düsseldorf und Umgebung anziehen dürfte.« (media-mania.de)

KBV KRIMINALROMAN

Die Krimi-Cops

UMGELEGT

Taschenbuch, 300 Seiten
ISBN 978-3-942446-06-8
9,90 EURO

Kriminalhauptkommissar »Struller« Struhlmann ist ratlos. Niemand scheint die unbekannte, hübsche Tote zu vermissen, die in einem Container am Düsseldorfer Rheinufer ermordet aufgefunden wurde. Sein Ex-Praktikant Jensen, derzeit eigentlich im Urlaub, hat ebenfalls alle Hände voll zu tun. Er soll den Schwiegersohn in spe eines tschechischen Kollegen suchen, der nach einem ausgedehnten Altstadtbummel nicht wieder zu seiner Verlobten zurückgekehrt ist. Als die beiden Ermittler bei ihren Nachforschungen in einem Tabledance-Laden übereinander stolpern, zeichnet sich ab, dass beide Fälle etwas miteinander zu tun haben könnten. Gemeinsam führt sie nun eine rasante, temporeiche Mörderjagd ins Düsseldorfer Rotlichtmilieu, in vornehme Tennisclubs, auf wilde Stripteasepartys und in exklusive Schönheitssalons, zu Oma Jensen nach Herongen und bis ins ferne Prag.
Als die beiden Ermittler schließlich erfahren, wem sie diesmal auf der Spur sind, macht das die Sache weder einfacher noch ungefährlicher … ganz im Gegenteil!

»... der neueste »Kriminalroman aus Düsseldorf« ist lesenswert, spannend und voller Selbstironie.« (Der Westen)

»Ein MUSS für alle Liebhaber spannender, actionreicher Krimiszenen gewürzt mit einer gehörigen Portion Polizeihumor.« (Polizei-NRW)

KBV KRIMINALROMAN

David Daniel
HERZBLUT

Taschenbuch, 252 Seiten
ISBN 978-3-942446-27-3
9,50 EURO

Privatdetektiv Alexander Herz würde am liebsten jede freie Minute mit seiner neuen Freundin verbringen. Doch eine Dame der feinen Düsseldorfer Gesellschaft hat ihn damit beauftragt, die Machenschaften jenes Mannes aufzudecken, wegen dem Herz selbst vor Jahren ins Gefängnis musste.

Bei seinen Recherchen kommt er Kommissar Lohmeier in die Quere, der den grauenhaften Mord an Melanie, einem Teenager aus der düster-sentimentalen Emo-Szene aufzuklären versucht.

Merkwürdige Bissspuren am Hals des Opfers lassen laut Gerichtsmediziner nur einen äußerst überraschenden Schluss zu: Ein Vampir tötet in Düsseldorf. Doch Lohmeier sucht lieber nach einem Täter unter den Lebenden.

»Herzblut ist ein gelungenes Krimidebut, das mit einem rasanten Handlungsablauf und interessanten Charakteren überzeugt.« (Media-Mania.de)

»Krimi-Debütant Peter Lutzmann bringt es auf den Punkt: ›In Düsseldorf trifft arm auf reich, alt auf jung, kreativ auf konservativ. Meistens stehen sie friedlich miteinander beim Bier in der Altstadt.‹« (BILD)

KBV HISTORISCH

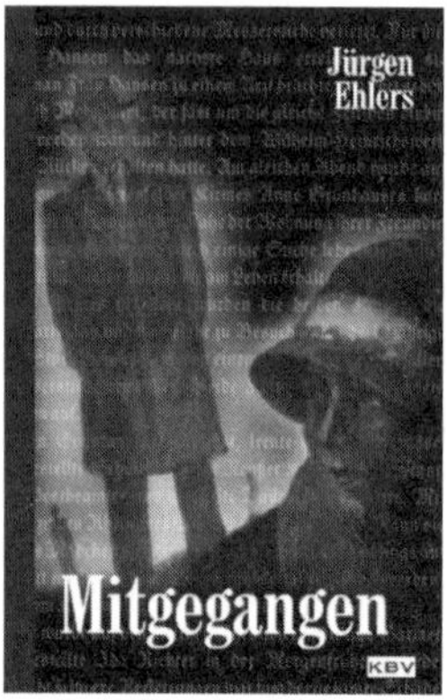

Jürgen Ehlers

MITGEGANGEN

Taschenbuch, 390 Seiten

ISBN 978-3-937001-50-0

9,50 EURO

Düsseldorf, Februar 1929. Am Zaun einer Großbaustelle wird die Leiche eines kleinen Mädchens gefunden. Gewürgt, missbraucht, erstochen, mit Petroleum übergossen und angezündet. „Wer tut so etwas?", fragt einer der Polizisten erschüttert. Die zynische Antwort lautet: „Meistens der Vater. Oder der Onkel."

Doch dieser Fall ist anders.

Kommissar Wilhelm Berger sieht sich rasch mit einer ganzen Reihe brutaler Überfälle auf Männer, Frauen und Kinder konfrontiert. Ist hier ein Wahnsinniger am Werk? Ein Verdächtiger wird schließlich gefasst und gesteht alles. Doch die grausamen Morde gehen weiter …
Dieser Fall hat sich tatsächlich zugetragen, wenngleich die Namen der Opfer abgeändert wurden. Jürgen Ehlers zeichnet das bizarre Bild des triebhaften Serientäters Peter Kürten, der mit seinen grausamen Verbrechen die Düsseldorfer Bevölkerung monatelang in Furcht und Schrecken versetzte und unter dem Namen „Der Vampir von Düsseldorf" in die Kriminalgeschichte einging.

»Mit sprachlicher Präzision und viel Gespür für Atmosphärisches entwickelt er eine subtile Milieustudie der späten Weimarer Republik, spannend von der ersten bis zur letzten Zeile.« (Hamburger Abendblatt)